suhrkamp taschenbuch 3781

D1640510

Die junge Medien-Designerin Sonja ist gerade nach Hamburg gezogen und beinahe glücklich. Ihr neuer Job ist angenehm, die neuen Freunde sind aufregend. Und der umschwärmte Rockmusiker Johnny küsst ausgerechnet sie! Sogar ihrem Ziel, Sängerin zu werden, kommt sie Schritt für Schritt näher. Wenn da nur dieses Gefühl existentieller Unzulänglichkeit nicht wäre; wachsende innere Zweifel, die sie durch ein perfektes Äußeres zu kompensieren versucht. Und während die Clique über Medien-Subversion, perfekte Protestsongs und weibliche Kreativität plaudert, verfällt Sonja ins Gegenteil: beginnt heimlich die Kalorienzufuhr zu reduzieren und die Medien-Bilder klapperdürrer Sängerinnen anzuhimmeln. Sie taucht in Songs und Kindheitserinnerungen ab, isoliert sich und hungert. Bis all die Versprechungen, die eben noch wirklich waren, sich gegen sie wenden. Und sie schließlich durch alle Phasen einer lebensgefährlichen Magersucht gerissen wird. Jetzt müssen sich ihre Freundinnen wirklich kreativ und menschlich etwas einfallen lassen, um sie da wieder rauszuholen …

Zuckerbabys ist ein außergewöhnlich sprachbesessener Roman über Magersucht und Erwachsenwerden – und zeichnet das Psychogramm der zwischen Traum und Albtraum, Freiheit und Disziplinierung lavierenden Casting-Generation. Schwärmerisch, sarkastisch, aufbrausend, zart und verblüffend humorvoll.

Kerstin Grether, geboren 1975, war Redakteurin beim Popkulturmagazin *Spex*, arbeitete für *MTV* und veröffentlichte zahlreiche Artikel und Kolumnen im Feuilleton, in Anthologien und verschiedenen Zeitschriften, darunter *Intro* und *frieze*. Sie lebt in Berlin.

Foto: Sibylle Fendt

Kerstin Grether
Zuckerbabys

Roman

Suhrkamp

Umschlagillustration: Moni Port

suhrkamp taschenbuch 3781
Erste Auflage 2006
© Ventil Verlag KG 2004
Lizenzausgabe mit freundlicher Genehmigung
der Ventil Verlag KG
Suhrkamp Taschenbuch Verlag
Druck: Druckhaus Nomos, Sinzheim
Umschlag: Göllner, Michels, Zegarzewski
Printed in Germany
ISBN 3-518-45781-0

1 2 3 4 5 6 – 11 10 09 08 07 06

Zuckerbabys

»When the gulf between
All the things I need
And the things I receive
Is an ancient ocean
Wide, wild, lost, uncrossed.
Still I maintain
There's nothing
Wrong with you«

Morrissey

Erster Teil ▶▶   **ELAN**

»Don't let me get me.
I am my own worst enemy.
Don't wanna be my friend no more.
I wanna be somebody else.«

Pink

Ich lebe so viel, wenn ich singe.

Als ich in der Gesangsstunde ankomme, das windzersauste Haar noch schnell am Garderobenspiegel zurechtgezupft, höre ich mein Herz schon wieder lauter als das Klavier, zu dem ich singen soll.

»Eins, zwei, drei, vier.«

Sie schnippt mit den Fingern, und ich finde es überhaupt nicht albern. Früher fand ich es immer albern, wenn einer mit den Fingern schnippt und ein anderer dann anfängt, im Takt dazu zu singen – ein Lied womöglich, das einem gar nichts bedeutet, ein Lied, das man nur aus dem Radio kennt, das sich einfach mitsingen lässt. Von den Corrs vielleicht, eines, dessen Text *What can I do to make you love me* lautet. Oder eine ähnlich seichte Nummer.

Jetzt bin ich schon wieder am Ende des Refrains angelangt, am Ende meines Atems, und völlig einverstanden. Die Playback-Musik läuft einfach weiter.

Es gibt so vieles, auf das ich achten muss, dass ich auf nichts mehr achte. Nur frei sein irgendwie, den Ton vorbringen, als wäre das kleine Hinterhof-Fenster da vorne mein Tor.

There's only so much I can take. And I just got to let it go.

»Super«, ruft die Gesangslehrerin und schnippt weiter mit den Fingern.

Immer wenn Jule »super« ruft, krieg' ich's danach nicht mehr hin. Weil ich mich dann so freue und anstrenge und wieder an die Technik denken muss. Dabei darf man im Zustand akuter Freude gar nicht an die Technik denken, man muss irgendwie automatisch weiter … jetzt kommt die Zeile, die höher gehört als alle anderen:

And who knows I might feel better, yeah.
If I don't try and I don't hope, wieder tiefer.
»Super.«
Langsam glaube ich ihr.
Das *And who knows I might feel better, yeah* wollte so hell aus mir heraus, dass ich richtig erschrocken bin.
War ich das? Habe ich den Song da ganz allein aus seiner dunklen Tonfarbe gerissen und ihm ein Lichtlein beigemischt? Man hat es dem Lied förmlich angehört: Es geht ihm besser an dieser Stelle, yeah.
What can I do to make you love me?
What can I do to make you care?
Wahrscheinlich soll ich durchsingen. Sie hat mich noch nicht unterbrochen, macht nur ab und zu ein Victory-Zeichen mit der Hand, um ihr »Super« noch zu steigern. Sie ist natürlich auch nicht von hier. Nur Leute aus dem Süden kommen auf die Idee, ein »Super« zu steigern.
Because the power is not mine
I'm just going to let it fly
In dem Lied geht es, glaube ich, darum, dass man gar nichts machen kann in der Liebe und es einfach geschehen lassen muss.
Eigentlich schön. Braucht man sich auch nicht mehr aufzuregen oder zu beeilen.
Ich will daran glauben. Alles ist einfach, yeah!
Auch der Umzug am Freitag. Sogar die zwanzig Stunden Arbeit in der Comic-Agentur. Das lässt sich doch ganz leicht an drei Tagen erledigen und mir bleibt noch genug Zeit für meine eigenen Comics.
Das *more* von *no more waiting* macht jetzt einen Bogen, bis man ihm die Vergeblichkeit anhört, wie oft man schon gewartet hat. Dabei gibt es nichts zu warten: Ich mache auch einen Bogen mit meinen Händen.

Love me. Love me. Looooove me. Love me.
Und ich glaub', das Singen könnt' mir wichtiger werden als alles andere.
Auf dem Bildschirm, von dem ich den Text ablese, steht »Ende«.
Jule applaudiert: »Das hattest du aber schnell drauf. Ich bin richtig stolz auf dich.«
»Kein Wunder, bei so einer guten Gesangslehrerin.«
Sie lacht, als wäre das nichts.
»Da machen wir jetzt gar nicht mehr viel. Da fangen wir gleich ein neues Lied an. Schlag du mal was vor.«
Hilfe! Ich will nichts vorschlagen. Nervös trinke ich einen Schluck Wasser.
»Na komm, irgendwas.«
Die Zeit läuft.
»Madonna«, höre ich mich sagen.
Jules Handy klingelt.
»Moment bitte, sorry.« Sie geht in den hinteren Teil des Raumes und spricht ins Telefon.
Ich bin allein mit mir und meinem Wunsch.
Das ist gemein.
Jule kommt zurück und klatscht in die Hände: »Ganz wichtig bei Madonna – sie wechselt ständig die Tonlage. Du musst also sehen, dass du immer genug Luft hast, um die Bögen zu kriegen. Von der Kopfstimme in die Brust wechseln und zurück.«
Wir nehmen etwas Langsames. »Live to tell« versprüht seine Weisheit im Raum. Auf dem Bildschirm füllt sich Buchstabe um Buchstabe mit roter Farbe.
Mein Engel und ich singen gemeinsam:
I have a tale to tell
sometimes it gets so hard to hide it well

I was not ready for the fall
too blind to see the writing on the wall.
Ich muss sparsamer mit der Luft umgehen. Schon nach einer Zeile zittert meine Stimme wie verrückt. Wenn mein Gesang ein Comic-Strip wäre, dann würde jetzt Farbe in alle Richtungen spritzen.
»Super«, sagt der Engel.
Dieses Mal glaube ich ihm nicht. Aber das macht nichts.

Dann der Heimweg. Endlich mal singend durch die Straßen laufen. *Love me. Love me. Loooove me.* Noch bin ich davon überzeugt, dass ich es kann. Die huschenden Mütter mit den tobenden Kindern an der Hand, die Supermarktgeplagten mit den Einkaufstaschen voller Wochenende. Keiner ist mir böse. Keiner beachtet mich und meinen Traum. Zwanzig Minuten, in denen ich ganz vergesse, dass Sängerin ja nur werden darf, wer bereit ist, sich blöde zu hungern. Schon mischt sich etwas dusterer Abend in das Tageslicht ein. Die Kinderstimmen werden schriller, als wollten sie mich an meine eigene unerlaubt schrille Kinderstimme erinnern.

Der Nachmittag ist außer Puste. Er lässt einem gar keine Luft zum Atmen. Die Plastiktüten sind so voll und ziehen in den Rücken. Wenn man keine eigene Waschmaschine hat, will man immer zu viel auf einmal waschen. Aus der Ferne kommt ein böses Grollen. Ich gehe schneller. Jetzt machen gleich die Hände schlapp. Aber das Gewitter ist die größere Gefahr. Dieser Nachmittag darf nicht sein. Er kommt so von früher. Und Staub liegt auf der Straße wie Watte.

Vielleicht ist heute gar nicht heute, sondern ein früherer Tag.

Vielleicht ist heute der Tag, an dem die Welt erschaffen wurde?

Die ersten Regentropfen platschen wie Vogelscheiße auf meine Haare. Ob andere sich auf dem Weg in den Waschsalon auch immer so arm fühlen? Es ist ja nicht nur wegen der wenig vornehmen Lidl-Tüten. Ich verwünsche vor allem das bissige Wollkleid, das sich heiß und fett um meine Taille schlängelt, als wolle es sich dafür rächen, dass ich es unter normalen Umständen niemals ausgeführt hätte. Am liebsten würde ich es auf der Stelle wieder ausziehen und in einen Abfallbehälter am Straßenrand werfen. Ach, könnte man sich überflüssiges Fett doch einfach vom Leibe reißen!

Der Waschsalon grüßt wie ein überdimensionales Toilettenhäuschen. Ich rolle die Tüten von den Händen und schaue automatisch nach oben zu den Fernsehern. Oh, das »Beautiful«-Video von Christina Aguilera! Inmitten all der Gestrandeten sticht ihre Schönheit wie eine aufgehende Morgensonne ins Herz. Dieses Haar aus Meer und Weizen. Und ein Milch-und-Honig-Teint. Hach, zum dahinschmelzen. Und trotzdem hat sie noch ein knödelndes Maß an Mitgefühl für die Hässlichen und Schwächlichen dieser Welt übrig. Hätte sie sich sonst einen ganzen Außenseiter-Park ins Video geholt? Die Bilder von den ausgemergelten Mädchen und den traurigen Transvestiten machen mich ganz kribbelig. Danke Christina, dass du uns erzählst, wir wären alle gleich schön.

Maschine 1, 2 und 3 sind noch frei, automatisch trenne ich die 95- von der 30-Grad-Wäsche und ertappe mich dabei, wie ich ein paar Zeilen mitsinge:

You are beautiful, no matter what they say … so don't you bring me down today.
Noch die 10 Cent für den Weichspüler dazu, und ich drücke das schlangenähnliche Start-Symbol. Das Wasser springt mit einem kleinen Seufzer der Erleichterung los – verdammte Bildersucht, ich schau' schon wieder streng nach oben. Da läuft immer noch der »Beautiful«-Schocker. Eigentlich schön, dass Christina in einem großen, kahlen Raum sitzt. Die grünbraun abgebröckelten Tapeten – wie in einem dieser sanierten Apartments, die man unten am Hafen für viel Geld mieten kann. Und sie gurrt die Töne aus sich raus, als ob sie selbst ganz viel Raum und Hafen gebraucht hätte, um so Aura zu werden, wie sie heute ist. Warum schüttelt sie jetzt so nachdenklich den Kopf? Stimmt was nicht? Ach, verdammt, soll die blöde Kuh doch den Kopf schütteln. Ist ja wahrscheinlich auch nur eine dieser modischen Grinsebacken, die einen früher in der Wirtschaftsschule immer mit Schminktipps belästigt haben: »Wie kann man nur mit so einer ungesunden Gesichtsfarbe herumlaufen? Wenn ich so blass wäre wie die, würde ich doch wenigstens Make-up benutzen. Hier, probier mal!«
Genau genommen hat es mit Make-up auch wirklich immer besser ausgesehen.
When I wake up in my Make-up. Ich komme immer mehr dahinter, dass die Kopfschüttler von der Wirtschaftsschule Recht hatten. Muss mir ja nur die Kollegen in der Agentur anschauen, wie sie kunstlichtgestresst an ihren Computerburgen sitzen – und noch ein Bild und noch ein Bild und noch eins bearbeiten. Da macht es doch Sinn, sich demnächst auch mal die übernächtigten Augenringe wegzuschminken, sie gar mit Augentrostextrakt zu beru-

higen oder mit lauwarmem Kornblumentee – wie man das immer in den Frauenzeitschriften liest. Das wär's doch: mal ohne Augenringe durch die Wildnis zu schwirren.

Die Videos leuchten schon wieder, als wären sie aus bunten Badezusatzkügelchen gemacht. Und alle Menschen haben schöne große Augen und schöne große Münder. »Und wenn ihr euer Leben gerade nicht im Griff habt, lasst den Kopf nicht hängen. Ihr wisst doch: Kommt Zeit, kommt Rat«, sagt die kleine, drahtige Moderatorin. Ha! Noch zwanzig Minuten. Die Kleider schleudern schon. Da packt mich die Vorfreude, wie neu die Sachen alle sein werden. Dann schmeiße ich sie zurück in die Tüten und mache, dass ich rauskomme. Das Gewitter hat sich auch verzogen.

»Mach's gut in deiner neuen Wohnung – du weißt ja«, Allita zwinkert mit dem Auge, »eine eigene Wohnung ist ein untrügliches Zeichen dafür, endlich erwachsen zu sein.«

Wir umarmen uns, ein dünnes Baumwollhemd berührt eine gepolsterte Thermojacke, und für einen Moment bin ich wieder das Kind, das bei fremden Leuten abgegeben wird. Nur dass ich die einzig Fremde hier bin. In den wenigen Körben und Kisten schlummert der heilige Rest meiner Besitztümer. Allita tritt einen Schritt zurück und wir schauen uns erneut im Zimmer um. Ich sehe, dass es hell ist und höre die Stille.

Vor dem Fenster schaukeln ein paar hochgewachsene, dürre Bäume im Wind, sogar eine Tanne ist dabei. Über die Tanne freue ich mich besonders. Tannen sind gleich Weihnachten und etwas Weihnachtsfeeling ist immer gut.

»Jetzt verstehe ich, warum sie mit den Worten ›mitten im Grünen gelegen‹ für diese Wohnung geworben haben. In St. Pauli kann man angesichts so viel echter Natur schon mal ehrfürchtig werden.«

Allita lächelt ihr gestresstes Journalisten-Lächeln. »Ist doch gut hier.«

»Ja, klar.«

Wenn ich mich nicht beherrsche, verfalle ich gleich in diesen säuselnden *God, I'm a mess*-Tonfall, den flattrige Zicken in amerikanischen College-Filmen auffahren, wenn man sie ihrem Schicksal überlässt.

Als hätte Allita in etwa meine Gedanken gelesen, sagt sie: »Ist doch schön, wenn die Mädchenjahre vorbei sind.«

Dann vollführt sie eine klackende Halbdrehung auf knie-hohen Tigerstiefeln und stapft an mir vorbei in den Hausflur.

»Ich ruf' dich an, Darling!«

Weg ist sie und nicht einmal ihre Schritte hallen richtig nach. Verdammt gut abgedichtet, die Hütte.

Meine Zickenhaftigkeit ist auf Vorabendserien-Niveau geschrumpft. Ist es hier immer so ruhig? Verdammt, ich sollte mich freuen. Meine erste Wohnung mit Parkettboden. Meine erste Wohnung ohne nervende Mitbewohnerschaft. Meine erste eigene Ganz-für-mich-allein-Wohnung. Da wird ein junger Mensch doch gemeinhin sentimental sich selbst gegenüber. Ich setze mich auf den Boden und fahre mit den Fingern über die glatte, getäfelte Oberfläche. Ich werde keinen Teppich kaufen. Es muss schön sein, sich beim Aufstehen ordentlich zu erkälten.

Mein Lieblings-T-Shirt fällt mir in die Hände. Es hat silberne Pailletten auf seidiger Seide und Ärmel aus durchsichtigem Pink. Es ist mein ältestes Top. Es hält seit drei Jahren zu mir. Es hat mal Mama gehört. Stop. Ich werfe es aufs Bett. Ich will nicht sentimental werden. Ich will nichts Normales fühlen, sondern etwas Neues.

Ich will ein Glas Sekt trinken, den Apfelkuchen essen und die Trauben. Trauben haben viel und Sekt hat wenig Kalorien. Das ist gut. Allita sagt, wenn sich etwas ausgleicht, ist es immer gut.

Ich lege das Balladenalbum von Madonna in den Ghettoblaster und drücke automatisch auf die drei. »Take a bow« hat so einen feierlichen Touch. Mit der geduldigen Engelsstimme einer echten Erwachsenen singt Madonna von einer Masquerade, die langsam alt wird, von schummrigem Licht, verschlossenen Vorhängen und Einsamkeit.

The show is over say good-bye! Schön.

Man muss nur ein echtes Leben haben, und schon trifft so ein Madonna-Song auf einen zu. Aber was heißt hier echtes Leben? Irgendwie hab' ich keins. Ich muss heulen.

Wo sind nur meine Zigaretten, und was hat Allita davon, wenn ich so erwachsen werde wie sie? Bemuttern könnte sie mich dann jedenfalls nicht mehr. Ich bin mir sogar ziemlich sicher: Wenn ich so fein raus wäre wie Allita, so frei und Frau, so mit beiden Beinen fest auf dem Boden der nachweisbaren Tatsachen, dann wäre unsere kleine Freundschaft ziemlich für die Katz. Ich wäre nicht mehr ihre allerliebste »hoffnungslose Träumerin«, sie nicht mehr meine allerliebste »hoffnungslose Pragmatikerin«. Dann müsste ich meine Vorhänge selber aufhängen – und sie hätte niemanden mehr, der ihre solide argumentierenden Zeitungsartikel mit durchgeknallten Utopien vom unbürgerlichen Leben befeuerte. Sehen wir den Tatsachen ins Auge: Wer seiner besten Freundin zu sehr ähnelt, kann sich auch gleich mit sich selber anfreunden. Und das will ich mir nun wirklich für später aufheben.

Und spüre doch aus jedem Winkel meiner Seele und meiner neuen Behausung die Präsenz heraufziehender Ereignisse. Denn etwas Besonderes geht in mir vor: Ich werde mich in Zukunft besser an meine Umgebung anpassen. Ich will nicht mehr als bizarres, grünes Strähnchen durch die Manege reiten. Ich möchte so gerne Teil einer Normalität sein.

Bei »Take a bow« singe ich wie zu meiner Beruhigung mit, – es ist vielleicht albern – aber ich lege mein ganzes Gefühl in meine Stimme, und mache sogar die Endungen rund. Pausbäckige Engelchen backe ich aus den Enden aller Strophen.

Keiner bestraft einen für seine Gefühle, wenn man singt. Man muss nicht mal taktisch sein oder tricksen, wie sonst im Leben. Kann einfach alles sagen. Jawohl. Es sei denn, man kriegt schon wieder das »A« nicht hin. Verflixt, das klingt nicht gut. Viel zu hohl und hauchig. Ich muss noch viel mehr üben, bis ich andere von mir überzeugen kann. So sitze ich und trinke den Sekt und esse die Trauben.

Dann packe ich den klebrigen Apfelkuchen und spüle ihn im Klo runter. Sekt und Trauben zusammen haben schließlich schon genug Kalorien.

This masquerade is getting older … Ich hadere plötzlich mit der Geschichte meiner Umzüge. Möchte gar nicht wissen, wie oft ich in den letzten 23 Jahren schon umgezogen bin. Ob es jedes Mal so schrecklich war? Oder tut's nur dieses Mal besonders weh, weil ich alleine am Zielort hängen geblieben bin? War ich eigentlich je aus ganzem

Herzen froh über ein neues Zuhause? Beruhigend eigentlich, dass so viele Popstars aus kaputten Familien kommen. Ich überlege sogar, ob es einen Zusammenhang gibt
dazwischen, sich auf der Bühne umzuziehen und im echten Leben. Wenn Christina Aguilera in ihrer Kindheit
nicht andauernd die Stadt gewechselt hätte, müsste sie
jetzt nicht ständig die Hemden wechseln, oder?
Es hat etwas von einem Gewaltakt … ein ohnmächtiges
Verpflanztwerden! Kein Wunder, dass normale Leute über
solche Imagewechsel nur den Kopf schütteln können.
Hilfe, der Boden unter meinen Füßen wird aber auch immer wackliger!
Je später der Abend, je länger ich mich ins Grübeln singe,
desto tiefer der Abgrund, in den ich stürze.
Die Wände kreisen mich schon ein, von allen Seiten, bis
ich vor lauter Schwitzkorb keine Luft mehr kriege, bis ich,
ganz zerquetscht, nur noch hecheln kann vor schierer
Angst. Sie drehen mich auf den Kopf, als sei ich nur ein
belangloses Möbelstück in einem besonders wertlosen
Umzugskarton, und lassen endlich von mir ab. Dann
zerbreche ich als Porzellantiger auf dem neuen Parkettboden. Zehn Minuten liege ich stumm und schwer. Allita
kann ich um diese Uhrzeit natürlich nicht mehr anrufen.
Nur die Bilder vom allerersten Umzug meines Lebens sind
noch da.

Aneinander gedrückt auf der Rückbank des Möbelautos,
fuhren sie dann die 200 Kilometer, ohne Pause, ohne Stau
und ohne ein einziges Gefühl von Verlassenheit.
»Noch 34 Kilometer«, flüstert das Schild am Straßenrand.
»Weg von allem«, sagt Sonja in die Stille hinein. »Weg vom

Alten«, sagt Mama ohne Ton. Weg von allem fahren sie, und weg vom Alten, ohne Pause, und ohne Stau.

»Ich muss nicht mal heulen«, denkt Sonja, als im Radio die Werbung einsetzt. Keine Tränen. Andere Mädchen würden bestimmt weinen!

Sogar Claudia, die Lieblingsheldin aus ihren Kinderbüchern, weinte bei Abschieden gewöhnlich heiße Tränen. Und wenn sie nur nach herrlichen Stadtferien zurück in die Dorfschule musste. Etwas stimmt nicht, denkt Sonja, etwas stimmt nicht mit mir.

Man musste sich nur mal die großen Gefühlsmenschen um einen herum anschauen. Bei der kleinsten Gelegenheit flüchteten die ins Tal der tausend Tränen.

Nur Sonja nicht. Sonja ist ein fetter Stein. Ein fetter Stein liegt auch in ihrem Magen. Der lässt die Bauchpartie eher unvorteilhaft aussehen. Dann sind Nachrichten, Wetter und Verkehr endlich rum und man darf wieder Musik hören. Ein kühl-bombastischer Hit aus den frühen Achtzigern folgt.

The dreams in which I'm dying are the best I've ever had, schreit das Radio in Sonjas Ohr. Ein Auto überholt auf kreischenden Reifen. Der Fahrer bremst und Sonja wird nach vorne geschleudert. Ein fremder Stoffhund am Erste-Hilfe-Kasten schlägt ihr ins Gesicht. Sonja reißt ihn runter.

»Freches Luder«, schimpft Mama.

Mad World, brüllt das Radio. Aber Sonja weint nicht. Absolut gar nicht. Denn Sonja ist ein Frettchen-Luder.

Genau genommen ist schon die Hausbesichtigung eine ziemliche Qual gewesen:

»Süß«, schreit Mama. Sonja erschrickt und schließt sofort einen Pakt mit der Fantasie – malt es sich aus, das Familienfrühstück in der Bruchbude.

Sieht den romantischen Küchentisch aus Omas Zeiten. Frische Toasts, dampfender Kaffee, Milch und Honig, Obst, ein paar Kerzen, frisch gedeckt, das alles. Sieht sich selbst an diesem Tisch sitzen und reden und lachen und voller Freude irgendwohin aufbrechen.

»Muss noch viel renoviert werden hier. Das kostet eine hübsche Stange Geld.«

Und der Facharbeiter sieht vergilbte Tapeten, alten Bodenbelag und eine sehr steile Treppe. Huch. Die führt nach unten in die Wohn- und Schlafgemächer.

So eine steile Treppe hat Sonja ja noch nie gesehen! Wie in einer klassischen Burg. Oder man befindet sich in einem rätselhaften Märchenschloss, vor der Jahrhundertwende.

»Die Treppe kommt mir vor wie eine Anlaufstelle für Selbstmörder«, brummelt der Facharbeiter.

Auf großen optimistischen Maklerschritten kommt da der Makler herbeigeeilt: »Auf die Treppe«, brüllt er, »kommt ein dicker Teppich drauf.«

Fremde Menschen reden fachmännisch wichtig über Sonjas neues Zuhause, als wollten sie verhindern, dass es sich einfach eines Morgens auf und davon macht und ins 19. Jahrhundert zurückschleicht.

Urks! Sonja muss gleich kotzen.

Sie sterben dafür, das kleine Haus zu renovieren, und interessieren sich nicht die Bohne für seine Seele! Fallen den neuen Eigentümern ins Wort, sobald die dem Häuschen eine freundliche oder nette Eigenschaft zusprechen. Bis Mama sich schließlich bereit erklärt, ihr Restvermögen in die Renovierung zu stecken.

»Ich sprech' noch mal mit dem freundlichen Herrn Baum von der Bank.«

Sonja starrt derweil auf den milchverglasten Küchenschrank und preist seine Vorzüge: »So ein Küchenschrank ist viel atmosphärischer als eine sterile Einbauküche.«

Die fremden Männer zucken mit den Schultern. Ein wortfremdes Schulterzucken. Und so steht sie noch eine Weile vor dem Schrank mit den barocken Türen und beginnt, sich auf einen neuen Morgen zu freuen.

Diese Männer. Mit ihren technischen Vermessungsgeräten. Sehen nichts als das Maß der Dinge und plustern sich mächtig auf mit ihrem genauen Plan vom Großen, Ganzen, Gewissen.

Mit herumliegenden Zollstöcken haut Sonja auf den Küchenschrank, bis einer der beiden Handwerker zurück in die Küche kommt. »Was 'n das für 'n Lärm?«

Sofort ringt Sonja sich ein Lächeln ab. Das hängt schief auf ihrem Mund: »Gut, dass ihr hier alles so vermesst und so.«

Er zündet sich eine riesige Zigarre an. »Du bist ja fast noch ein Kind, was?«

Sie nickt eifrig: »Bin allerdings am heutigen Tag um dreißig Tage gealtert.«

»Ja, ja«, er wirft einen Blick auf die neuen Rundungen ihres Körpers, »in dem Alter ist man noch frei von Sorgen.«

Kurze Ruhe, ein Räuspern: »Mach deiner Mutter keinen Ärger. Hast du verstanden? Du siehst ja, sie ist völlig überlastet.« Und er verschwindet durch den Bogen, von da, wo später einmal eine Tür sein soll.

Sonja läuft auf das Fenster zu, schaut in eine milchige Ferne und gibt sich, Simsalabim, einen Schwur: »Ich werde hier mit allem froh werden!«

Dann trinkt sie vorsichtig ein paar Schlucke Kaffee aus der alten Thermoskanne, die jemand achtlos auf dem Boden abgestellt hat.

Derweil ertönt aus allen Zimmern gleichzeitig Mamas jauchzende Stimme: »Ein Traumhaus, wir machen daraus ein Traumhaus!«

Ich sehe sie schon von weitem. Auf dem schmalen Fenstersims, draußen vor dem Nachtclub, sitzen Kicky und Ricky – wie durch ein unsichtbar schimmerndes Band miteinander verbunden.

Streng genommen sehen sie sich nicht ähnlich, aber ähnlich sehen sie sich doch. Locker machen sie ihr unterschiedliches Aussehen – Kicky blond, Ricky schwarz, Kicky groß, Ricky klein, Kicky immer knallroter Lippenstift, Ricky eher ungeschminkt bis beigefarben – wieder wett. Immer plaudern sie aufgeregt und hochvergnügt miteinander. Berauscht und besessen von einem mindestens ans Visionäre grenzenden Eifer. Wie Comicfiguren, die aus der Vorlage geschlüpft sind, startklar für das Leben auf einem fernen Planeten, die nur dummerweise vorher noch ein paar irdische Details besprechen müssen.

Ich habe jedenfalls sofort gespürt, dass von Kicky und Ricky eine magische Kraft ausgeht. Und von Micky! Eine Micky ist auch in der Gang.

Seit einem Jahr möchte ich sie kennen lernen, seit einem Jahr grüßen wir uns. Ich folge dem Fluss aus Lichtern und bleibe vor der rotschimmernden Bartüre stehen.

Just in diesem Moment und glockenhell wie aus einem Mund rufen Kicky und Ricky: »Hallo«.

Ein kurzes Zögern und ich sitze neben ihnen auf dem

Fenstersims. Die beiden reden weiter aufeinander ein, nicht ohne mich hin und wieder aufmunternd anzublicken.

Entweder ich habe mich verhört, oder die Außerirdischen bewohnen normalsterbliche Studenten-Stätten.

»Dann sagt Garu: Ich kann mir jetzt aber immer noch nicht erklären, wo das neue Geschirr hingekommen ist. Es sei denn«, Kicky kichert, »es sei denn, du hast es wieder weggeworfen. Den Verdacht hat er schon länger, ich würde Geschirr, statt zu spülen, einfach in den Müll schmeißen.«

»Oh, nein.«

»Weil ich einmal eine Gabel weggeworfen habe, die im Waschpulver lag.«

»Idiot.«

»Aber der Hohn kommt erst noch: Er hat gesagt – darauf kommst du nie …«

Sie macht eine bedeutungsvolle Pause. »Er meinte, falls das nicht stimmt, dann gäbe es nur noch die Möglichkeit, dass ich das Geschirr gefressen hätte.«

»Unglaublich.« Ricky wirft beide Arme in die Luft und wäre beinahe vom Sims heruntergekippt: »Das musst du dir nicht gefallen lassen.«

Kicky spricht mal wieder mit der Energie eines Marathonläufers, wie ein Marathonläufer, versteht sich, der nie innehält, um seine Kräfte zu bemessen. Ebenso mühelos hält Ricky dagegen. Es hat Abende gegeben, da hat Ricky stundenlang geredet und Kicky nur staunend zugehört.

Was soll ich sagen? Mögliche Gesprächsanfänge zerlaufen mir wie Eis in der Sonne, weil das Gespräch zwischen den beiden schon so lange im Gange ist.

Es ist hell hier draußen, laut, auch die Hauptverkehrs-
straße schläft nicht. Die ganzen Autolichter und Straßen-
laternen, die beleuchteten Litfasssäulen und Verkehrs-
schilder machen die Nacht zu einer Bühne – so festartig
erstrahlen sie das Dunkel.
Es ist, als begänne das Barleben schon vor der Bar. Als begänne das Leben überhaupt an einer lärmenden Straße.
Mich packt ein Rausch, als ob ich neue Kontaktlinsen tragen würde. Es ist, als wären die Sterne oben nur winzige
Knöpfe auf der Himmelsjacke, Glitzersteinchen im Fell
der Nacht.
Gerade erstickt Kicky den gesamten Straßenlärm im
Keim.
»Ich bin süchtig nach dieser Akkordfolge«, brüllt sie.
Wie erschrockene Schnecken quälen sich die Autos vorbei, und Kicky schreit abermals: »Scheiße, ich bin so süch-
tig.«
»Die Akkordfolge«, knurrt Ricky mit der Lautstärke eines
Raubtiers, »ist ganz automatisch zu mir gekommen. Ich
musste sie nur noch spielen.«
Oh, toll, jetzt reden sie über ihre Band. Denn das sind
Kicky und Ricky: eine Band. Das ist kein Geheimnis, alle
wissen es. Weil es darum geht, dass alle es wissen. Vielleicht ist das ihr Geheimnis. Man hat sie zusammen auf
schlecht beleuchteten Bühnen spielen sehen, sie haben
ihren Schmerz und ihre Wut so selbstverständlich ins
Publikum geschmettert, als würden sie Schmerz und Wut
nicht kennen. Sie haben all ihre Hits gespielt und ins
Mikro gerufen: »Heute sind wir alle müde.« Gitarren haben die Stille zerschlagen und Haare sahen aus, als hätte
sich über Nacht eine neue Frisur ergeben.
Redet gefälligst mit mir! Ja, schmeißt mich mit Gesangs-

tricks zu oder legt ein gutes Wort bei eurem Friseur für mich ein, damit er aus meinen maisgelben Haaren all das Fade zieht. Born blonde, Baby!

Ich knuffe Kicky in die Seite.

»Wohnst du noch in der WG mit dem frechen Mitbewohner zusammen?«

Kicky lacht: »Natürlich nicht. Ich bin ausgezogen.«

»Und wo wohnst du jetzt?«

»In Mickys Küche.«

»Ah ja, in Mickys Küche.«

»Ich brauche meine Ruhe.« Sie sagt es, als sei das Bedürfnis nach Ruhe eine völlig logische Erklärung dafür, in einer Küche zu wohnen.

»Darf ich euch dort mal besuchen kommen?«

Kicky und Ricky kriegen sich nicht mehr ein vor Lachen.

»Sie will uns in der Küche besuchen.«

Da sagt Kicky lieb: »Willkommen in der Hölle des Rock 'n' Roll, Baby.«

Alles ist hell heute morgen und schön. Am Himmel fliegen die letzten Regenwolken davon, als hätten sie eine Art Gewissen bekommen über Nacht. Den ganzen Schmutz des Himmels nehmen sie mit, und das ist wunderschön. Eine graue Stadt, wenn die Sonne scheint, macht allen ein Geschenk.

Ich will mir auch ein Geschenk machen. Mit der ganzen Kraft des Sonnenscheins ausgestattet, werde ich den roten Rock, den Ricky gestern anhatte, doch sicher über den fetten Arsch kriegen. Diesen knallroten Rock mit den coolen Seitentaschen. Auch wenn ich dafür in die komische Boutique muss, von der Ricky geschwärmt hat.

Boutiquen erinnern mich so unangenehm an früher, als Mama mich noch zu Shoppingtouren zwingen konnte. Da stand ich dann blöde herum, während sie die heiligen Reihen abwanderte, mit ihren manikürten Fingern etwas herauszog, hier und da, einen Hosenanzug, einen Rock. Anziehsachen, die sie durch das bloße Abgleichen mit ihrer schmalen Figur erleuchtete. Ähnlich einem Pfarrer, der in der Kirche die Gebetkerzen anzündet. Alle Kleider waren heilige Ware, kostbare Seide aus dem Orient, man näherte sich ihnen entweder parfümiert oder gar nicht. Und es wurde eine Art Sport für sie, den Verkäuferinnen dieses verschwörerische Lächeln abzuringen. Dann ging sie tanzen, mit dem teuersten Etikett im Kragen. Und brachte das Kleid am nächsten Tag einfach wieder zurück. Da ist endlich die kleine Boutique an der Ecke, es klingelt, es raschelt, ich stehe in einer vanilleduftenden Höhle und erwarte, dass jeden Moment Sailor Neptun oder Sailor Uranus auf mich zustürzen. Rosafarbene Püppchen, Herzchenkartons, Cassettenhüllen aus Plüsch. Lauter süße Sachen, die süße Leute noch süßer machen. Augen, riesig und kalt wie gefrorene Seen, winzige Kuss-Münder, freche Stupsnasen auf bedruckten T-Shirts. Hier also kaufen Ricky und Kicky ein. Ich knipse an einem Jim-Morrison-Feuerzeug herum – da trifft mich der Schlag.
Oh mein Gott – hinter der Kasse steht Johnny. Johnny! Mein Schwarm! Kaum die Mädchen von Museabuse kennen gelernt, schon schippere und bibbere ich auf der Fährte des Begehrens.
Seine rot verwaschene Johnny-Depp-in-Irgendwo-in-Iowa-Frisur strahlt wie eine Coca-Cola-Sonne aus all dem Leuchtwerk hervor.
Warum muss so ein toller Sänger noch in einem Klamottenladen jobben?

Schon bin ich bei ihm und frage ziemlich überlaut nach dem blöden Rock.

»Hey, wir kennen uns doch von irgendwoher.«

»Stimmt. Wir haben nach eurem Konzert im Molotow einen Wodka zusammen getrunken.«

»Einen ist gut: Ich konnte danach drei Tage nicht arbeiten.«

Er lächelt verschmitzt, als würde er gerade über einen Highway cruisen. Er ist nämlich nicht nur der beste, sondern auch der schönste Sänger in der ganzen Stadt. Er hat so ganz lausbubenhafte Grübchen.

»Du wirst den ganzen Abend über viel gebechert haben.«

»Die Wodkas mit dir haben mir aber den Rest gegeben!«

»Ach so«, ich blinke zurück, als wäre ich das tapsige Sailor-Moon-Kind Chibiusa, das mal Königin wird, vorausgesetzt, sie schafft es, noch in diesem Jahrhundert ihre Naivität abzulegen, »ich habe dir also den Rest gegeben.«

Er lacht. »Kann man so sagen.«

Ausgerechnet jetzt schwebt ein Dämon auf uns zu.

Es ist Melissa Melloda. Das Model.

Sie heißt tatsächlich so. Oder es ist doch ein Künstlername. Wie eine ponyliebende Popsängerin aus den Siebzigern sieht sie jedenfalls nicht aus. Auch nicht wie eine esoterische Hausfrau, die ihre Dienste im Netz anbietet. Eher ein bisschen so wie Gott.

»Haben wir den Jersey-Rock mit den Seitentaschen noch?«

Johnny ist ein ganz Hilfsbereiter!

»Welche Größe soll's denn sein?« Melissa schaut mir geradewegs ins Gesicht.

Aaah! Das coolste Model in der ganzen Stadt und der Mann fürs Leben wollen meine Kleidergröße wissen! Für

Momente wie diesen wurde der Begriff »cool« erfunden. Und mit der verlogenen Selbstsicherheit eines pummeligen Mädchens, das die besten Jahre seines Lebens in einer Boutique verbracht hat, um Kleider auszusuchen, die gar nicht ihre eigenen sind, rufe ich kaltschnäuzig: »Lass mal rüberwachsen!« Ist es nicht so, dass der Kunde König ist?

»Ach hallo, ich hab das Gefühl, wir sind uns schon mal irgendwo begegnet.«

Sie gibt mir tatsächlich die Hand, eine feinadrige Model-Hand.

»Du hast mal für unseren Katalog Modell gestanden«, sage ich und füge treuherzig hinzu: »Du warst das einzige Model, das man nicht retuschieren musste«, ein Lächeln will über meine Lippen, »da habe ich erst mal eine Zigarettenpause eingelegt.«

»Willst du eine Zigarette?«, fragt Johnny.

»Aber nur, weil du American Spirits rauchst!«

Er gibt mir Feuer.

»Kaffee?« Melissa fragt zart und mit der unendlichen Aufmerksamkeit einer Heiligen. Allmählich fühle ich mich wie in einer Beratungsstelle für schwer traumatisierte Boutiquen-Opfer.

»Kaffee, super«, stammle ich.

»Milch und Zucker?«

»Äh, schwarz.« Ich werde doch nicht in Anwesenheit eines Models zugeben, dass ich Zucker will!

»Ihr habt ja tolle Sachen hier, besonders die Comic-T-Shirts.«

»Geben wir dir zum Vorzugspreis.«

»Das ist nett, aber ich möchte erst mal den Rock probieren.«

Worauf Melissa sofort zum Kleiderständer stürzt, um

mir eines dieser Exemplare in Größe 36 auszuhändigen. Uaaaaah!

»Musst ihn allerdings oben in der kleinen Kammer anprobieren.«

Rasch stolpere ich die Treppen hoch. Du hast gedacht, du wärst hübsch, kleine Lady, dabei bist du nichts als eine unverschämte Wurst. Ruhig bleiben. Es ist Freitagnachmittag, draußen sitzen die Leute über ihren ersten Frühlings-Cappuccinos, und ich soll ein Kleidungsstück, das mir nicht passt, anprobieren. Das ist alles.

Tapfer stürze ich mich in den Rock. Tapfer schäle ich mich wieder heraus. Tapfer renne ich wieder die Treppen herunter. Jetzt weiß ich, warum ich lieber nur an schönen Tagen shoppen gehe.

Ich halte Melissa den Rock unter die Nase. »Passt leider nicht. Habt ihr ihn eventuell eine Nummer größer?«

»Klar«, mit manikürten Fingern ordnet Melissa die Kleider neu und händigt mir das gute Stück in Größe 38 aus. Das Spiel beginnt von vorne. Es ist wie Federballspielen am Berg, es ist wie Mathematikklausuren schreiben, es ist wie Gitarrengötter heiraten. Es ist aussichtslos.

Ich zwänge mich in den Rock und streiche ihn glatt. Es ist wie auf einen Aussichtsturm steigen: Er passt!

Dann renne ich wieder die Treppen runter und laufe vor dem Spiegel auf und ab. Johnny lugt seltsam neugierig herüber. Ich fange seinen Blick ab und lächle, als hätte ich einen Grund dafür.

Nun ja. Es ist ein Fall von »nun ja«. »Nun ja« ist das Todesurteil.

Eine Frau darf nie ein Kleidungsstück tragen, das »nun ja« aussieht. Als würde der Rock das ähnlich sehen, löst sich jetzt ohne mein Zutun der obere Knopf. Ich fange ihn auf, vorsichtig, wie eine Revolver-Kugel.

Dann laufe ich wieder in meine Toilettenzelle, ziehe den kostbaren Rock über den wertlosen Arsch und hänge ihn fein säuberlich zurück.

Dann lächle ich Johnny und Melissa zu, einen wichtigen Termin auf den Lippen, und trinke betont unhastig ein Schlückchen Kaffee. Bis bald.

Das Sonnenlicht blendet, ich verlasse die Boutique, der Knopf rutscht mir aus der Hand und in den Rinnstein.

Ich sollte endlich aufhören zu essen.

Immer auf dem Nachhauseweg, immer in der U-Bahn, bemerkt Melissa wieder, wie hübsch sie doch ist. Die schnellen Blicke der anderen Frauen, ein unbeteiligtes Mustern, bewunderndes Festhaken, kurzes Ahh, dann wieder die abgestumpften Augen, die »Was geht es mich an«-Haltung. Sofort sitzen die Frauen nämlich wieder in steifer Würde da, als bedauerten sie, nichts zum Verbessern gefunden zu haben.

Gerade schlägt wieder eine mit blitzenden Blicken nach Melissa, als wolle sie ihr den zarten Leib durchschießen. Quatsch, denkt Melissa. Ich bin überreizt. Sie senkt den Blick, den bösen. Da ist eine Ahnung in ihr. Etwas kann nicht stimmen, wenn alles sich feindlich abwendet. Oder man sah ihr die Hochnäsigkeit schon an der Nase an. Wie sonderbar ihr diese schmutzigen Leute überhaupt vorkommen. Sollen das etwa die normalen Menschen sein? Diese Leute hier mit ihrer fahlen Haut, mit Falten, Furchen und undefinierbaren Körperfetten überall, sogar am Kinn. Oder sie waren alle auf dem Weg zur nächsten RTL-Talkshow »Hilfe, ich bin so hässlich!«.

Melissa muss die Augen schließen. So zermürbt sie das

U-Bahn-Fahren. Nächstes Mal wird sie wieder ein Taxi nehmen. Konnten sich die Frauen ihr Make-up nicht wenigstens beim Kosmetiker legen lassen?

Willst du eine Melissa Melloda küssen, musst du erst ihr Geheimnis wissen, hatten die älteren Schwestern stets gehöhnt. Richtiger, kleiner Abzählreim, das. Aus ihrem Mund klang »Melissa Melloda« wie eine ansteckende Krankheit.

Was ihr Geheimnis ist, weiß Melissa bis heute nicht.

Aber sie muss eins haben, denn die Designer zahlen schon dafür.

Und vielleicht ist es nur der viele Achselschweiß hier drinnen, die McDonald's-Tüten, die alles so unansehnlich machen. Da kann man ja nicht ins harmonische Fließen kommen, denkt Melissa, wenn man die Luft anhalten muss, Tag für Tag. Oder es sind die deckenden Farben. Die unsorgfältigen Jacken und Mäntel, die sie alle tragen?

Ein cooles Subjekt setzt sich neben Melissa. Es trägt gepflegte Dreadlocks und eine blütenweiße Skijacke zu verwaschenen Jeans. Und wie dieses Mädchen sie trägt! Als würde ihr statt Blut wilder Trotz durch die Adern rinnen. Sexy, noch mal. Das Gesicht hat nur ein kleines Nasenproblemchen. Melissa lächelt der Fremden zu. Die lächelt, leicht irritiert, zurück. Ach, einen kleinen Schönheitsfehler müsste man haben, so ein klitzekleines charmantes Schönheitsfehlerchen. Melissa stellt sich das auf einmal sehr aufregend vor.

Das coole Subjekt zieht eine West aus der Tasche. Melissa rückt etwas ab, ihr wird gleich unwohl, wenn Leute so hektisch in ihren Sachen kramen. Möglichkeit eins: Sie haben eine Knarre. Möglichkeit zwei: Sie haben die Kontrolleure schon von weitem gesehen.

Bei genauerem Hinsehen ist das Dreadlock-Girl gar nicht mehr so hübsch. Die Nase ist doch ziemlich zu lang, und auch etwas in die Breite. Melissa schreckt wieder zurück. Um nichts in der Welt möchte sie tauschen mit irgendeinem dieser Leute hier. Na ja, vielleicht die Brüste von der Pamela-Anderson-Hausfrau, die so mürrisch auf ihre Einkaufstaschen starrt. Und wenn es nur für einen Tag wäre. Nur mal gucken, wie's wohl wäre, wenn einem so pralle Dinger wachsen würden. Ein Busen für einen Tag, das wäre schräg.

An den Landungsbrücken steigt eine Horde jugendlicher Rapstars ein. Sie stolpern in überweiten Hosenbeinen und drücken geräuschvoll auf Handys. Wie junge Krieger, die vorhaben, in naher Zukunft eine Stadt zu überfallen. Wie junge Krieger, die eine Zukunft haben, weil sie die Zeiten auf Sieg stellen.

Melissa starrt aus dem Fenster. Schon so dunkel draußen, dass man sein Gesicht darin erkennen kann. Was kann ich dafür, denkt Melissa, dass die Leute so trostlos ausschauen, wie sie leben. Ihr Problem ist es nicht. Sie holt ein Stückchen Schokolade aus der Tasche. Einer der Rapstars schaut herausfordernd rüber, wie sie den süßen Rest von den Fingern leckt. Einer macht Fickbewegungen. Sein Freund ruft: »Lass den Scheiß, Dicker!«

Lass den Scheiß, Dicker. Melissa hat ein Echo in den Ohren. *Lass den Scheiß, Dicker.* Sie fährt herum und starrt ihn an, als wäre er ein Fotograf. Die Jungs lachen. Aus der Fassung gebracht!

Melissa sinkt zurück. Am liebsten würde sie das zuckrige Zeug sofort herauskotzen. Am liebsten würde sie die ganze hässliche Welt wieder aus sich herauskotzen.

Gibt es zum Beispiel irgendeinen Grund, warum Comic-

Sonja heute Mittag mir nichts, dir nichts aus dem Laden gestürzt ist, als seien Außerirdische hinter ihr her? Oder war ich nicht nett genug? Habe mich gar nicht für ihr tolles Kompliment bedankt, denkt Melissa. Ich bin so verdorben.

Sie macht die Augen wieder auf. Alles brüllt weiter. Die U-Bahn und die Welt, die Rapstars und die Schokolade, die Handys. Denn ein Verdacht reift in Melissa. Sonja ist scharf auf Jonas. Sie will ihn mir wegnehmen! Und dabei gehört er ihr nicht mal.

Nur für die Dauer eines einziges Wochenendes hat er ihr gehört. Hat er sie gebraucht.

Hammer Kirche! Endlich. Kreischend kommt die Bahn zum Stehen. Melissa stolziert zur Tür. Draußen herrscht der Dauerregen. Alle haben wie immer ihren Schirm vergessen. Der Regen macht Haare zottelig und wäscht Farbe vom Gesicht. Im Regen sehen alle Menschen gleich aus. Melissa hilft einer Mutter mit dem Kinderwagen. Sie lächelt dem Baby zu, es lächelt rotbäckig zurück, als würde es sich gerne Melissas Augen überlassen.

Was gibt es Schöneres als Sommertage im Frühjahr? Sie löschen alles, was zuvor war, und strahlen wie erste Tage. Als hätte es nie eine Nacht gegeben – und schon gar nicht die schier endlose, aus der ich gerade hervorgekrochen bin – empfängt jetzt ein babyblauer Strahlevormittag die beinahe Schlaflosen.

Die Treppen hinunter und in den Park. Ich will jetzt alles, das Klare, Helle, Besondere. Der süße, satte Sommerduft ist Happyness pur. Er macht die große Stadt zum Dorf, er macht, dass alles wie früher ist, er lässt mich Federball im

Garten spielen. Selbst die Abgase der Autos riechen nach blühendem Land. Und karges Gras, das gestern noch vergessen in seiner Wiese schlummerte, glänzt heute wie Silberglimm in der Sonne.

Der Rasen muss über Nacht gewachsen sein, er wirkt so seidig und splissfrei wie eine neue Kurzhaarfrisur, dieser Stoppelrasen, jetzt voller bunter Leute und voller Normalität. Wenn die Fersen und Fußballen den Boden berühren, ist es ein Fliegen – wie auf einem Trampolin wird man für jedes bisschen Bodenhaftung mit einem kurzen fliegenden Kick belohnt.

Und mir fällt wieder die durchgrübelte Nacht ein. Herrgott, warum bin ich nicht einfach eingeschlafen? Kein Wunder, dass Allita immer behauptet, ich hätte eine sehr lebendige und eine sehr scheue Seite. Verwinkelte Problemschluchten, unübersichtliche Für und Wider, es ging mal wieder um die Details meines neuen Lebens. Als könnte man nachts klarer sehen – das stimmt, das könnte ich unterschreiben, mit großen, stimmungsvollen Buchstaben, dass man nachts, am besten nachts, an allen Fäden der eigenen Existenz ziehen muss. Was aber keinesfalls heißt, dass man nachts auch besser gehen kann. Die nachts gestellten Probleme lassen sich nur am Tag lösen. Stehen Sie einfach auf und fangen Sie sofort damit an! Und wenn es nur um die Frage der richtigen Diät geht.

Der Tag, denke ich, während ich durch eine dieser kleinen Wolken von Mücken hindurchrenne, die wie belämmert im Kreise schwirren, der Tag ist ja auch noch da. Die Natur hat ihre eigenen Laufzeiten, sie interessiert sich nicht für die Gedanken, die gar nicht in ihr sind, sondern nur in den Hirnwindungen eines einzelnen, kleinen Nachtmenschen.

Ich habe mich letzte Nacht endgültig entschieden: Slim Fast. Ein leckerer Brei, in mehreren Geschmacksrichtungen, über den Tag verteilt – plus eine Mahlzeit zusätzlich, die darf man sich, in voller Eigenverantwortung, selbst aussuchen. Bei Slim Fast herrscht nämlich Gewaltenteilung. Zwei Drittel der Kalorien kommen aus der Konserve, den Rest bestimme ich. Ha, das passt zu meinen beiden Seiten.

Und Joggen, denke ich, während der heimsatte Geruch von frisch gebackenem Pfannkuchen zu mir herüberweht, ist einfach die beste Sportart. Allein schon, dass man sich danach nicht die Haare föhnen oder die eigene schlechte Tagesform gegenüber anderen rechtfertigen muss.

Wie ein Strich, man nennt es »Ich fühle mich wie ein Strich«, wenn man ganz im Einklang ist mit sich und der Welt. Das hat Allita gestern erzählt. Spätabends ist sie auf dem Fahrrad angefahren gekommen und hat vollkommen nüchtern verkündet: »Mir geht es super. Ich fühle mich wie ein Strich.«

Aber Allita geht es ja immer super. Und wie ein Strich hat sie auch ausgeschaut. Schlank und rank und per Du mit allem Überirdisch-Seligen, in einem Cocktailkleidchen aus Pink und Blau. Dass so viele Farbnuancen gehen – auf so wenig Stoff!

Allita ist die einzige naturschlanke Frau, die ich kenne. Und sie ist immerhin schon dreißig. Aber auch sie musste sich eines Tages zwischen Schokolade und Alkohol entscheiden. Alle anderen müssen wohl hungern oder sonst etwas tun, wie zum Beispiel viel Sport treiben. Manche Mädchen tun dabei so, als könnten sie essen, was sie wollen, ohne zuzunehmen – nur probiert haben sie es noch nicht. Im Gegensatz zu Jungs, die oft beides können, Schokolade & Alkohol, weil die Jungsnatur wohl zum Schlaksigen tendiert.

Im Sportdress rennen jetzt eine Dicke und eine Dünne vor mir her. Ich bleibe schon wieder bei der Dünnen hängen. Es gibt nämlich Leute, die sehen immer nur die Dünnen, und andere, die sehen immer die Dicken. Und es gibt natürlich die Normalen, die alles ganz normal sehen, die Wirklichkeit, wie sie wohl wirklich ist.

Allita zum Beispiel sieht immer das Normale. Allita, die gestern ein Strich war und gescherzt hat in ihrem engen Cocktailkleidchen. Allita hat gesagt, dass sie schon viele Dicke gesehen hat in letzter Zeit.

»Gerade in diesem Frühjahr«, hat Allita auf ihre übermütige Art ausgerufen, »habe ich schon viele gesehen, die, nun ja, ein bisschen moppelig waren.« Allita, die ein Strich ist in der Landschaft. Und: »Ist ja nicht schlimm, macht doch nichts«, hat sie gesagt.

Ich wusste nichts zu erwidern. Man kann nicht immer dasselbe sagen zu seiner besten Freundin, wenn die knieschlank und dreißig vor einem steht, in ihrem schönsten Kleid, weil jedes Kleid ihr schönstes ist. Ich für meinen Teil habe jedenfalls in diesem Frühjahr noch kaum eine Dicke gesehen. Werde aber sehr wohl schon wieder von drei Dünnen gleichzeitig überholt. Selbst beim Joggen sind diese Dünnen durch nichts zu erschüttern.

Ich muss es mal gelassener sehen: Ich bin doch Superheldin. Auch das ein Resultat der durchgrübelten Nacht. Falls es nicht klappt mit der Gesangskarriere, habe ich immer noch die Comics und meinen daraus abgeleiteten, albernen Beruf einer Mediendesignerin. Den kann mir auch keiner mehr nehmen. Und ich muss zusätzlich dankbar sein, denke ich, während die Hochhäuser, die seitlich den Park begrenzen, an mir vorüberfliegen, dass ich so viel von zu Hause aus arbeiten kann. Auch in dieser Hinsicht hat sich die scheue Seite prima durchgesetzt. Hey: Ich habe mein Leben gut im Griff – oder hat es mich im Griff? Ich renne über einen zertretenen Kaufhof-Katalog, darauf das Bild einer Schönheit mit langen, glatten Aaliyah-Haaren und Brüsten wie aus Stein. Ein Eichhörnchen springt flink und umsichtig in das Gebüsch zurück, aus dem es gerade hervorgesprungen ist. Eichhörnchen sind so unsichere Tiere, dass man sie einfach gerne haben muss. Menschen hingegen müssen beinahe immer und auf jeden Fall stark sein, stark und autark, ausgeflippt und angepasst – und all das in einer ziemlich kruden Mischung, die einem keiner so genau erklären kann.

Und ich sehe mich wieder bei Kamillentee und Zwieback in meiner alten, schummrigen Altbauwohnung. Sehe mich dasitzen, mit ein paar Fässern Tusche, einer Feder, großflächige Comicbilder liegen ausgebreitet auf dem Tisch. Alles um mich herum glänzt und flimmert, und ich weiß nicht mehr: Ist es das Fieber, oder kommt das viele Glitzern von den Herzchen und Monden, die ich aus Nagellack-Flaschen direkt auf die Bilder befördere?

Meine Bilder werden auf jeden Fall immer kindlicher. Wenn das so weitergeht, fange ich eines Tages an, süße kleine Tierchen zu malen. Na, wenn schon. Durch ein Loch im Zaun klettere ich aus dem Park heraus. Ich darf nicht so viel zweifeln, bin schließlich Superheldin von Beruf.

Die Zeichenmappe ist schwer. Ich drücke sie ganz fest an mich – als müsste ich sie beschützen. Gestern Nacht hat Kicky angerufen, um mich als Band-Designerin anzuheuern! Ob ich eine Layoutidee hätte, irgendeine, sie bräuchten noch ein Bild für ihre neuen Konzert-Flyer. So schnell sind mir noch nie Comics gelungen. So überdimensionale Pinguine, ohne nachzudenken … einfach wieder mit Nagellack ausgemalt. Nur meine Atemwege sind nicht einverstanden. Hoffentlich bin ich nicht allergisch auf das Zeugs. Vielleicht werde ich krank.

Tolle Schaufenster, Sonderangebote, neuerdings kann ich nicht mehr durch das Schanzenviertel laufen, ohne in Gedanken alle Boutiquen leer zu kaufen, als wäre ich schon so gestört wie Mama früher.

Die Jeans mit den Bordüren, wann steht mir so was endlich? Wann macht mein Slim-Fast-Breichen aus leckerer Vanille, manchmal auch Schoko oder Cappuccino, sich endlich ganzkörperlich bemerkbar? Das Auto hupt. Ich weiß, ich soll über die Straße gehen, statt mehrere Ewigkeiten lang die Blümchenmuster auf den Hosenbeinen zu studieren.

Allita behauptet, die Schaufensterpuppen seien dünner geworden. In den Achtzigern hätten sie noch weibliche Formen gehabt. Sie erwägt, eine kleine Reportage darüber zu schreiben. Mit ausgedachten Puppen-Dialogen – und ich soll ihr dabei helfen! Sie hat sogar versprochen, dass ich die dünne Puppe schreiben darf. Aber das sind so Sachen, die sind mir echt zu blöd. Achtziger-Jahre-Angeberin. Nur weil sie zehn Jahre älter ist, braucht sie mir nicht so 'n Quatsch zu erzählen. Die Schaufensterpuppen, dünner geworden – dass ich nicht lache. Sie sagt es nur, um mich von der Diät abzubringen. »Krieg mir bloß keine

Essstörung.« Gebetsmühlenartig. Ich brauche keine zweite Mutter, danke. Außerdem bin ich nicht dünn genug für die dünne Puppe.

An der Ampel hängt immer noch der Diät-Zettel: »Abnehmen leicht gemacht. Wir nehmen nur schwere Fälle.« Pah, ich löse meinen schweren Fall allein. Zehn Pfund müssen noch runter.

Endlich stehe ich vor dem »Hauptquartier« von Museabuse – wie Kicky die Wohnung von Micky genannt hat. In goldverzierter Schnörkelschrift steht MUSEABUSE an der Klingel. Wie überzeugt muss man sein von seiner Band, um den Namen an die Klingel zu schreiben?

Kicky winkt mich nach oben. Ich darf auf einem der weinroten Kinosessel Platz nehmen.

»Die hab' ich schon mal irgendwo gesehen.«

Micky schiebt sich eine Praline in ihren amtlichen, diva-roten Pop-Art-Mund. »Sind von dem Secondhand-Laden auf dem Schulterblatt, unter der Brücke. Die immer die Möbel auf den Gehsteig stellen.«

Es klingt etwas geknickt. Sie hätte sie wohl lieber Russell Crowe höchstpersönlich abgekauft. Dann beugt sie ihren trägen Luxuskörper über den bunt schillernden Glastisch und schenkt mir ungefragt einen Sekt ein.

Schnell ergreife ich den dünnen Stiel des Glases. »Seit ich euch kenne, trinke ich nur noch Sekt.«

»Sekttrinken macht glücklich«, sagt Micky völlig ernst.

Und hat die wenigsten Kalorien, denke ich, schon beglückt.

Auf dem kleinen Kinderzimmerplattenspieler eiert sich eine alte Take-That-Single der Schlussrille entgegen.

Kicky will wissen, was ich eigentlich genau mache bei

meinem Job. »Bildbearbeitung. Aus japanischen Comics die Schrift entfernen und das Bild wiederherstellen.«

»Aha.«

Die Tätigkeit scheint außerhalb ihres Vorstellungsbereichs zu liegen. »Fließbandarbeit, die sich Mediendesign nennt.«

»Aha.«

Micky mischt sich ein: »Und macht ihr da auch so Sachen wie Models retuschieren?«

Ich muss lachen. Wenn ich von meinem Job erzähle, fragen die Mädchen immer nach den Models und die Jungs nach den Mangapornos.

»Wir haben öfters Aufträge für Modeprospekte. Für Comics allein würden sich die teuren Computer gar nicht rentieren.«

Ich genieße kurz das »Wir«. Es klingt so amtlich. So unverzichtbar. Wir retuschieren Models. Super.

»Wie, echt?« Kicky springt auf und setzt sich wieder hin.

»Hast du das auch schon mal gemacht?« Ihre Stimme klingt erregt, als würden wir in Wirklichkeit über Pornos reden.

»Manchmal, wenn wir im Stress sind.«

»Wie? Und die Models sehen in echt gar nicht so aus wie auf den Bildern?« Aus Kicky spricht die pure Empörung.

»Was heißt in echt …? Wie die in echt aussehen, ist noch mal eine andere Frage. Wir kriegen schon die toll ausgeleuchteten Fotografen-Fotos.«

»Aha. Und die toll ausgeleuchteten Fotografen-Fotos werden dann noch mal weiter verbessert.« Kicky hat vom Porno zum Tatort übergewechselt. Ulrike Folkerts horcht mich aus. Dabei kennt sie die Details der Unterhaltungskriminalität doch sicher besser als ich. Schließlich waren schon Fotos von ihr in allen möglichen Musikzeitschriften.

»Filmstars gibt es nur im Film«, sage ich arrogant. Dann passiert etwas Komisches: Ich höre, zum ersten Mal seit Tagen, meinen Magen wieder knurren.

»Mann, man kann immer alles noch verbessern«, sage ich, »weißere Zähne, den Bauch dünner, die Haare voller, den Busen größer und so weiter.«

»Mensch«, ruft Micky, »find' ich das scheiße.«

»Was für ein Dreck.« In Kickys Stimme schwingt ein extrem verächtlicher Unterton mit: »Und daran sollen wir uns orientieren!«

»Musst du ja nicht.« Micky wirft Kicky einen etwas beunruhigten Blick zu.

»Ja, ich weiß, ich muss das nicht. Ich habe so was natürlich nicht nötig. Ich bin die Zukunft!«

Diese kratzende Selbstgewissheit in ihrer Stimme!

»Ach, wäre ich doch auch eine Sängerin!«, höre ich mich da sehnsuchtsvoll ausrufen.

»Moment mal«, Kicky fährt so kerzengerade hoch, dass ihr der Kinosessel unter dem Arsch zusammenklappt, »was hindert dich daran?«

»Dass ich noch nicht richtig gut singen kann.«

Kicky und Micky brechen in Gelächter aus. Sogar Ricky kichert in sich hinein.

»Singen können«, ruft Kicky, »ist etwas für Anfängerinnen.«

»Für Dumme«, legt Micky nach, »für die Verblödeten der Samstagabendunterhaltungsshows. Jedenfalls nichts für groovy Chicks wie uns. Wir sind so was wie Dylan oder Distelmeyer.«

Für das Beispiel kassiert Micky jetzt einen kleinen Tritt gegen das Schienbein. »Wir brauchen auf unseren ersten Alben nicht perfekt singen oder spielen können. Wir lernen das wie alle normalen Genies im Lauf unseres langen Musikerlebens.«

Ich muss lachen. »Ich nicht.«

»So ein Quatsch.« Kicky hat diesen sprichwörtlich gefährlichen Unterton in der Stimme. Mit ihren weißblonden Haaren und dem schwarzen Kunstpelz sieht sie sowieso aus wie ein Superstar aus New York. »Du musst doch nur die Töne treffen. Das kann jeder, der gerne Musik hört. Noch besser allerdings, du triffst die Töne nicht.«

»Oder nicht immer«, ergänzt Ricky.

»Jedenfalls bin ich froh, dass ich euch getroffen habe. Ihr seid viel besser als alle Töne.«

Das ist wahrlich wahr: Ich bin ganz neidisch auf mich selbst, als wäre ein Teil von mir ungefragt in einen Werbespot für »das echte Leben« hineingeraten.

Kicky gibt sich mit meiner selbstbewusstlosen Art, eine Sängerin sein zu wollen, natürlich nicht zufrieden. »Oder nimm Gesangsunterricht. Das ist zwar gegen meine Überzeugung. Aber bitte, wenn's nicht anders geht …«

»Gesangsunterricht? Traue ich mir nicht zu.« Die Lüge geht mir relativ flott über die Lippen.

Sie lacht. »Warst wohl nie im Kirchen- oder im Kinderchor?«

»Ich war überhaupt nie in der Kirche«, sage ich, und weil's mir gerade so richtig knallgut geht, »geschweige denn je ein richtiges Kind.«

»Oh. Du Ärmste.« Micky reicht mir ein neues Glas Sekt. Davon abgesehen klingelt es jetzt an der Tür.

»Scheiße, das wird doch nicht …« Micky hechtet zum Eingang und bringt – wie zum Beweis dafür, dass es sich bei meinem Leben mindestens um eine rasante Bravo-Foto-Lovestory handelt – meinen Schwarm Johnny mit ins Zimmer.

»Ich wusste ja gar nicht …« Meine Stimme erstirbt.

»Hey, das ist aber eine tolle Überraschung!« Er scheint sich aufrichtig zu freuen.

Die Freude ist ganz auf meiner Seite, auch wenn mir der Shopping-Schock von gestern noch in den Knochen sitzt. Aber Johnny scheint es nicht zu stören, dass ich den Rock in Größe 38 nicht gekauft habe.

»Darf ich vorstellen: Das ist Johnny, unser Sound-Mischer – Sonja, unsere Medien-Designerin.«

»Ich glaub', ich häng'«, sagt Johnny, »du bist Designerin?!« Oder vielleicht sagt er auch irgendetwas anderes; ich krieg' es nicht genau mit, nervös wie ich bin.

»Los, komm«, Kicky klatscht aufgekratzt in die Hände, »zeig doch mal, was du uns Schönes gemalt hast.«

So unbeteiligt wie möglich packe ich meine Comics aus und verschwinde dann, mit derselben beiläufigen Geste, in Mickys Badezimmer.

Mit meiner guten Laune ist es dahin. Was mach ich nur, wenn sie meine Kunst scheiße finden? Im Schönheitstempel der Diva geht das Licht nicht an. Nur ein paar helle Streifen, die aus den Lüftungsschlitzen der Tür hervorscheinen, verbinden mich noch mit dem frohen Treiben im Wohnzimmer. Verdammt, da ist man jetzt schon aufm Scheißhaus von 'ner Diva, und dann muss man sich mehr tastend als sehend die Lippen nachziehen. Meine Hand zittert, es ist mir sooo wichtig, dass sie mich gut finden. Die Angst scheint aus einer fernen Gegenwart zu kommen – genau wie meine vergeblich auf Spiegelung fixierte, ruhelose Gestalt. Ich wünschte so, ich wäre wieder fünf

Jahre alt und keiner würde mich beachten. Ich knie auf dem Boden im Wohnzimmer und male nach Lust und Laune meine launischen Kinderbilder – und es gibt keine fordernden Mädchenbands und keine wilden Sänger, keine lichtlosen Badezimmer und keine fetten Pinguine.

Als Kicky mir um den Hals fällt, komme ich zurück in die Wirklichkeit.

»Das sind ja Pinguin-Mädchen! Supersüß! Total in unserem Stil. Dürfen wir die als Logos benutzen?«

»Na klar.«

Sie meint es nicht ernst, sie hat sicherlich nur Mitleid.

»Meinst du echt?«

»Na klar«, grüne Augen funkeln wie Lichtorgeln in ihrem blassen Gesicht, »sie wirken so zerzaust und haben trotzdem etwas Niedliches. Das gefällt mir.«

Ich vergesse beinahe, dass Johnny im Zimmer ist. So glücklich bin ich auf einmal. Was heißt im Zimmer. Er steht direkt neben mir, unsere Arme berühren sich, und er starrt auf die Bilder.

Ich wage auch einen Blick auf die Zeichnung. Sehen eigentlich recht dünn aus, die Viecher. Zum Glück.

»Ich bin der Pinguin mit dem Muse-T-Shirt!«, ruft Micky. In dem Moment passiert es: Johnny fällt das halbvolle Sektglas aus der Hand und mitten auf das Bild.

Da ist nichts zu machen! Kicky zieht es hoch, aber es ist nur noch ein wirres Gemisch aus Nass und Farben. Als Erste gewinnt Kicky die Fassung wieder, falls man das Fassung nennen kann.

»Du Idiot!« Sie wirkt so wütend, als ob sie ihm gleich eine knallen will.

»Es tut mir leid«, stammelt Johnny, »das wollte ich nicht.«

Aber Kicky ist nicht mehr zu beruhigen: »Männer«,

schreit sie, »müssen immer alles kaputtmachen. Das ist doch kein Zufall, Mann. Du verkraftest es nicht, dass Frauen auch tolle Künstler sind.«

»So ein Quatsch, da eine unbewusste Absicht zu unterstellen.« Was interessiert mich mein Bild, wenn ich die Ehre habe, einen coolen Rockmusiker zu verteidigen.

»Ich finde auch, dieses Mal gehst du zu weit«, ruft Ricky.

»Wie? Was?« Johnny stammelt noch immer. »Ich gehe zu weit?«

»Nein, die meint mich!« Kicky macht ein Gesicht wie zehn Tage Lausbubenwetter: »Ich gehe zu weit. Aber mir auch egal. Ich sehe das so: Kaum haben wir ein Bandlogo, kommt ein anderer Musiker und zerstört es wieder. Deshalb heißen wir Museabuse. Verstehst du? Weil ich mich mit Musikeregos auskenne. Mit ihren kleinlichen Zerstörungsversuchen.«

»Quatsch«, sage ich, »du kannst ihm das nicht anlasten. Du kannst doch nicht alle Musiker über einen Kamm scheren. Nur weil sie genug Mumm haben, sich über die Kleinlichkeiten des Alltags zu erheben.«

Kicky lacht. »Am liebsten würde ich dich in den Arm nehmen und sagen: Das geht vorüber, Baby. Wir waren alle mal jung und naiv.«

Wir streiten weiter. »Außerdem hätte das mit dem Sekt jeder von uns passieren können.«

»Es ist aber nicht jeder von uns passiert, sondern nur diesem unwiderstehlichen Don Juan hier.«

»Hör auf.« Ricky gibt vor, sich die Ohren zuzuhalten.

»Das sind die Momente, in denen ich dich nicht mehr verstehen kann, Kicky. Ehrlich.«

»Ich gehe jetzt besser«, sagt Johnny, offensichtlich zu verdutzt, um sauer zu sein.

»Ja, geh nur«, faucht Kicky.

Ich bin gerührt. Alles wegen meiner Zeichnung!

»Also, hört mal zu, Kinder«, sage ich, so sachlich wie möglich, als wäre ich meine beste Freundin Allita: »Es ist überhaupt kein Problem für mich, das Ding noch mal zu malen. Das mache ich in zehn Minuten.«

»Na gut, wenn das so ist.« Kicky macht eine versöhnliche Geste in Johnnys Richtung. »Sorry, dass ich gleich ausgeflippt bin, Sir.« Sie verbeugt sich leicht und spielt die Untergebene. »Vielleicht habt ihr ja recht und es war wirklich nur Pech. Moment, ich hole dir ein neues Glas.«

»Trinkst du auch noch eins?« Johnny schaut mich an. Meine Antwort scheint ihn ernsthaft zu interessieren.

»Klar«, sage ich, zu hoffnungsfroh vielleicht. Aber er soll nicht merken, dass ich um meine Pinguine trauere.

»Sieht doch sehr cool-psychedelisch aus, das Bild mit den zerlaufenen Farben«, sagt er so tröstend, als ob er meine Gedanken lesen könnte.

»Du kannst es gerne haben.«

Er bedankt sich mit einem Küsschen auf die Wange. Ohne zu denken, küsse ich ihn auf den Mund. Er zieht mich zu sich ran. »Hey«, flüstert er, »noch mal.« Und so stehen wir jetzt also mitten im Zimmer und küssen uns, was das Zeug hält. Er fühlt sich gut an, so gut.

Hinter uns stößt Kicky einen kleinen, entsetzten Schrei aus. »Schau mal, Micky, die küssen sich.«

Eine volle Ladung Sekt landet auf Johnnys Kopf. Der steht da wie ein begossener Pudel, und ich muss lachen.

Was für ein Anfang einer großen Liebe!

»So«, sagt Kicky konsterniert, »jetzt sind wir wieder quitt.«

Das macht vielleicht einen Unterschied! Ob man sich drinnen am Computer durch die Webseiten schlägt oder mit dem Laptop auf dem kleinen Balkon in den Frühling hinaus recherchiert. Hell und bunt wettstreiten die Computerbilder mit der Sonne, und manchmal bauen sie sich so schnell auf und ab, als müssten sie in ihr blinzeln wie Allita. Hopplahopp.

Schnell. Es soll und es darf und es muss schnell gehen. Der verwilderte Hinterhof-Garten verspricht einem mindestens das Paradies, auch wenn Allita auf das Wörtchen »Paradies« gerade nicht gut zu sprechen ist. Erstens muss sie etwas über die französische Modelsängerin Vanessa Paradis herausfinden, und zweitens steht noch die Brandy-Coverversion des blöden Phil-Collins-Titels »Another day in paradise« an. Da! Endlich etwas Brauchbares. Brandy dementiert die Einnahme von Diät-Pillen.

»Warum ist Brandy letzten November zusammengekracht? Die Grammy-Gewinnerin und Schauspielerin hat Gerüchte dementiert, wonach die Abhängigkeit von Diät-Pillen zu ihrem Kollaps geführt hat. Der 20-jährige Popstar, deren voller Name Brandy Rayana Norwood lautet, erzählte dem Syndicated Entertainment News Program, dass ihr Zusammenbruch das Resultat von chronischer Müdigkeit und Dehydration war. Auch eine Magersucht wies sie scharf von sich.«

Würde ich auch dementieren. Allita trinkt einen Schluck Bier, schaut ins Grün der Bäume, dann wieder auf die Uhr. Es muss möglich sein, innerhalb von zehn Minuten, einer Viertelstunde alles über Brandy zu erfahren. Okay, weiter. Der Artikel macht jetzt einen Schwenk zu Brandys Mutter. »Mrs Norwood wäre es lieber, Brandy, jetzt 20, würde nicht mit L.A.-Lakers-Spieler Kobe Bryant ausgehen. Sie kümmert sich energisch um ihre Tochter, will sich notfalls auch in ihre Beziehungen einmischen. Wer sich auf Brandy einlässt, wird es auch weiterhin mit ihrer Mum zu tun kriegen.«

Mutter will genau wissen, mit wem Tochter sich rumtreibt – wenn das kein handfester Grund für Magersucht ist, denkt Allita, denn irgendwie leben die Magersüchtigen schon in einem goldenen Käfig. Andererseits muss man nicht übermäßig behütet leben, um als Seifenoper- und R&B-Star Diät-Pillen zu schlucken.

Oder das Showgeschäft ist der goldene Käfig. Bisschen Seifenoper, bisschen R&B, bisschen von der Mutter nicht loskommen, also bei der fatalen Mischung – Allita greift nach dem Bier – wäre es höchstens berichtenswert, wenn Brandy nicht magersüchtig wäre. Und genau so ist es ja auch. Die Meldung lautet: Brandy nimmt keine Diät-Pillen. Brandy ist nicht magersüchtig! Allita lacht. Man sollte überhaupt das Ereignis daraus machen, dass jemand *nicht* magersüchtig ist.

Schade, die Meldung ist zu alt. Aber aus dem Abschnitt über die Mutter könnte man was machen. Mütter ändern sich nicht so schnell wie Pop-News oder Chartsplatzierungen. Mütter ändern sich eigentlich nie. Noch in dreißig Jahren wird Brandys Mutter sich Sorgen machen. Einfach so. Mütter machen sich einfach so Sorgen. Allita kichert: schon wieder nur Psycho-Gedanken. Was für ein Glück, dass auch Stars nur Menschen sind. In das System kann man sich auch reindenken, wenn man keine oder nur wenig Ahnung von Musik hat.

»Hättet ihr gedacht, dass ausgerechnet sexy Brandy an der Leine ihrer Mum geht?« Etwas in der Richtung. Nur nicht so klischeemäßig.

Schon halb fünf Uhr. Allita gibt »Babyface« in die Suchmaschine ein.

Die Zeit galoppiert mal wieder.

Noch vor einem halben Jahr war eine halbe Stunde ein
halber Tag. Wie sehr hat man als Therapeutin im Jugend-
heim von der Schnelligkeit »echter« Jobs geträumt.
Schnell reden, schnell denken, schnell etwas erledigen, arbeiten wie im Rausch. Kaffee, Adrenalin, sich selber und
die anderen hochfahren, einwirken lassen, ein Ergebnis
erzielen, fertig. Jobs wie Haarewaschen, Nägellackieren.
Jobs, die auch gut riechen. Allita seufzt. Ihr Job als Fern-
seh- und Radio-Autorin riecht zwar wie der alte, nach
Kaffee. Und einfach ist er auch nicht. Aber wenigstens lustig. Da kann Mutter noch so viel herummeckern, von
wegen *das ganze Studium umsonst*. Als sei das hier keine
Jugendarbeit. Allita kichert schon wieder. Die Kids zu
noch mehr Geilheit aufstacheln. Statt sie um zehn ins Bett
zu scheuchen, ihnen Tattoos, Ratten und Pornos zu verbieten. All die herrlichen Dinge, die arme Geschöpfe unbedingt brauchen. Ach, das Leben ist zu gut! Allita trinkt
einen kräftigen Schluck Bier.

Die Suchmaschine ruft immer noch »Babyface«.

Früher habe ich immer gedacht, alles wird gut, wenn man:

a) in der richtigen Stadt wohnt und dort im richtigen
   Viertel,

b) die Freunde hat, die man wirklich haben will,

c) beruflich/künstlerisch genau das macht, was man sich
   am meisten wünscht.

Und wenn man dann:

d) vielleicht zusätzlich noch eine Diät durchhalten könnte

– dann würde endlich alles gut. Und voilà – genau so ist es!

So langsam geht alles in Erfüllung, was ich mir immer gewünscht habe, die ganzen, großen Versprechen: Liebe und Nachtleben, Freundschaft und Shopping, Diät und Kunst. Nichts hält mich mehr in meinem Bett, obwohl es erst zehn Uhr morgens ist.

Hey, von wegen Friss-die-Hälfte macht schlapp. Ich bin fit, fit, fit. So ein kleines Hungergefühl am Morgen vertreibt Kummer und Sorgen. Sperrangelweit reiße ich die Fenster auf: Ein neues Leben soll man nicht warten lassen. Motorenlärm von tausend Autos mischt sich in die Vorfreude auf die anstehende künstlerische Arbeit.

Unten auf den Straßen wissen auch schon wieder alle genau wohin. Oder schnallt sich irgendwer morgens ohne Ziel an? Empfängt freiwillig die Blitzermeldungen aus dem Radio?

Ich frühstücke eine Tasse schwarzen Kaffee und eine Tasse weißen Kaffee. Wenn die Autolärmer wüssten, dass sie einen Künstler beim frühstücken stören. Würden noch mehr auf die Hupe drücken. Mach mal voran, wir müssen schließlich auch.

Auf MTV rücken gerade die niedlichen Gorillas von der Zeichentrick-Band Gorillaz aus. *I'm useless, but not for long, the future is coming on, it's coming on, it's coming on.* Die Zukunft kommt in einem Endlos-Loop, auf tapsigen Menschenaffenbeinen. Der gute Jamie Hewlett hat die kleine Äffchen-Bande aber auch verdammt gut hingekriegt. Sie sind von einer meisterhaften Schönheit – nicht zu menschenähnlich gezeichnet und nicht so krass und tierhaft wie meine Pinguine. Ich bin richtig neidisch. Aber ich bin ja auch selber schuld, wenn ich schon um diese

Uhrzeit an der Welt der anderen teilnehme. Jetzt wird an der eigenen Welt teilgenommen – und vielleicht sogar etwas von der Schönheit dieser Videoclip-Kunst in die eigenen Entwürfe überführt. Juhu, ich zerspringe vor Freude: Ich darf auch eine Band malen!

Ich trinke das schwarze Meer aus und laufe zur Leinwand rüber. Erst mal die Pinguine neu erfinden. Das sind im Prinzip scheue Tiere. Die wollen, dass man Abstand hält. Außerdem habe ich gelesen, dass sie wahllos überall hinscheißen. Hm. Das ist ein gutes Bild, ziemlich provokant auch. Das passt zur Fuck-Off-Attitude von Museabuse. Daraus werde ich jetzt etwas zaubern. Aber bitte ohne Fäkal-Humor, Sonja, sage ich selbstgesprächig. Wie wär's denn, Sonja, die Pinguine lassen überall goldene Platten und Zeichenblöcke liegen? Es würde die Leute mit Sicherheit sehr aufregen, regelrecht bestürzen, wenn eine sehr rockige Mädchenband plötzlich sehr viele Platten verkaufen würde. Ruhig. Ich atme ein paar Mal tief durch. Die Idee ist gut, ich bin bereit.

Wenn ich so weitermache, komme ich doch noch mal auf eine Kunsthochschule. Vielleicht kann ich sogar an einer Mappe arbeiten. Meine pummeligen Pinguine werden nicht freundlich die Umwelt bescheißen, sondern mit Arsch und Titten für den Fortbestand des musikalischen Teils der Menschheit sorgen. Einfach rocken! Brauchen ja nicht alle Diät machen, so wie ich … man kann auch auf Diät noch zu den Dicken halten. Schnell weiter, nicht zögern, einen Entwurf auf die Leinwand hauen, sehen, was ich kann. *The future is coming on, it's coming on, it's coming on.*

Das Handy klingelt. Auch das noch. Der gute Tim. Der einzige Freund, den ich auf der Arbeit habe. Er weiß noch gar nichts von meinem neuen Leben.

»Wie? Jetzt? Ich bin gerade mitten in einem großartigen Schaffensrausch. Jamie Hewlett ist ein kleiner Gorilla-Scheißer gegen mich.«

Tim nervt natürlich weiter.

»Nein, das sage ich nicht immer. Klar, das schon. Vor allem dir, meinem stillen Gegenüber.« Schmeicheln hilft beim Abwimmeln.

Aber Tim lässt sich nicht abwimmeln. Tim ist das Gegenteil eines scheuen Pinguins und will jetzt gleich vorbeikommen. Ich beschließe, dass mir ein wenig Abwechslung nach all der Aufregung gut tun wird.

»Wenn du eine Packung Kaffee mitbringst.«

Natürlich kriegt er die Sache mit dem Kaffee in den falschen Hals. Ha, er vermutet eine Einladung zu einem Super-Brunch und droht mit Käsebrötchen und Teilchen aus der Bäckerei.

»Kaffee, einfach nur Kaffee. Verstehst du: Es ist Monatsende, ich habe kein Geld mehr und kaum noch Kaffee. Außerdem, weißt du schon das Neueste? Ich habe wahrscheinlich einen neuen Freund, Boyfriend … Dann ist ja gut. Bis gleich.«

Das war gemein. Ich habe ein schlechtes Gewissen. Das darf man nicht. Einem guten Freund von einem neuen Freund erzählen. Noch dazu, wenn man vorher so harsch mit ihm umgesprungen ist. Der arme Tim. Das Gemeinsein war mir leider eine ziemliche Freude. Unvorstellbar, ein solches Gespräch mit Johnny zu führen. Darf man bei Johnny überhaupt husten, ohne dass er es persönlich nimmt?

Egal – wenn ich nur an Johnny denke, überkommt mich eine kribbelnde, heißkalte Angst-Süße. Er hat mich so fest gepackt und geküsst. Er ist ein richtiger Mann. Und er spielt nicht nur blöd Bass vor sich hin wie Tim. Bassisten brauchen sich nicht zu beschweren, wenn sie von kreativen Frauen angezickt werden. Sie sollen erst mal Gitarre spielen lernen. Hoffentlich ist Tim wenigstens Manns genug, einen anständigen Markenkaffee mitzubringen.

Jetzt geht alles ganz schnell. Ich donnere einen Pinguin auf die Leinwand, der statt eines Schnabels eine goldene Platte mitten im Gesicht sitzen hat. Das ist der Erfolgspinguin. Er muss nur noch einen englisch-asiatischen Namen bekommen. Etwas Geheimnisvolles.

So geheimnisvoll wie das ganze Leben der Pinguin-Girls.

Kräftig geschüttelt von der genialen Adrenalin-Sause, blättere ich mich durch Entwürfe, die ewig lange her sind, und warte auf Tim. Ich hätte mir nie träumen lassen, dass ich einmal zu der Kreatur heranreife, die ich immer sein wollte.

Es ist die pure Lust an der Zerstörung aller alten Traurigkeiten, dass ich mir die Zeichnungen aus der Schulzeit überhaupt antue. Oh no, no. Die artifiziellen Schwarzweiß-Geschichten aus dem so genannten Leben der sorgenvollen Sonja. Die schutzlose Schulzeit, die ständigen Sozialzwänge. Jetzt ist alles gut. Ich erzähle dem vierzehnjährigen Mädchen, das ich früher einmal war und seitdem nie mehr ganz losgeworden bin, dass ich es geschafft habe: *Nie mehr um sieben Uhr morgens aufstehen. Immer wach sein stattdessen.* Und hey, ich habe in der Zwischenzeit mehr als nur einen englischen Jungen geküsst.

Da freut sich die arme Sonja aber! Die wollte doch früher gar nicht mehr aufstehen.

Im Bett liegen bis zum späten Sonnentag-Nachmittag, und in acht oder neun Tagen geht die Schule wieder los. Die Schule erschießen. Sonja fällt auf, wie wach sie ist. So gnadenlos wach müsste man immer sein, denkt sie, so wach geht man nicht verloren. Und Sonja denkt: Ich werde mich einfach überall mit hinnehmen. Ein beruhigender Gedanke.

Es sticht in Sonjas Magen, wie immer, wenn Anpassungen anstehen. Sie kann in so Gruppen wie Klassenverbänden nicht richtig ticken. Es macht sie krank, von der Energie so vieler Leute angefixt, nicht mitzumachen beim allgemeinen Gefühlsgroßhandel. Sonja malt Schwüre auf Papier: *Nie mehr um sieben Uhr morgens aufstehen, später! Immer wach sein stattdessen! Einen englischen Jungen küssen!* Einen von dort, wo die Popmusik herkommt.

Um fünf Uhr nachmittags begibt sie sich mit einer Extraportion Hunger geschlagen in Mamas Küche und kaut an Toasts herum und trinkt literweise Kaffee. Der ist so bitter wie das ganze Sonja-Leben. Wenn es etwas Schlimmeres gibt als die letzten Tage Sommerferien – noch dazu in einer schönen, neuen, kleinen Stadt –, soll man es ihr bitte sagen. Sie wird es dann unverzüglich an Amnesty International weitergeben.

Miau. Ist Sonja vielleicht eine Hauskatze?

Kaum ein kleines bisschen Ungebundenheit gewöhnt, musste man sich schon wieder einschränken. Ein paar Stunden durch fremde Gärten gestromert, grapsch, schon wieder eingefangen von den rechtmäßigen Besitzern.

Sonja steht vor dem Spiegel und inspiziert die Problemzonen. Hallo Hauskatze ohne Mund! Sie wird die karminrote Jeans, den orangebraunen Sweater, die bestickte Weste anziehen und die Haare offen tragen. Armschmuck ja,

Ohrringe und Piercings nein, und zu allen nett sein. Bloß nicht wieder durch Flippigkeit auffallen. Oder, noch schlimmer, durch die Flapsigkeit ihrer frechen Sprüche. Wie kann ein süßes, kleines Mädchen nur so jähzornig sein? Wo kommt nur all der Hass her? Lieber einmal mehr den Mund halten, denkt Sonja. Keine blöden Bemerkungen mehr riskieren.

Dieses Mal würden sie ihr das Herz brechen.

Ich höre schon wieder »Monster«, meine Lieblings-CD von R.E.M. So allmählich kenne ich jeden Text auswendig. Aber Mitsingen ist heute nicht. Lieber lasse ich mich von Michaels Stimme streicheln. Er ist so schön und markant und bestimmt auch sensibel. Michael sïngt, als würde er auf einer Seilbahn die Täler entlang und hinunterschweben. Genau wie Johnny.

Ob ich für Johnny bereit bin? Bestimmt, ganz bestimmt. Ich strecke mir selber die Zunge raus, was für eine alberne Frage. Ich springe auf und zum Kleiderschrank. Ich will die durchsichtige Bluse mit den schwarzen Blumen anziehen. Kann schließlich nicht den ganzen Tag hier zu Hause rumsitzen. Schnell noch einen Schluck Kaffee und los geht's.

Ich bin ein Fuchs in einem Zeichentrick. Ich bin eine Action-Diva und ziehe in den Frieden. Ich bin ein Pinguin, der seine Flügel schwingt.

Endlich Bar in Sicht, rein in die warme Stube.

Nachtkalte Hände werden gerieben, ein Frösteln wird weggegähnt. Was auch passiert, alles wird gut. Ich habe so eine Ahnung. Kälte und Wärme sind mir gleichermaßen ins Gesicht gestiegen – zum Glück hat das Make-up heute die Schimmer-Effekte. Den ganzen Tag mit keinem geredet, und jetzt mit mehreren Dutzend Aliens in einem schönen Club gestrandet, wie in einem riesigen Überraschungsei.

Ich bestelle einen Sekt und lande in einem Gespräch über neue Filme, die zwei Grußbekannte bereits gesehen haben. Wie jedes Mal, wenn die Film-Nacherzählung kommt und einer sagt: »Ganz genial, besonders die Szene, wo der Typ dann das Ei des Kolumbus findet«, versichere ich ganz heilig, dass ich mir den Film anschauen werde, gleich morgen, weil das klingt nun wirklich interessant.

»Was heißt ›interessant‹, das ist ein Schocker, voll wahnsinnig.«

Meine Augen ankern sich durch den Laden, alle so dunkel gekleidet, man kann ja kaum was erkennen. Oh Gott, da vorne steht er, wusste ich's doch. Und mit einer hübschen blonden Frau, ordentliches Mittelblond, schwarz gekleidet. Wer ist das? Mein Magen rumpelt wie das Schlagzeug einer endzeitstimmungsverzerrten Death-Metal-Band.

»Is' was?« Der Horrorfilm-Kenner schaut so komisch. Er redet weiter, von einem Filmfestival nächste Woche.

»Bleibst du über Nacht?«

»Klar.«

Ich nicke ergeben. So ein Filmfestival. Da fährt man natürlich nicht gleich wieder zurück. Da bleibt man ein paar Tage, schaut sich vierzig Filme an, geht essen. Einfach hin und »Hallo« sagen, einfach hin und was sagen. Aber was sagen?

Whoop! Da beginnt der DJ »Let the music play« zu spielen, mit diesem Intro, als würde eine Sektflasche knallen.

Whoop! Wie einfach gestrickt einem die alten Disco-Hits manchmal vorkommen. Ich versuche ein wenig taktvoller, mehr im Takt, mich zwischen den Bar-Aliens durchzuschlängeln.

We started dancing and love put us into a groove, as soon as we started to move, as soon as we started to mooooove.

So sinnlich wie diese Vocals müsste man sein!

Da ist er, in seinem schönsten Pullover.

»Hallo!« Er haut mir auf die Schulter.

»Wie geht's?«

»Super.«

Die Frau neben ihm ist immer noch blond, spießerblond. Er stellt uns einander vor.

»Sonja, Suzi.«

»Hallo.« – »Hi!«

Ich starre Suzi so lange durchdringend an, bis sie verlegen wird, zumindest ein bisschen. Sofort zieht Suzi die freundlichen »Wer bist denn du?«-Fühler wieder ein. Punktgewinn.

Dann sage ich zu Johnny: »Super Lied. Einer meiner Lieblings-Disco-Hits aus den Achtzigern. Toll, dass der DJ das hier spielt.«

»Von wem ist das?« Seine höfliche Stimme.

»Shannon.«

»Ich kann mir nie Namen von Sängern und Gruppen merken«, sagt die blonde Frau und lacht.

Na toll, denke ich. Und da lacht die noch.

Und dann sagt die dumme Ziege: »Ich dachte immer, das Lied wäre von Madonna.«

Ich spüre eine Frechheit in mir aufsteigen: »Es gibt auch noch andere Sängerinnen als Madonna.«

Johnny schickt mir einen Blickblitz, lacht sein »Ich leg'

dich flach«-Lächeln. Und er umarmt mich, wirbelt mich hoch und wieder zurück, und die letzten Takte von »Let the music play« gehen in ein Lied von jetzt über.

Love is a stranger, Liebe kommt im Gegenlicht, damit man ihr Gesicht nicht erkennen kann. Gestern war ich hellauf begeistert und euphorisch, gestern war ich *Fuchs in einem Zeichentrick*, gestern war ich raffinierteste Musik – auf der Welt, um zu berühren und berührt zu werden.

Jetzt stolpere ich mit den Wochenend-Einkäufen durch die Depression des Samstagnachmittags und bin furchtbar verzweifelt, dass ich nur ein ganz gewöhnlicher Mensch bin. Wo soll das noch enden? Will ich wirklich so werden wie alle anderen? Meine Gestalt in den Spiegeln dieser Stadt: Je schlanker ich werde, desto kleiner und mickriger sehe ich aus. Ich bin so komisch unvorhanden.

Für einen kurzen Augenblick kann ich das Elend von draußen anknipsen, wie auf einer verschwommenen Porträtaufnahme: Ich sehe mich die Treppen hochsteigen, ich bin kein brausender Star auf einer Bühne, ich bin ein kleines Mädchen mit Obst in der einen und weißem Diät-Pülverchen in der anderen Tüte. Helden des Drogen-Exzesses, ihr braucht gar nicht so zu glotzen: Mein weißes Pülverchen hat fast dieselbe Drauf-und-dran-Wirkung wie euer weißes Pulver. Falcos herrliches Kokain verherrlichendes Kinderlied gilt auch für uns Diät-Opfer: *Die Lebenslust bringt dich um, oh, oh, oh, oh, oh, oh.* Das Summen und Brummen in mir will die Depression verjagen. Ich gehe natürlich sofort auf den Vokal und mache die Endungen rund. *Oh, oh, oh, oh, oh, oh.* Singen kann man nämlich auch nicht mehr in Ruhe, seit einen der innere

Kommissar andauernd verhöhnt und verhört. Man schnappt nach Luft, man öffnet seinen Mund, man ringt um sein Leben und hält schon inne und schämt sich und senkt die Augen. Denn man möchte doch stark bezweifeln, dass dieser Katzengesang DSDS-tauglich ist. Nie und nimmer würde einen die Jury damit durchwinken. Davon abgesehen, werden dort niemals so schöne, Drogen verherrlichende Lieder wie das vom Kommissar angeboten. Die Jugend soll wieder Elton John singen! *Dreh dich nicht um – oh, oh, oh. Der Kommissar geht um – oh, oh, oh. Er hat die Kraft und wir sind klein und dumm. Und dieser Frust macht uns stumm.*

Uh, oh. Uh, oh. Nanu, was ist das denn – kommt endlich R&B in die Bude? Vor meiner Haustüre sitzt Johnny – und streckt mir eine CD entgegen: »Hier, für dich.« Sprachlose Küsse. *If you want me to stay, I'll never leave you, uh, oh. Uh, oh.* Nur schade, dass ich so erschöpft bin. Immer passiert so viel bei mir. Eine Action-Diva darf auch am Samstagnachmittag nicht ruhen. Johnny-Baby, hättest du nicht wenigstens vorher anrufen können?

Aber vermutlich läuft's so nicht. Im R&B ruft man sich nicht vorher an, im R&B ist man immer bereit, im R&B liebt, was sich erschreckt.

Während ich meinen Sex-Appeal im kleinen WC-Spiegel checke, testet Johnny die Wellness-Qualitäten meines Bettes. Er scheint einverstanden und hat, ein Kissen im Rücken, schon den Fernseher eingeschaltet. Seine lustigen Kommentare zur gerade ausgestrahlten Top-of-the-Pops-Sendung schallen in meine improvisierte Umkleidekabine rüber. Auf die abgeküssten Lippen mache ich wieder Farbe, die Wimpern sollen blau leuchtend zu den Augen passen. Das Gesicht ist seit jeher mein dankbarster Körperteil. An den Füßen hingegen splittert schon wieder der Nagellack, was die Fantasie besonders anregen dürfte, denn zu meinem Entsetzen ist es noch der grüne von letzter Woche. Außerdem ist meine beste und einzige Reizunterhose in der Wäsche.

So viel, so vieles spricht gegen Sex zur besten Serienzeit.

Vielleicht gibt es auch noch eine Hand voll Mädchen in der westlichen Welt, die nicht so sind. Die einfach glücklich die Ärmchen ausstrecken und sich das Hemdchen hochziehen lassen und sich das Höschen ausziehen – ohne darüber nachzudenken, ob sie auch eine gute Figur dabei machen. Ich gehöre nicht dazu. Ich bin schon ganz verdorben in meinem Kopf von der vielen Hochglanzfotografie. Trotzdem kann ich den verdammten Nagellack nicht mehr erneuern. Die Zeit reicht gerade noch, um ihn zu entfernen.

Johnny liegt mit geschlossenen Lidern auf dem Bett. Er greift nach meiner Hand. Besitzergreifend, schon mal gut. Noch besser gefällt mir, dass er keine Anstalten macht, die Augen wieder zu öffnen. Steif liegt er da, ein toter Rockstar an seinem Hochzeitstag, mit verwaschenen Grunge-Jeans und markenlosen Turnschuhen. Ich bin sehr einverstanden. Wenigstens gibt es so nicht die Gefahr eines Vergleichs zwischen meinem und dem entkleideten Körper der schmeichelnden R&B-Schönheit Brandy. Von einem neuen Tag im Paradies kündend, hüpft sie über den Bildschirm.

Unter diesen Umständen können wir wohl Sex haben. Ich küsse an seinem weißen Oberkörper herum. Er bittet um eine Tasse Kaffee.

»Ich bin müde«, sagt er so schläfrig, dass es beinahe zärtlich klingt. »Mach doch mal die CD an, die ich dir gebrannt habe.«

»Was 'n da drauf?« Ich muss mich zusammenreißen, damit er das Glück in meiner Stimme nicht hört. Denn da hat ja praktisch ein Junge einem Mädchen seine Lieblingslieder aufgenommen – das wohl untrüglichste Zeichen dafür, dass der Junge das Mädchen liebt.

»Na, der Roughmix unserer neuen Platte.«

»Keine Mix-CD?«

»Hey, Baby, die Lieder sind für dich, klar?!« Er klingt wie ein beleidigter Vorstadtcowboy.

»Meine Lieder. Keine Fremdmusik.«

»Danke.«

»Die habe ich geschrieben«, wiederholt er, »nur für dich.«

Ich will eine gesunde Portion Skepsis heucheln: »Aber wir kennen uns eigentlich erst seit vorletztem Montag.« Ha, der Fuchs im Zeichentrick glaubt nicht alles, was man ihm erzählt.

»Na und? Vom Sehen kenn' ich dich schon eine ganze Zeit.«

»Heißt das, du kennst mich aus der Zeit vor der Diät?«

»Hä? Welche Diät?«

»Na, meine«, sage ich, »meine Diät.« Das Wort ist schrecklich. Wie kann man ein so unmenschliches Wort aussprechen an einem so menschlichen Nachmittag.

»Ach so, deine Diät«, er wirkt erleichtert – nicht ohne alarmiert hinzuzufügen: »Du, hör mal, ich mache keine Diät. Findest du das schlimm?«

»Wozu denn? Bist ja ganz schmal.«

»Dann ist ja gut«, streicheln zart seine Finger über meinen Busen.

»Ich fühl' mich trotzdem oft hungrig«, sagt Johnny.

Vielleicht werde ich irgendwann so sein wie er. Vielleicht werde ich, was er ist, durch seine bloßen, hungrigen Be-

rührungen. Seine neuen Songs sind sehr cool. Wir hören die CD und trinken den Kaffee und reden über die neuen Songs und hören den Regen. Das Zimmer ist so dunkel, seit die Wolken endlich regnen – *with the light's out, it's less dangerous.*
Endlich können wir uns anschauen und ausziehen.

Das Schönste im Café sind die Geräusche.
Den Kopf in den Händen, sitzt Allita am Tresen. Maschinen, die Espresso zusammenbrauen, zischen und röcheln wie kleine gehässige Tiere. Es ist Musik in Allitas Ohren, Arbeitsmusik, die Lust macht auf den neuen Tag, auch wenn der gestrige gerade erst zuende gegangen ist. Mit wunderbarem Rumgebumse, hach. Nach dem Sex ist man immer so zerschlagen und wach, da ist ein Kaffee das Mindeste. Auch wenn sie danach ein wenig geschlafen hat, ist jetzt immer noch nach-dem-Sex. Kraft gepaart mit Müdigkeit ist gleich Mittel zum Mut. Wann, wenn nicht jetzt? Allita lässt das Handy die Nummer der Popzeitschrift ihres Vertrauens wählen, inklusive der »11«-Durchwahl zum Chefredakteur. Lass ihn da sein, lieber Gott, solange die Mutsträhne noch anhält. Rache, endlich, against the Machine.
Er meldet sich, seine Stimme sexy wie immer.

»Die Sache ist die …«, heute lässt Allita sich mal nicht davon beeindrucken, dass er in ihrer »Top Ten der umwerfendsten Männer des Universums« einen ziemlichen Ehrenplatz hat.
»Ich möchte gerne eine Artikelserie zum Thema ›Aussehensarbeit im Pop‹ schreiben. Ich dachte an drei längere Berichte oder so.«

»Ja?«

»Es ist nämlich so, dass ich das immer wieder vorgebrachte Argument mit den Bilderfluten nicht mehr hören kann. Also dass den Leuten gesagt wird, in der Therapie und so, man muss die Bilder von den superperfekten Körpern einfach an sich abprallen lassen, man darf die gar nicht so ernst nehmen. Aber das geht doch nicht, oder? Da wird man ja blöd im Kopf, wenn man sich zum Beispiel als Frau andauernd von den Bildern der Frauen distanzieren soll. Weil die Bilder doch überall sind.«

»Stimmt, das geht nicht.«

»Deshalb dachte ich, da, wo die Bilder sind, also zum Beispiel bei euch im Heft, könnte man doch auch ausnahmsweise mal etwas Vernünftiges dazu schreiben und auch andere Bilder … zeigen, irgendwie.«

»Da habe ich gleich etwas für dich.« Mr Universum sagt es so nebenbei, als habe sie nur ein wenig Zeugs von ihm erbettelt.

»Hast du Lust auf ein Interview mit Maria Superstar? Sie ist die Sängerin der Bourbon Barbies, einer seltsamen Trash-Pop-Band. Ich bin mir nicht sicher, was die wollen. Vielleicht fällt dir etwas dazu ein.«

»Der Name ist nicht schlecht.«

»Sie wird volle Kanne als Sexsymbol vermarktet, nur über Körper. Alles nach dem Motto: Fickt die Frau, wenn ihr über sie schreibt. Das Presseinfo musst du dir reinziehen: Das ist hart! Die Musik ist nicht so übel. Also wie das attitudemäßig zusammengeht, das würde mich interessieren.«

»Mich auch.«

»Ach, und das wird dir gefallen: Wir schicken keinen Fotografen zum Interview, ist uns viel zu gewöhnlich! Wir lassen Maria Superstar zeichnen! Die Sicht auf ihren Körper überlassen wir unserer Grafikerin.«

»Eine gute Idee.«

»Gut, dann schicke ich dir die genauen Daten rüber. Die Idee finde ich generell gut. Mach weiter so.«

»Äh, danke.«

Das Gespräch ist beendet. Griffbereit steht der Espresso auf der Theke. Die Maschinen röcheln noch immer. Allita fühlt sich ganz benommen, als ob ihr jemand auf den Kopf geschlagen hätte. Wenn es so einfach war, das Thema an die Medien zu bringen, noch dazu mit wirklichen, mit kritischen Argumenten, warum spielte es dann, außerhalb der üblichen boulevardmäßigen Aufbereitung, so eine lächerliche Schlicht- und Nebenrolle?

Vielleicht genau deshalb, überlegt Allita.

Weil im Pop immer noch alles sagbar ist, was im Lifestylesektor untragbar ist. Der Lifestylesektor ist die nörgelnde Mutter, die sich auf die Macht des Vaters beruft, denkt Allita. Oh Gott, denkt Allita. Bin ich froh über Pop, denkt Allita. Da sind die Eltern aus dem Haus.

Saubere Maniküre. Mit stiller Genugtuung betrachtet Allita ihre Fingernägel, während sie ein kleines Liedchen summt. Es handelt sich hierbei um den Refrain der neuen Bourbon-Barbies-Single. Der Kollege neben ihr hatte noch keine Gelegenheit, sie im Original zu hören, und muss sie deshalb zur Strafe in Karaoke-Qualität ertragen. Die shocking Bilder der Frau Superstar hat er allerdings schon gesehen: Die besteht ja nur aus verschlepptem Dekolleté und drohenden Donnerhaaren, da kann er sich die Musik dazu eigentlich schon denken.

Seifenopernlieder. Divascheiße. Schrott. Wenn Sexsymbole singen …

»Ah, wunderbar! Alles schon da!«

Die Promoterin kommt herbeigeeilt, dünn ist sie, sehr dünn, und reicht jedem in der Sitzecke die Hand.

Wie immer hat sich alles verzögert. Macht nichts. Allita lacht entschuldigend, als hätte sie die Verzögerung mit verursacht. So ein Aufschub ist eine prima Sache. Man darf sich weiter mit den anderen Schreibern unterhalten, bevor man in den Ringkampf geschickt wird. So viel hat Allita schon mitbekommen: Einen müden, matten Respekt muss man sich verschaffen, müssen sich beide Seiten verschaffen, immer wieder neu, während eines Interviews. Sie blickt auf ihren Fragenzettel.

Als wollte die überkorrekte Promo-Dame ihr zuvorkommen, bekommt Allita jetzt etwas geschenkt, eingeschenkt. Ein Glas Nachmittags-Sekt. Eigentlich nicht erlaubt, aber nun gut. Fürs Warten.

»Ah, ich sehe, Sie wissen schon genau, was sie die Frau Superstar fragen wollen?«

»Ich, äh, ja.«

»Gut.«

»I don't agree.« Maria Superstar zieht eine Schnute, vielleicht auch nur die Andeutung einer Schnute. Es ist Allita jedenfalls nicht entgangen: Die Puppe will schmollen.

»Ich verstehe wirklich nicht, was Sie mit Sexsymbol meinen. Das bin ich nicht. Ich bin kein Sexsymbol. Ich bin eine Comicfigur!«

Noch fester als die Lippen presst Maria die Hände aufeinander. Vielleicht muss sie gleich beten – oder weinen.

In ihrem lodrigroten lockerwelligen Haar halten sich momentan 25 rosa Klämmerchen versteckt. Allita hat sie genau gezählt. Sie sitzt Maria direkt gegenüber und zählt noch mal nach.

»Bist du eine bestimmte Comicfigur?«

»Lara Croft«, Maria Superstar schreit es fast, »ich bin Lara Croft!«

»Ich mag dein Haar«, sagt Allita sanft, »diese Spängelchen sind großartig.«

»Danke«, Frau Superstar lächelt tapfer. »Lara ist keine Comicfigur im herkömmlichen Sinne. Sie ist unschlagbar, denn sie ist ein Cyberfighter! Sie weiß, was sie tut. Sie kämpft und sie siegt. Sie kennt ihre Stärken, sie kennt ihre Schwächen. Sexualität ist für sie eine Waffe im Kampf gegen das Böse. Sie bezwingt die ganze Welt damit.«

»Ja, sie ist sehr beeindruckend.« Allita muss jetzt unbedingt einen von den nussgerippten Keksen probieren, die auf der silbernen Serviette liegen.

»Dann ist die Motorsäge, die du dir auf dem Cover zwischen die Beine klemmst, auch eine Waffe gegen den Rest der Welt?«

»Ja«, Maria nimmt einen Keks und hält sich daran fest. »Ich bin tough und unschlagbar, ich bin die Zukunft des Rock 'n' Roll!«

»Warum verkauft deine Plattenfirma dich als Sexobjekt – und nicht als Zukunft des Rock 'n' Roll?«

»Wie kommen Sie darauf?«

»Ja, lies dir mal das Platteninfo durch: ›Die Frau, die's dir besorgt. Sie reißt deinen Verstand auf und spielt mit deinen Lenden. Ihre Lieder sind lautlose Schreie in deiner dunklen, heißen Nacht.‹ Und so weiter.« Allita kennt die Formulierungen schon auswendig.

»Das glaube ich nicht«, wenigstens beißt sie jetzt in den

Keks, »ich bin diese starke, toughe Frau, die ihre Schwächen kennt. Die Frau, von der ich dir gerade erzählt habe. Lara. Ich bin Lara Croft. Was die Plattenfirma über mich schreibt, hat überhaupt keine Bedeutung. Ich bin ich. Eine dunkle Prinzessin des Trash.«

»Das ist schön.« Allita kann nicht mehr.

»Meine Freundinnen«, sagt Allita, »nennen mich auch nach einer Comicfigur: ›Battle Angel Allita‹. Für sie bin ich ›Battle Angel Allita‹.«

»Oh, that's nice«, Maria macht wieder die Schnute. »Das ist doch dieser Roboter, nicht?«

»Ja, die Roboter-Frau.«

»Ich habe auch noch andere Heldinnen drauf«, es klingt beleidigt. »Früher war es Supergirl, dann Catwoman. Heute variiert es zwischen Lara Croft und Tank Girl.«

»Schön«, sagt Allita. Sonja fällt ihr ein. Wenn sie Sonja die Artikelserie zeigen will, muss sie der Frau Superstar noch mal kräftig zwischen die Beine fahren.

»Es gibt zwei Sorten von Schönheitsidealen – das pralle, pornographische, und das zarte, anorektische. Wo siehst du dich?«

»Nein. Es reicht jetzt. Ich bin nicht prall und pornographisch. Ich habe es Ihnen bereits erklärt.«

»Danke. Es war mir ein Vergnügen.«

»Danke, mir auch.«

Maria Superstar rauscht aus dem Raum.

Allita packt das Tonband ein. Ein Roboter kennt keinen Schmerz.

»Und dann, was ist dann passiert?«

Es interessiert mich wirklich. Es geht mir blendend, seitdem ich beschlossen habe, Allitas schräge Analyseinstinkte nicht auf mich und Johnny einwirken zu lassen, ihr einfach nichts zu erzählen von unserer gemeinsamen Nacht.

»Dann hat Frau Superstar dem Moderator ein Glas Sekt ins Gesicht geschüttet – vor laufender Kamera.«

»Wie bitte?«

»Na, weil er sie als Sexobjekt angegangen ist. Ich glaube allerdings nicht, dass sie es ausstrahlen.«

»Moment mal: Wie ist er denn darauf gekommen?«

»Ja, weißt du, das wusste Frau Superstar selber nicht. Die Plattenfirma hat es ihr dann erklärt. Sex sells und so. Dann hat die Kuh von der Promotion sich umgehendst zu Mr Universum durchstellen lassen und mich fertig gemacht. Ich hätte der Maria richtiggehend »Fragen zur Rolle der Frau« gestellt und so die Eskalation vor laufender Kamera provoziert. Was das soll?«

»Was soll's denn sollen?«

»Schau, Sonja, so läuft das Geschäft. Kaum behandelt man die Produkte ein bisschen wie Menschen, schon fangen sie an, einen zu beißen.«

»Meine Freundin Allita: Einmal einen kritischen Beitrag gemacht, und schon Reaktionen ausgelöst wie im Wilden Westen. Wie willst du das später noch deinen Kindern erklären? Ich bin richtig neidisch. Schließlich war *ich* früher die Verrückte von uns beiden.«

»Von wegen alles ganz einfach. Zum Glück hat Mr Universum den roten Teppich für mich ausgerollt. Er findet die Aussehensarbeit-Geschichte jetzt zentral geil. Weißt du: Wenn ich bei einem Interview mit einem lächerlichen Popsternchen keine Fragen mehr zu Gender-Issues stellen darf – dann sehe ich aber echt die Demokratie in Gefahr.«

Ich muss lachen: »Seit wann interessiert dich die Demokratie?«

»Werd' mich mal 'n bisschen hier umschauen. Bis gleich.«
Gleichgültig wie die Grashalme nicken sie im aufkommenden Wind.

Sie sitzen auf der Blumenwiese, »Betreten verboten«, im Schneidersitz, oder sie werfen ihre nacktgecremten Beine träge dem Himmel entgegen, als hätten ihre Maler-Freunde ein Stillleben der Freiheit gezeichnet.

Ich erhebe mich betont langsam und nehme mir sogar die Zeit, das kleine grüne Tierchen, das über meine weißgoldene Hose krabbelt, zwischen den Fingern zu zerquetschen. Also dann. Ich lächle noch mal in die Runde. Die schwüle Augusthitze macht uns ein Angebot: Sie breitet ihr altes weises Schweigen aus. Die Runde lächelt zurück. Ich hasse sie. Ich gehe.

Ein paar Meter weiter sind die Bewegungen schon wieder frei.

Ich fange an zu rennen. Hechte rüber zur steinkalten Burgruine, während der Boden, fein und heiß, unter mir verbrennt. Mein Kopf lärmt wie ein Flugzeug über mir. Oder ist es ein Gewitter? Der Himmel hat eine leuchtend graue Wolkendecke über mich und meine Burgruine geworfen. Hinten, wo die Mädchen sitzen, herrscht hingegen noch eitel Sonnenschein. »Bis gleich« war durchaus nicht ernst gemeint.

Dabei sind wir Kolleginnen, ab heute. Wir teilen uns den Freundinnen-Kummer. Wir sind die auserwählten Bräute schon großer Künstler. Wir teilen uns Anti-Aging-Sonnencreme für helle Haut, erflüstern unsere Schlafzimmer-Geheimnisse. Wir teilen uns das Knäckebrot.

Mit dem Rücken an der kalten Burg schaue ich hinunter ins Tal. Wie winzige Computer-Pixel drehen sich Kinder auf Tretrollern in Kreisen. Ihre hellen Stimmen hört man bis hier oben.

Wo ist eigentlich Johnny? Wieso weiß er nicht, dass ich ihn brauche, irgendwie. Ich fühle mich so unendlich gedemütigt von der Esserei hier oben. Ich habe mich nämlich zu spät am Knäckebrot beteiligt und vorher noch einen Käsekuchen gegessen.

»Schaut«, habe ich gerufen, benommen vom Glühen des Tages, »ich verzichte auf die Cremetorte und nehme lieber ein Stück von dem leichten Kuchen.« Verlegenes Gehüstel. Dass ich beinahe am Teller kleben geblieben bin. Mich nicht mehr getraut habe aufzuschauen, in diese entrückten Augenpaare voll geheimnisvoller Strahlung ringsum. Diese Mädchen haben so eine Ausstrahlung, unfassbar. Wie Heilige aus China. Aber der Teller sah schön aus. Fast auch chinesisch, mit den süßen Kinder-Symbolen. Dann erst sah ich das Knäckebrot. Geschützt lag es in seiner Packung auf dem Boden und wurde verspeist wie Tütenchips. Bis sich ein einziges verbotenes Krachen und Knistern durch das eherne Burggelände zog.

Jetzt kann ich meinen Blick nicht wenden von den Kindern unten im Dorf. Ich möchte in ihre Körper passen, in ihre Schuhe schlüpfen. Ich möchte auf leisen Sohlen ihre Runden drehen und eine beschützende Liebe erfahren. Etwas, vielleicht Angst, würgt meine Kehle. Kann man ersticken von zu viel heißer Luft? Beklommen blicke ich den Steilhang herab. Wenn ein Gewitter kommt? Muss ich dann allein nach Haus gehen? Wie soll ich überhaupt jemals wieder runterkommen von dieser Scheißburg, die wir in der luftlosesten Hitze des Tages erklettert haben, nur weil der blöde Dennis Kiefer Geburtstag hat. All die steilen Gebirgshänge und Treppen. Und ich dachte immer, die Avantgarde schwört auf natürliche Blässe. Ha. Ich hasse uns.

Wenn ich nur wüsste, wie die Ausstrahlung dieser Mädchen zustande kommt! Es sind ja nicht nur die Magerkörper … oder doch? Ich muss logisch denken. Logisch denken hilft. Also: Das, was es ist, herausfinden. So.

Ich klettere ins Innere des Turms. Es ist kirchenkühl und ich zittere. Nur der Jasmin-Duft von draußen beruhigt mich. Vielleicht, was so ein Magerkörper aus einem Mädchen macht?

Ist es eigentlich der schiere Hunger, der dieses unglaubliche, wie von allen irdischen Sorgen befreite, anmutige Schweben auslöst? Der sie so ganz sexy Abstand halten lässt? Sie leben doch nur für ihre tollen Künstler- Freunde, aber es wirkt nie so, als würden sie die bewundern, oder gar bedienen. Während ich Idiot natürlich schon wieder viel zu viel mit Johnny über seine neuen Aufnahmen geredet habe.

Wofür esse ich eigentlich seit Wochen nur die 1000 bis 1500 Kalorien, wenn die anderen immer noch drei Dekaden dünner und raffinierter sind? Kann man sich sein Interesse an der Welt eigentlich weghungern?

Ich kann gar nicht mehr aufhören, wütende Fragen zu denken. Lässt sich infolgedessen auch die Teilnahme am Reichtum der Welt weghungern? Tausche Wahlrecht gegen das Recht auf freie Nahrungsäußerung! Was nutzen mir die Rechte auf Papier, wenn sie nicht auf Hochglanz passen?

Aber es bringt nichts. Wut bringt gar nichts. Jetzt mal ehrlich, Sonja. Du willst doch einfach nur so sein wie die, oder? Ja, ich will so sein wie diese idiotischen Freundinnen. Auch wenn sie nie etwas auf die Reihe kriegen und sich immer nur über ihre Typen definieren und noch nie in ihrem Leben ein gescheites Buch zu Ende gelesen ha-

ben. Mit ihren entrückten Augen und der ganzen Harm-
lostuerei. Und ich möchte, dass Johnny zu mir hält. Wo ist
er überhaupt?
Ich laufe wieder an den Gänseblümchen vorbei. Sie sind
so hoch. Vielleicht sind das nur die, die so aussehen wie
Gänseblümchen, aber einen anderen Namen haben. Mar-
geriten? Mitten unter ihnen steht ein krummer Baum, wie
ein dösender Hund in einer Schafsherde.

Ich will weniger sehen und mehr fühlen. Ich will meinen
Geist vorausschicken ins unendliche Nichts und den Körper sanft auf einem harten Schwanz kreisen lassen. Eine
blass schimmernde Lichtgestalt. Ein sphärischer Schlaf-
wandler, auch und gerade am Tag. Auf diesen Turm will
ich steigen und mein Fastenlicht herabstrahlen. Du bist
gebenedeit unter den Frauen, und gebenedeit ist die
Frucht deines Leibes, Jesus. Amen.

Da renne ich zurück zu der komischen Groupie-Wiese.
Die kleine Versammlung der Nichtstuerinnen hat sich
aufgelöst. Johnny steht am hinteren Ende des Parks, auf-
geräumt wie die Rasenfläche zu seinen Füßen, so ganz bei
sich und trotzdem verwilderte Aura. Er diskutiert noch
immer mit den anderen Jungs, wahrscheinlich sind sie
schon wieder bei Politik und so. Er ist Pater Ralph aus den
Dornenvögeln, ich bin Maggie, und wir haben nur eine
Woche Zeit für die große Liebe. Oder, noch schlimmer:
Ich bin die dicke Maggie aus den Love&Rockets-Comics.
Unter all den feinen Schönheiten wird mein Glück niemals von fester Dauer sein.
Uh, oh. Uh, oh. Auf keinen Fall werde ich jetzt auf ihn zu-
stürmen, kumpelhaft, von hinten, ihm die Augen zuhal-

ten, »rate mal, wer« rufen. So was machen nur dicke Maggies aus schwarzweißen Comicheften mit viel zu bunten Einbänden.

Suzi taucht neben mir auf. Lächelt. Ich lächle zurück. Man versteht sich so ganz gut unter Schlossgespenstern.

Dann drücke ich die Nummer, die ich fest in mein Handy eingemeißelt habe. Der Gesangsengel meldet sich und ich mache schnell die Unterrichtstermine für die nächsten drei Wochen klar.

Der zweite Schultag kann nie so schlimm sein wie der erste. Heute sieht das alles – die Wohnanlagen für die Einfamilien, die stillen Gasthäuser, die verriegelt in den Morgen dösen, der lächelnde Geschenkladen an der Ecke – schon aus wie immer. Niemand zu sehen, weit und breit. Keiner, der um diese Tageszeit schon ein Geschenk kaufen will. Es ist halt doch ein Dorf, irgendwie. Nur Schüler, die auf Rädern vorbeilärmen, und Autos, die ein Wahnsinns-Tempo vorgeben.

Gestern ist gar nichts Schlimmes mehr passiert. Gestern gab es gar kein Problem mehr. Ein Problem hat es keins gegeben, gestern. Gestern war nur ein langweiliger Tag, mit allen folgenden Tagen im Schlepptau.

Gestern hat Sonja sich mal nicht mit den großen Jungs angelegt, als die sie in den Pausenhof gescheucht haben. Und Sonja hat auch den katholischen Kaplan, der die Klasse ab heute in Religion unterrichten wird, nicht gefragt, ob Gott schwul ist. Sonja hat es sich sogar verboten, den schönen Jungen mit dem Nirvana-Button anzulächeln.

Gestern hat Sonja einfach mal nichts gesagt und sich für

sich behalten. Das kam unheimlich gut an. Praktisch hat auch keiner Sonja beachtet, außer ein paar glatt-neidische Klassenkameradinnen, die ihr vor den Spiegeln auf der Toilette ein flüchtiges Kompliment entgegenseufzten. »Du hast so schöne blaue Augen, da könnte man ja glatt neidisch werden.« Aber auch dazu hat Sonja niemandem einen Anlass gegeben.

Ganz entschieden dezent geschminkt, geht Sonja zur Schule, da ergreift eine leise Panik Besitz von ihr, will ein Stück weit mit ihr gehen. Der Atem stockt, und sie weiß nicht warum, warum nur? Dann rast das Herz, und nur der Atem stockt weiter. Was ist nur los? Es hat doch gestern gar keine Probleme mehr gegeben. Sie kann den Regenschirm ruhig zusammenklappen, es regnet nicht mehr.

Wenn in Sonjas Mädchenbüchern einer Heldin mal der Atem stockt, oder nachhaltig die Puste ausgeht, dann steht in der Regel ein echtes Problem ins Haus. Sie ist dann möglicherweise mit einer Freundin beim Mondscheinpicknick erwischt worden. Oder eine fünf in Französisch droht. Und was, wenn die Freundin im nächsten Jahr nicht mehr nach Burg Möwenfels darf, weil die Eltern sich das Schulgeld nicht mehr leisten können?

Dolly stockt der Atem. Dann beginnt ihr Herz wild zu klopfen. »Aber Dolly«, eine Klassenkameradin legt tröstend den Arm um ihre Schulter, »dann büffeln wir eben gemeinsam. Du wirst sehen, was für Fortschritte man in nur wenigen Wochen in Französisch machen kann.« Und sie gibt Dolly, wie zur Bekräftigung ihrer Freundschaft, ein Stück von ihrem Pausenbrot ab.

Jedenfalls, wie soll man sagen, Sonja weiß nicht, was los ist. Es sind nur die schlechten Gefühle, die nicht dahin zurückgehen, wo sie herkommen. Die vielen Kleinigkeiten, die noch erledigt werden müssen. Das endlose Lied vom »Müssen« und »Sollen« und »Dürfen.« Die Bosheiten. Ja – auch in der Anpassung kann es einen noch kalt erwischen. Auch wenn man selber schon gar nicht mehr boshaft ist, kann das Leben immer noch boshaft genug sein. Und es gibt keine Prüfung, man besteht sie, und »alles ist gut.« Und kein Mondscheinpicknick, und keiner schenkt aus lauter Mitgefühl sein Knoppers her. Am allerliebsten hätte Sonja jeden Tag des nächsten Jahres schon gelebt, um wenigstens die Fehler zu vermeiden.

Der Gang aufs Schulportal, da stehen sie schon wieder alle, die jungen Leute, wie Dutzende von gespaltenen Armeen. Die eine oder andere blöde Type, ein paar nette Gestalten. »Hallo.« Sonja begrüßt zugewandte Blicke, jedes Mal kommt ein »Hallo« zurück. Das macht sicher. Sie läuft an den blöden Fressen vorbei, die begleitende Panik hat sie innerlich ganz ruhig werden lassen. Es wird ihr ja wohl noch gelingen, Haltung zu bewahren. Die Angst vor so verletzenden Worten sieht einem ja doch keiner an. Ja, die blöde Angst senkt schon selbst ganz erschrocken die Augen.

Wie es früher einmal war –

Kaltes Gelächter, wenn man im selbst gebastelten Michael-Jackson-Outfit auf dem Schulhof den Moonwalk tanzte, später die hässlichen Rapduelle im Klassenzimmer – Sonja hat immer zu wenig mit ihrer Meinung hinterm Berg gehalten. Und die Strumpfhosen hatten Laufmaschen und Verzierungen, und die Sonja-Euphorie war für die anderen auf leeren Magen nur schwer zu ertragen. Das ganze Rumgemobbe, die ganze Rebellion ohne Grund, davon weiß auf der neuen Schule keiner mehr.

Endlich macht die Angst einen Abgang. Sie treibt Sonjas Schatten weg und brennt ein Loch in ihre Seele.

»Folgendes verstehe ich nicht«, sagt Allita, »am laufenden Band recyceln sie Musik und Mode aus den achtziger Jahren, aber keiner will ernsthaft die Körper zurück. Die toupierten Haare und die Nietengürtel, alles – aber nicht den naiven Glamour eines normalgewichtigen Frauenkörpers. Es ist ein Phänomen.« Sie lacht auf. »Ein Phänomen ist das.«

Sie widmet sich wieder den Notizen für ihre Pop&Popo-Serie. Wenn es ein Phänomen ist, dann wird sie wohl berechtigt sein, darüber zu schreiben.

Allita ist auch ein Phänomen. Wie gelingt es ihr, so anders zu sein?

Ihre Kleider glänzen, auch ohne Glitzerpailletten. Und heute schaut sie aus wie eine Mischung aus Geisha und Gruft-Göttin – das farbenfrohe Kleid mit den chinesischen Schriftzeichen – wie prächtig es die pechschwarzen Haaren und den heftigen Lidstrich kontrastiert.

Ich glaube nicht, dass sie sich wirklich sorgt. Das Körperthema ist nur ihr neuestes Steckenpferd. Ich kenne sie. Demnächst wird ihr schlecht davon.

»Ich mag diese medialen Kleinlichkeiten nicht«, sagt Allita wie zu einer anonymen Gottheit hin, »jedes Stück Brot auf die Goldwaage legen, jede Kalorie abwiegen. Wo bleibt der produktive Überschuss von Pop?«

Sie verfügt schon über das nötige Vokabular. Sie verfügt schon über einen Sinn. Dagegen sind mir die Suzis aber sympathisch! Die leben so sinnlos, wie es nur eben geht. Die Geisha aus der Gruft dreht den Videorekorder auf und schreit gegen eine alte Folge der Hit-Clip-Sendung Formel 1 an, die jede Nacht auf HH1 wiederholt wird.

»Das ist Spandau Ballet! Gott, sind die fett – die Oberkörper! Schau, welche Bodys sie damals hatten! Zum Ausgleich waren Schlabbersachen in. Ich schwöre, das waren damals die hübschesten Jungs unter der Sonne. Wie gerne hätte ich eines ihrer Konzerte besucht, aber meine Eltern waren strikt dagegen. Schau dir den Bauch von Tony Hadley an: Er hatte einen Bierbauch!«

»Wer ist Tony Hadley?«

»Na, der Sänger mit den schwarzen Haaren. Entschuldige, ich vergesse immer, dass du 1984 noch im Krabbelalter warst.«

»Du warst auch nur ein doofer, feiger Teenager.«

»Das ist etwas anderes. Als Teenager prägen sich Bilder sehr nachhaltig ein, weißt du. Und ich kann mich nur wiederholen: Ein gesunder, sportlicher Körper ist etwas Schönes. Aber die hohle Angst vor Hässlichkeit und Schwäche, die in unserer heutigen Kultur so weit verbreitet ist, spricht im Kern nur ihre eigene Hässlichkeit, Dumpfheit und Schwäche aus. Das trifft sich nicht mit meinem Empfinden von Schönheit. Sonja, das müsstest du doch bestens verstehen.«

»Ich? Wieso ich?«

Sie schüttet neuen Wein nach, ja, sie schüttet ihn regelrecht.

»Na hör mal: Schließlich warst du immer die Ausgeticktere von uns beiden. Du bist doch wild gestylt auf die Sekretärinnen-Schule gegangen, oder etwa nicht? Ich war immer nur eine brave Gymnasiastin aus der gebildeten Mittelschicht. Außerdem finde ich Wein viel geselliger als Mineralwasser. Möchtest du wirklich keinen?«

»Nein, danke.« Ich bin so leer wie mein Magen.

»Wie findest du meine neue Hose?« Jetzt stelle ich mal die Fragen.

»Ich habe es dir bereits gesagt: Steht dir sehr gut.«

»Wie meinst du das: sehr gut?«

»Knackig. Die Rosen an den Hosenbeinen haben eine romantische Aura. Passt zu der Sonja, die ich kenne.«

»Glaubst du, ich könnte in so einer Hose schon Sängerin werden?«

»Du kannst in jeder Hose Sängerin werden, Darling.«

Sie schaltet den Ton wieder lauter: »Ist das nicht ein großartiges Zeitdokument? Sogar Nena hat in den frühen Achtzigern diese ausgebeulten Sweatshirts getragen. Darin würde sich heute keine Schwangere mehr zum Brötchenholen um die Ecke trauen.«

»Allmählich verstehe ich, worauf du hinauswillst: Auch die Schwangeren sind dünner geworden.«

Wir lachen. Wir verstehen uns noch, obwohl wir uns vielleicht schon gar nicht mehr verstehen. Was will sie auch mit einer Freundin, die so viel jünger ist?

Wenn die Verkäuferin nicht so arglistig stieren würde, ob sie nicht endlich helfen … könnte Ricky sich vielleicht auf das Wesentliche konzentrieren. Aber so!

Rickys Körper hängt wie ein altes Ballkleid von den Schulterknochen, und der Verstand trocknet aus in der plötzlichen Sommerhitze.

Nur die Schlagzeugerhände schnappen unaufhörlich weiter nach den Tuben und Döschen mit den Hautcremes, und etwas in ihr, vielleicht eine Art schlechtes Gewissen oder ein Trotz, versucht dabei die wichtigen Produktin-

formationen zu erfassen. Dabei kennt Ricky sich normalerweise bestens mit Inhaltsstoffen aus. Aber normalerweise sitzt Ricky ja auch in den abgedunkelten Räumen
der Verbraucherzentrale und hat alle Zeit der Welt, das
Hautkrebsrisiko zu checken.

Heute ist es nicht nur heiß und man wird beobachtet,
heute darf es auch gar nicht um das Hautkrebsrisiko gehen! Stattdessen soll Ricky, ein hoffnungsloses Blumen-
kind, endlich mal erwachsen und ein Popstar werden. Das
hat die schamlose Micky gestern gefordert.

Dabei hat Ricky der Bandkollegin doch nur ein wenig von
der Babycreme vorgeschwärmt. Die sei so super, die Babycreme. Einmal, weil man bei einer Babycreme keine Angst
vor schädlichen Inhaltsstoffen haben müsse, und dann,
weil sich so eine Babycreme einfach himmlisch anfühle
auf der Haut. Bei Babycremes seien Eltern immer so über-
besorgt. Wenn die befürchteten, dass ihrem kleinen Lieb-
ling etwas nicht passen könnte, gingen die doch sofort auf
die Barrikaden. So in Fahrt, hätte Ricky gerne noch weitere Vorzüge gepriesen – direkt nach dem Eincremen, das
sei ja sowieso das Allertollste an der Babycreme, dufte
man wie ein richtiges, kleines Penaten-Baby – da hat
Micky ihr kategorisch den Mund verboten.

»Du spinnst«, hat sie sich mokiert, in einem schneidenden
Ton, der sofort klar machte, wer hier eigentlich spinnt.
Der Zweck einer Hautcreme bestünde demnach nicht
darin, einen vor schädlichen Inhaltsstoffen zu schützen,
sondern vor dem Alter. Feuchtigkeitsverlust, Verlust der
Jugend, Verlust der Unschuld, Falten. Und etwas Bescheu-
erteres als eine 29-Jährige, die sich Babycreme ins Gesicht
schmiert, habe sie ja überhaupt noch nie erlebt. Bis Ricky
sich die Ohren zugehalten und den ganzen Abend kein

Wort mehr mit Micky geredet hat. Trotzdem hat der Nachhauseweg sie heute automatisch am Drogeriemarkt vorbeigeführt. Mal schauen. Vielleicht würde sich ja doch eine Pflegecreme für erwachsene Haut finden lassen. Eine schöne, leichte.

Aber von wegen! Schön und leicht ist nur die Jugend. Erwachsene Haut benötigt dagegen eine dauerhafte Gesundpflege. Und Feuchtigkeit! Viel, viel Feuchtigkeit. Gerade ist eine Creme gezüchtet worden, welche die bitternötige Feuchtigkeit langsam aber sicher an die Haut abspendet. Ergebnis: richtig feucht in vier Wochen. Beweis: eine Kurve.

Ricky überlegt, ob es nicht gescheiter wäre, auf die Sättigungsschiene zu gehen. Die Haut mit Nährstoffen zuzuknallen, konnte so falsch auch nicht sein. Gegen freie Radikale und für eine optimale Oberflächenstruktur!

Ricky seufzt. Sie schwitzt. Langsam bildet sich eine Besorgnis. 29 muss ein furchtbares Alter sein. Statt hier herumzumeckern, sollte sie lieber dankbar sein, dass alles einer Faltenerkrankung entgegenwirkte.

Wir kommen Ihren Falten entgegen, noch ehe sie auf dreißig zählen können.

Da hat Ricky plötzlich Lust, sich mal wieder die Haare zu flechten. Haargummis. Sie wird richtig munter. Das ist es! Sie will etwas kaufen, was sie wirklich braucht. Schöne rosa Haargummis. Und Ricky wird ein wenig traurig, weil sie beinahe ihrer Babycreme untreu geworden wäre. Sie muss sich in Zukunft besser schützen vor den schädlichen Umwelteinflüssen der Erwachsenenwelt.

Einem Teenager können Falten jedenfalls nichts anhaben.

Und jeden Tag gehe ich ins Bad und wasche mich, jeden Tag schütt' ich mir kaltes Wasser ins Gesicht. Aber kaltes Wasser ist nicht optimal hautverträglich und wird deshalb schnell auf lauwarm gedreht. Nicht zu heiß und nicht zu kalt, so melden es die Frauenzeitschriften, sonst erschrecken die Adern und bilden zur Strafe eine Falte. Warum wissen die Tocotronics das nicht, wo sie mir schon jeden Morgen beim Duschen ihren Song über letztes Jahr im Sommer um die Ohren hauen? Aber ihr Satz über das kalte Wasser könnte auch einfach eine Doppelbedeutung haben und meinen, dass kaltes Wasser einen kühlen Kopf macht. Ein kühler Kopf ist mir allerdings nicht so wichtig wie eine gesunde Haut. Sonst gibt's pro Seite tausend Peitschenhiebe von den Zeitschriften für die Frau, die man unweigerlich lesen muss, wenn man schon eine ist. Trotzdem rinnt mir das kalte Wasser ganz froh und leicht die Wangen runter, wenn ich jetzt die schönen Lieder von der ersten Tocotronic-CD höre. Ach verdammt, die Kultur von den Jungs weiß einfach, dass es gar nicht so schwer ist, ein Mensch zu sein – trotz allem Imagebewusstsein. Ist denen auch mal wieder egal, ob es gut oder schlecht für die Oberflächenstruktur der Haut ist.

Was will er nur? Ein Autogramm – oder eine Schlägerei anfangen?
Den ganzen Soundcheck über hat sich der Indie-Nerd nicht vom Ort des Geschehens lösen können – obgleich der Veranstalter ihn mehrere Male dazu aufgefordert hat. Jetzt breitet der Typ sich vollends in seiner Lederjacke aus und haut Kicky von der Seite an: »Seid ihr immer so biestig?«

»Wieso denn?«

»Na, diese komischen Allüren. Wieso dürfen bei euch keine Jungs zuschauen?«

Kicky lacht herzlich. Der wird doch wohl nicht glauben, das sei schon das Konzert: »Das war erst der Soundcheck, danach, wenn das Konzert losgeht, gerne.«

»Wenn das der Soundcheck war – dann *checkt* auch mal den Sound.«

»Believe it or not: Wir haben die ganze Zeit den Sound gecheckt.« Kicky übt sich mal wieder in der Kunst der sarkastischen Freundlichkeit: »Soundchecken ist nämlich der Sinn eines Soundchecks.«

Er schüttelt den Kopf: »Wer wird denn gleich bissig werden? Ich wollt' euch Mädels nur einen guten Rat geben.«

Kicky lächelt. »Das ist nett. Danke. Wenn du mal einen wirklich guten Rat hast, dann schau wieder vorbei.«

»Ich habe einen guten Rat«, er lacht triumphierend, »ich würde mir ein anderes Motiv aufs T-Shirt drucken lassen, wenn ich schon eine postfeministische Frauenband wäre. Wie soll das denn überhaupt zusammengehen, starke Frauen – und kindische Pinguine?«

»Du wirst doch nichts gegen unsere schönen Pinguine haben?« Kicky versucht es weiter auf die herzzerreißende Tour.

Er schüttelt den Kopf, als wolle er unterstreichen, dass er einer ist, der gerne mal den Kopf schüttelt. Dann macht er endlich die Biege.

Ich bin zerstört, denn er hat Recht.

»Da hast du's mal wieder gehört: Meine Motive taugen nichts.«

Ich schäme mich auch ein wenig vor Kicky. Wenn ich nur endlich das Frei-Ticket für den Mond hätte, das sie mir kürzlich versprochen hat.

»Du lässt dir so was Dummes doch nicht einreden, oder?«

»Aber er hat Recht. Ich kann mir schon vorstellen, dass Männer meine Comics kindisch finden. Ich zweifle so stark daran, ehrlich.«

»Du spinnst. Du hast so viele tolle Ideen und Details.«

Kickys kurze Umarmung hat etwas Erhabenes – und dieser tollen Frau habe ich die Tour verdorben mit meinen albernen Bandlogos.

»Meinetwegen könnt ihr die Pinguin-T-Shirts auch wieder ausziehen.«

»Das habe ich nicht gehört.«

Soundchecks sind so anstrengend. Jeder hört es anders. Ich kann nicht mehr. Wenn ich mal Sängerin bin, dann will ich keine Soundchecks machen.

»Das hast du sehr wohl gehört«, sage ich, meine letzten Kräfte sammelnd, »er hat nämlich recht. Es ist viel zu sehr aus dem Bauch heraus gemalt. Ich müsste mich noch theoretischer mit Comics befassen. Nimm zum Beispiel Tim. Der kennt alle amerikanischen Underground-Comics der sechziger Jahre und hat schon ganz viele Bücher darüber gelesen.«

»Da kommt ein Fremder und pöbelt saudumm rum – davon abgesehen, dass es gegen uns als Band gerichtet war –, und du formulierst daraus eine ernsthafte Kritik gegen dich selbst. Das glaube ich einfach nicht!«, sagt Kicky.

»Würde es dir nichts ausmachen, von so einem Typen beleidigt zu werden?«

»Geht mir am Arsch vorbei, und du solltest dir auch mal ein dickeres Fell zulegen. Hast du nicht gehört, was er gesagt hat: Wir sollen mal den Sound checken, wir Mädels. Blöder Besserwisser.«

»Ihr zieht die T-Shirts also nicht aus?« Ich stecke wirklich in einem ganz tiefen Loch, ich merke es ja selbst, aber von der Begeisterung, die ich beim Entwerfen der Bilder empfunden habe, ist nur noch eine schräge Erinnerung übrig. »Wo kämen wir da hin, du Dummerchen?«

Dann darf Kicky endlich auf der Bühne stehen und einen weiten Akkord auf der Gitarre anschlagen. Ricky haut aufs Schlagzeug, es geht los.

Ein paar Jungs in der ersten Reihe rufen »Ausziehen«. Wenn die wüssten, dass Kicky vor einem Konzert wochenlang nur darüber nachdenkt, was sie anzieht.

Sie schwebt nicht mehr durch, sie schwebt jetzt in den Raum hinein. Vom eigenen Sound mitgetrieben, als eine sanfte Welle der Ungeduld, erhebt sich ihre Stimme über die aller anderen. Sie singt ins Mikro, findet die Melodie und schickt sie von den Monitorboxen aus zurück zu uns. Wie im Rausch höre ich die sieben verschiedenen Akkorde, die Ricky sich für den Refrain ausgedacht hat. Sieben Akkorde für ein Halleluja. Museabuse wollen's aber wirklich wissen.

»Das nächste Lied ist gegen Typen, die nicht hören wollen und deshalb sehen müssen, wo sie bleiben«, sagt Kicky. Die Leute lachen.

Und schon schmeißt sich meine Freundin Kicky wieder in vollen Vocals durch den Raum, das Gesicht voller Haare und den Körper aus Arsch und Titten.

Ich erblicke den von mir entworfenen Erfolgspinguin auf ihrem T-Shirt. Mit seinem breiten Grinsen lacht er mich aus. Schnell lächle ich Kicky zu. Sie sieht mich und lächelt zurück.

Jetzt will ich nicht mehr auf den Mond.

»Rot, wie immer.«

Im Friseurspiegel streckt sich Melissa selbst die Zunge raus. Hoffentlich bezieht die Kaiser es nicht auf sich. Die Kaiser steht direkt hinter ihr und zieht bedächtig einen Scheitel. Unsinn. Die bezieht nie etwas auf sich. Die Kaiser weiß, dass Melissa sich mit den roten Haaren nun mal nicht leiden kann. Mehrmals wöchentlich tätschelt sie ihr die Wange, murmelt Beruhigendes, während sie 1-A-Lidstriche zieht oder eine neue Tönungswäsche verordnet.

»Mein liebes Kind«, sagt die Kaiser dann, »zu euch jungen Leuten passen doch lebendige, auffallende Haarfarben. Und ehrlich, keiner meiner Kundinnen steht das so gut wie Ihnen.«

Melissa weiß auch, dass heutzutage bei rotem Haar keiner mehr an Huren oder Hexen denkt. Aber einleuchten tut's ihr nur, wenn's die Kaiser ihr sagt. Die weiß es aus Lebenserfahrung und nicht aus Meinungsumfragen. Wie die feisten Typen aus der Modebranche, die partout nicht einsehen wollen, dass Melissa lieber blond wäre. Melissa seufzt. Wie zum Dank für ihr Schweigen wird jetzt ein klobiger grauer Schutzmantel um ihre Schultern gebreitet. Gleichmäßige Bürstenstriche streicheln das Haupthaar glatt.

Melissa schnappt sich eine Illustrierte und verschwindet in den Bildern. Früher hat sie manchmal die Blondinen gezählt. Ein mühsames Unterfangen. Wie beim Schäfchenzählen in der Nacht werden es immer mehr. Und gibt es auf der einen Seite mal keine Blondine, dann sind es auf der nächsten bestimmt schon zwei oder drei. Nur dass Blonde keine Schafe sind, sondern gute Feen: »Sie erfüllen Wünsche. Und bleiben stets etwas Besonderes.« Das wird Melissa gerade in der Elle erzählt. Elle hat den Blond-Test gemacht.

Ob blonde Frauen bei den Fernsehzuschauern beliebter sind? Klar! Die Experten sind sich einig. Blond ist eine Herausforderung.

Blond ist licht, offen, klar, wahr.

Blonde sagen die Wahrheit, und das Fernsehen lebt nun mal, nun ja, nicht gerade von der Wahrheit, aber vom schönen Schein, von der Wahrheit blonder Frauen eben. Melissa seufzt. Wenn das so weitergeht, schafft sie nie mehr den Sprung ins Fernsehen.

Wäre Melissa blond, dann *helllichtaschblond.*

Wenn alle Färbemittel gleichzeitig in den Drogerieabteilungen großer Kaufhäuser blinken, inmitten dieses endlosen Meers aus Lichtreflexen, entscheidet Melissa sich stets für Hell-licht-asch-blond. Es ist so würdevoll und rein, voll glänzender Strenge.

Helllichtaschblond hat den anderen Blondfarben die Wahrheit voraus. Es hat so gar keinen Stich mehr ins gewöhnliche Gelb – als würde es direkt vom reinen Weiß abstammen, ohne jemals ins ordinäre Weißblond umzukippen.

Ach, für Helllichtaschblond hat sich ein Silberstreif am Horizont mit der Sonne gepaart!

Sonja ist auch blond, gewöhnlich blond. An Sonja will Melissa jetzt lieber nicht denken. Denn seit heute Vormittag herrscht Gewissheit: Sonja hat was mit Jonas. Die beiden haben sich sogar vor ihren Augen geküsst!

Melissa legt die Elle beiseite und blättert sich durch die BRAVO. Die Models in der BRAVO wirken immer so plump-natürlich. Am natürlichsten natürlich die Brünetten mit den goldenen Strähnen. Es ist in der heutigen Zeit angesagt, sich nicht entscheiden zu können.

»Kannst du Flirt-Signale deuten?«

Etwas pocht an der Schläfe. Sie schaut in den Spiegel. Rötlicher Schaum kringelt sich auf Alufolie. Igitt, igitt. Etwas muss sich ändern, schnell.

Vielleicht müsste man sich einmal im Leben in sich selbst verlieben?!

Melissa lächelt in Frau Kaisers gütiges Gesicht und spürt eine Gefahr aufsteigen. Sie wird den Job in der Boutique kündigen. Kann doch jetzt nicht mehr mit dem zusammenarbeiten. Sie schaut sich einmal mehr prüfend an. Eindeutig die Augen einer Helllichtaschblonden. Alles Brütend-Brünette ist aus ihnen verschwunden. Auch das Rote, Lauernde. So sieht ein Mensch aus, der nichts mehr zu verlieren hat, denkt Melissa kalt.

Nichts, außer sich selbst.

Ich kündige der Agentur. Melissa ist plötzlich ganz ruhig. Dann kann ich auch gleich meine Wohnung kündigen und die Patenschaft für Dollys Kind. Ich kündige meinen Handyvertrag!

Nie mehr ein schleimiger Fotograf am anderen Ende der Leitung, der zu einem Date drängt, ganz formlos und ungezwungen natürlich. »Hören Sie, Frau Melloda, ein weit gereister Mann und eine wilde Schönheit beim Candle-Light-Dinner. Da ist alles möglich! Formlos, wie gesagt. Ungezwungen.«

Alles, ich kündige alles, was zu kündigen ist. Melissa strahlt. Ihr wird ganz leicht. Ich kündige mein Leben!

»Gibt es etwas zu feiern?« Die Kaiser prüft die Hauben-Temperatur und kann wie immer Gedanken lesen.

Melissa zögert, »ich glaube schon«. Dann holt sie tief Luft: »Sagen Sie, können Sie mir die Haare bitte blond färben? Ich meine, heute noch, sofort. Ich befürchte, dass ich mich sonst umbringen muss.«

Ein kurzes, kicherndes Stocken, dann sagt Melissa: »Ich meine natürlich hell-licht-asch-blond.«

»Natürlich«, die Kaiser lacht vorsichtig, »da wird ja ein Traum wahr.«

Melissa nickt beklommen.

»Mit Ihrer Agentur haben Sie das aber nicht besprochen?!«

Die Kaiser ist richtig süß besorgt.

»Ich habe gekündigt!«

»Ah, und Ihr neuer Auftraggeber lässt Sie auch als Blondine marschieren?«

»Mein neuer Auftraggeber«, quetscht Melissa andächtig zwischen den Zähnen hervor, »bin ich selber!«

»… und dann habe ich gedacht: Im Endeffekt ist das Electro-Wave, mit den Mitteln von Garage-Rock. Aber so gegen den Strich gebürstet, dass noch der Glamour von so tollen Quietsch-Typen wie Mercury und Mercury Rev mitgenommen wird.«

Ich erkenne Johnny nicht wieder, was redet er für wirres Zeugs? Der kurze Moment, in dem er innehält, gehört ganz mir. Hm.

»Ich … ich … bin gerade nicht so firm in Electro-Wave«, wollte ich sagen. Und um ehrlich zu sein, finde ich die Sache mit dem Electro-Wave auch reichlich übergeschnappt. Soll sich doch einfach damit zufrieden geben, eine Rockband zu machen. Reicht das nicht? Andere – die Szene-Suzis zum Beispiel – machen gar keine Bands.

Aber Johnnys Faden hat ihn schon wieder aufgenommen und die beiden spinnen weiter an ihren Harmonien. Johnny sagt, ein Song, der ernsthaft vom Glück spricht, braucht ganz einfache Harmonien.

Na klar, das Glück kommt bestimmt noch. Wir müssen nur weiter daran glauben. Uns dem Horizont entgegen an den Händen festhalten. Das ist die Hauptsache. Nicht dass Johnny sich noch losreißt, um auf einem dieser Schiffsspielzeuge anzuheuern. Die Schiffe wackeln immer näher auf uns zu, und ich hole Johnny auf den Boden des Spazierwegs zurück:

»Wie wär's, wenn wir an einem der souvenirumwehten Holztische Platz nehmen?«

»Hast du mal 'ne Kippe?«

Statt an einer Zigarette zerrt er wie zur Strafe an meinen Händen, dass es schmerzt. Aber vielleicht kann er nichts dafür. Vielleicht hat der Wind seine Jacke schon so weit aufgeblasen, dass ein Freiflug gratis die nächste logische Konsequenz wäre. Und ich stelle mir vor, wie ich und Johnny gemeinsam über das Wasser, das sie hier Meer nennen, fliegen – wie die ausgequetschten Milchtüten in Blurs »Coffee & TV«-Video, er die blaue, ich die rosa Tüte. *Girls who are boys who like boys to be girls.*

Oder noch besser: Wir sind ein altes Ehepaar, *turning Japanese*, auf Sightseeing-Tour am Hafen. Und wir haben keine andere Wahl, als lebenslänglich miteinander klarzukommen, nicht wegen der gemeinsamen Fotos im Apparat, sondern weil wir uns auf diesen Fotos so verdammt ähnlich sehen.

Johnny unterbricht meine Zukunftsträumereien. »Hast du mal 'ne Kippe?«

Ich habe bereits verneint. Denn Gerüchte besagen, dass Johnny nicht auf Frauen steht, die in der Öffentlichkeit rauchen.

»Nächste Woche«, sagt Johnny, »nehmen wir das Lied

endgültig auf. Aber der Text steht noch nicht.« Er klingt nervös. Er will einen Hit oder er bringt sich um.

»Ich würde wieder den alten Refrain nehmen«, schlage ich vor.

»Genau. So habe ich mir das auch vorgestellt«, er hat sich scheinbar wieder beruhigt, »wieder derber werden.«

Er mag meine Idee. Vor Glück möchte ich losrennen. Aber Johnny hält mich fest und versucht weitere Textzeilen aus mir herauszuquetschen. Dabei bin ich für ihn nur eine dilettantische Sängerin, die schlechte Bilder malt.

Trotzdem probiere ich noch vorsichtig ein paar Wortspiele aus. Aber Johnny ist sehr entschieden dagegen. »Das sagt mir gar nichts.«

Uh, oh. Uh, oh. Allmählich werden wir Feinde.

Ich spucke ins Meer, sofort vermehren sich die Schaumbläschen.

Was ist nur los? Ich glaube fast, ich hasse Johnny. Sein Leben ist so voller Elan und erhebend. Er darf morgen eine Platte aufnehmen, und ich sitze morgen wieder daheim und mache Diät.

»Lass uns nach Hause gehen.«

Aber jetzt hat Johnny auch die Lust am Meer gepackt. Er hat sich ganz darauf verlegt, Brotkrümel ins Wasser zu werfen. So gelangweilt, als könne er es nicht ertragen, auch nur eine einzige Taube anzulocken. Wortkolonien aus seinem Mund marschieren auf das andere Ufer zu.

Eine Frau und ein Mann setzen sich neben uns an die Reling, oder wie das heißt, und reden zärtlich und in englisch über einen gemeinsamen Urlaub.

»Vielleicht«, sage ich, »würde es schon reichen, ein englisches Paar zu sein.« Obwohl Johnny keinen Schimmer hat, wie ich wiederum auf diesen grandiosen Gedanken komme, stimmt er mir eifrig zu. Wobei die Sache mit den Anglizismen, sagt Johnny, habe er mittlerweile für sich geklärt.

»Am Hafen«, sage ich traurig, »fühle ich mich immer so heimatlos.«

Johnny legt seinen Arm um mich. »Oder doch besser Garage-Rock, mit den Mitteln von Electro-Wave?«

Jetzt aber los. Die schwere Türe ruckelt langsam und behäbig ins Schloss, da hilft es auch nichts, dass er sie mit der Kraft eines Wirbelsturms angestoßen hat. Kommt einfach nicht nach, die Alte. Aber das wundert Jonas nicht. Denn dieser verdammte Proberaum hält ihn schon seit Tagen gefangen: *Los, spuck's aus, sprich's aus,* verlangt der neue 8-Spur-Rekorder, verlangt das ganze geduldige Instrumenten-Inventar. Dabei gibt es nichts zu sagen. Absolut gar nichts. »Nichts«, möchte Jonas am liebsten ins Mikro brüllen, »nichts.« Ich fühle nichts. Ich weiß nichts. Gehört habe ich auch nichts. Darf man noch ein freier Mann auf einer freien Bühne sein, bitteschön?

Jetzt macht wenigstens die Nachtluft aus Jonas einen freien Mann. Hin zu einer lichterschnellen Disco oder in eine richterlose Bar. Eingetaucht in die Lichter des Augenblicks, können abgestorbene Gefühle sogar schön sein. Und vielleicht, denkt Jonas, sind sie längst verschwunden, überwunden, die Versagensängste, jetzt, da ich hier und weg bin.

Er atmet die gute Nacht aus und ein. Der Schritt ganz Zuversicht, die Hosen lang wie die Beine. Und wenn er auf seine Schuhe blickt, kann er sehen, dass es Männerschuhe sind, richtige Männerschuhe. Männer tragen solche

Schuhe, denkt Jonas: praktisch, quadratisch, gut. Und vielleicht würden ihm jetzt, da wieder Reize waren, ein paar riffige Zeilen einfallen.

Downtown, summt es automatisch in ihm, *lights are much brighter now, downtown. Everything's waiting for you.*

Ach, wie einem die Reeperbahn immer automatisch dieses große, lyrische Einsamkeitsgefühl besorgte. Ein richtiger Boulevard of Broken Dreams, das! Allein der ganze Fließband-Sex. Jonas lässt seinen Blick wieder über die Straßen gleiten. Mindestens eine Million Mädchen stromern im Ausgehrausch an ihm vorbei, wie Background-Sängerinnen und Hafen-Huren kommen sie immer zu dritt. Und für einen Moment kann er nicht den Unterschied sagen zwischen einer besonders schrillen Autohupe und dem übermütigen Gekicher der Mädchen.

Auch die Zeitungen am Kiosk schreien nach seiner Aufmerksamkeit.

Liebe. Krieg. Ruhm. Hass – Spurt ins Glück. Ein Bier und eine Tüte Fruchtgummis wollen gekauft sein. Die süßen Gummidinger sind mal eine Abwechslung zu den ewigen Zigaretten. Schnell ist die Tüte leer, und das Bier noch früher.

Und der nächste Kiosk hält schon wieder dieselben Schlagzeilen bereit. Aber ein weiteres Straßen-Bier muss nicht sein. Man will den Bauchansatz ja nicht unbedingt herausfordern, wenn demnächst die vielen Fotosessions anstehen. Man kann ja auch mal ein Bier auslassen als zukünftiger Indie-Popstar. Hey, als die Zukunft des Rock 'n' Roll! Auch so fühlt Jonas sich schon wieder ganz wie ein Held – und wie ein Mensch. Wie etwas sehr Besonderes und etwas sehr Normales. Und er hätte gerne zusätzlich noch gewusst, was nun genau das Besondere, und was das

Normale an ihm war. Und dann ist er endlich in der Bar. Und dann geht sowieso alles klar.

Frei und in Bewegung, pures Glück auf schattigen Waldwegen, ganz leicht sind heute die Pedale. Ich bin auf dem Weg zu Mickys Geburtstag. Fremde Häuserzeilen fliegen vorbei, prägen sich ein, verschwinden wieder.
Nur ganz leise, von sehr weit weg, greift das alljährliche Wehmutsgefühl nach mir. Der Herbst wird kommen und kein neues Leben in Sicht.

Mickys Wohnung ist so bunt dekoriert. Man könne meinen, sie würde elf Jahre alt. Tatsächlich prangen 25 Kerzen auf der Schokoladentorte, stolz in der Mitte des Tisches. Auch die Gespräche passen nicht so recht zu schmetterlingsverzierten Tischkarten, Gummibärchen und Überraschungseiern, aus denen im Laufe des Abends schon viel knuffig-kniffeliges Plastikspielzeug geschlüpft ist.
Micky will ein berühmter DJ werden – aber keiner bucht sie so richtig, für die großen Nächte in den großen Clubs. Oder wenigstens mal den Donnerstag machen.
»Geiler«, sagt Micky, »geiler kann ein Job nicht sein. Aber dienstags, dienstags«, sie kommt ins Stottern, »dienstags macht man Fehler.«
»Dienstag«, sagt Micky, »ist der Fehler, der Feind, mein persönlicher Feind.«
»Mein Feind«, wiederholt sie, »ist der Dienstag.«
Und während die Sonne draußen vor dem riesigen Apartment-Fenster das Volumen runterdreht, fängt Micky an zu heulen. Eine, zwei, drei, große schicke Mädchentränen kullern über ihr Gesicht, während ihr Pop-Art-Mund den

Gästen ein verständnisvolles Lächeln abringt. Dazu leuchtet Mickys karminrotes Haar im Abendrot, als hätte sie
extra für diesen Anlass den Weltuntergang bestellt. Wenn
sich alle auf ihre Kosten amüsieren, wird sie mal sagen
dürfen, wie es ihr geht. Wofür feiert eine Diva schließlich
den verhassten fünfundzwanzigsten Geburtstag?

»Ich verstehe das nicht. Ich kann doch nicht jede blöde
Vorabpressung aus England und den Staaten kennen! Es
geht doch auch darum, dass die Leute tanzen, oder?«

»Schon okay«, Tim küsst Micky auf die Wange. Eine Art
Freundschaftskuss, für den er sich umständlich um den
ganzen Tisch gewunden hat und beinahe die Quarkstru-
del platt gedrückt hätte. »Wir reagieren alle mal über-
empfindlich.«

Mickys Stimme zittert: »Immer sagen sie: Wenn der
Dienstag mal frei wird oder jemand ausfällt, dann könn-
test du sicherlich, im Wechsel, alle paar Wochen den
Dienstag, da könnten wir's ja mal probieren.«

Ein paar der Gäste lachen laut heraus.

Micky kommt vollends in Fahrt: »Und dann heißt es: Die
darf doch hier nur auflegen, weil sie so gut aussieht.«

Sie erhebt sich, wie zur Bestätigung dieser Aussage, betont
langsam von ihrem Kinosessel und steuert ihre sagenhaften Sailor-Moon-Schenkel zum Plattenspieler, um uns einen ihrer Lieblings-Soul-Tracks vorzustellen. Die Party
kann beginnen.

Suzi 1 und ihr feingeistiger Freund genehmigen sich gemeinsam ein Stück von dem geilen Apfelkuchen. Suzi 1
wählt das vordere, kleinere Stückchen. Mit ernster Gelas-
senheit zerteilt sie es noch weiter. Isst dann langsam mit
den Fingern einen Krümel nach dem anderen. Wobei sie

nach jedem Bissen die Fingerkuppen ableckt. Mir wird heiß vor Neid.

Apfelkuchen traue ich mir schon lange nicht mehr zu.

Inzwischen hat sich eine Art Diskussion darüber entwickelt, ob Frauen heute noch benachteiligt sind oder schon lange nicht mehr. Micky findet immer neue Beispielbeweise, warum die Welt noch nicht gerecht zu ihr und ihresgleichen ist. Wie Thomas Gottschalk neulich mal wieder subtil über die sowieso … Das ist gemein – anstatt dass einem die Welt zu Füßen liegt, wird sie auch noch frech.

Suzi 1 sagt: »Da hätte man aber viel zu tun, wenn man damit jetzt auch noch anfangen wollte.«

Der Feingeist stimmt ihr da zu, denn insgeheim denkt er schon lange, dass alles umgekehrt ungerecht verteilt ist. Immer müssen die Männer die ganze Last der Schuld auf ihren Schultern tragen. »Und das«, sagt der Feingeist, »ist auch nicht fair.«

»Genau«, Tim lacht, »es wird schon nicht so schwer sein, eine Frau zu sein.«

»Zumal doch Judith Butler …«, sagt der Feingeist.

Allita lacht.

Philly-Soul-Gesänge verbreiten eine aufgekratzte Mattheit.

Allita fordert Micky noch mehr heraus: »Du kannst ja wohl auch ganz schön deine Weiblichkeit beweisen bei deinem Job, was?«

Aber Allita ist mir sowieso fremd geworden. Sie hat ihre Artikelreihe fertig und gut reden.

Auch Micky ist sauer. Nach Allitas spöttischer Bemerkung kullern neue Tränen an ihrem Näschen herunter: »Ich glaube, ihr hasst mich alle.« Es klingt finster.

»Das bildest du dir ein, Schätzchen.« Suzi lächelt versöhn-
lich.

Dann wird getanzt. Tim legt »Dancing Queen« von Abba
auf.

Ich frage ihn, was Abba da eigentlich singen.

»You can try« oder »you can hide«?

»›You can jive‹«, sagt Tim verdrossen, »es heißt: ›You can
jive – having the time of your life‹.«

Das gilt sicher nicht für ihn, so schlecht, wie der heute
drauf ist.

Suzi 1 kichert Suzi 2 an: »Gute Nachrichten aus der Philo-
sophie: Das Hungergefühl ist auch eine Konstruktion!«

Suzi 2 kichert mit: »Dann können wir ja weiter Milchkaffee trinken.«

Allita gibt Micky einen kleinen Knuff in die Seite. »Hey,
Baby, 25 ist ein super Alter. Du weißt doch, was Björk gesagt hat – »nur wer seine Träume über die 25 rettet, ist
wirklich gerettet.«

Micky lacht auf: »Und du meinst, das gilt auch für Tränen?«

Weil in Sonjas Leben gerade nichts passiert, schaut sie
»Wetten, dass..?«.

In diesem wurstigen Unterhaltungspark für die gemüt-
lichen Stunden der Woche ist der Mensch entweder Teil
eines amtlichen Paars und also erwachsen. Oder ein junger Spund und auf dem Sprung zum Hirschen. Oder jung
und weiblich und ein Reh oder Küken oder, wenn in Nylonstrumpfhosen und mit leicht extravagantem Haar-
schnitt, vielleicht ein niedliches Osterhäschen.

Was auch immer der gute Onkel Thommy für seine Zuschauer zubereitet hat: Sonja lackiert sich die Fingernägel, ungerührt, und etwas orangefarbener Nagellack tropft auf den neuen Wohnzimmertisch. Orange auf braun, man sieht es kaum, das heißt ihre Mutter natürlich schon.

Und was sie darin alles sieht: einen Akt echter Sabotage gegen die neuen Wohnverhältnisse im Allgemeinen und gegen die alte angeschlagene Mama-Seele im Besonderen. Und Mama bricht in Schulden aus, spricht sie aus, die Schulden: in Zahlen, Monaten, in Jahren und laut. Erspart ihrer Tochter damit aber immerhin das Vergnügen, aus dem Mund des Haribokünstlers das wahre Märchen von Tina Turners großer Verwandlung erzählt zu bekommen. Das Tina-Märchen wird den Kindern seit vielen, vielen Jahren in »Wetten, dass..?« vorerzählt. Sonja kennt also bereits alle Details aus dem Leben der tollen Tina, verflucht aber trotzdem den Einfall, sich ausgerechnet jetzt die Fingernägel zu lackieren. Denn auch das Märchen von der sagenhaften Mama-Verwandlung kennt Sonja schon lange auswendig. Mama schwört auf ihre eigene Schicksalsstory.

Auch jetzt berichtet sie wieder live und mit vielen Extras aus den Außenstudios ihres bewegten Frauenlebens. Tina hüpft dazu in hoffentlich reißfesten Nylonstrumpfhosen und offensichtlich sehr teurem Kostüm über den Bildschirm und führt ihren von erfolgreichen Männern misshandelten Edel-Body in all seiner edlen Ganzheit vor. Alles unbeschadet überstanden – unsere Tina. Und Sonja hofft, Mama würde wenigstens jetzt auf Leidensgenossenschaft mit der Fernseh-Tina trinken und zu diesem Zweck vom Schuldenberg herabsteigen.

Aber Mama kraxelt weiter an den Felswänden herum, und Tina strengt sich umsonst an. Selbst als Thommy der Tina schon Blümchen-für-die-Lady überreicht, um sie schließlich mit Bussi-Bussi und Bein-Komplimenten zu verabschieden – denn »Tina ist eine Lady, das musste mal gesagt werden« –, redet Mama noch immer, in wieder neuen Variationen, über den Nagellack auf dem Tisch. Das hat einen einfachen Grund: Der Tisch war teuer, und wegen des Lacks sieht er jetzt billig aus. Bei »Wetten, dass..?« dreht sich unterdessen alles weiter in offenen Kreisen, wie immer, wenn sich die angestrengte Society mit internationalen Stars aus James Bond, 007 und Goldfinger auf der Couch zusammenrauft.

Und der Thommy sagt: »Unsere Zuschauer zu Hause an den Bildschirmen, in Liechtenstein, der Schweiz und Österreich, sind super drauf heut!«

Der ist nett, der Thommy, ein Mensch wie du und ich. Muss sich nicht wundern, dass wir ihm hin und wieder ein bisschen auf der Nase herumtanzen. Onkel Thommys Hymne erlaubt uns eben alles. Wir sind auf du und du mit den Größen dieser Welt, und auch die Kleinen des Alltags sind groß, plötzlich.

Und wir haben alle das Recht auf eine Chefsekretärin, entweder eine haben oder eine sein, je nach Geschlecht, ohnehin unser liebster Beruf: Geschlechtswesen sein. Am Samstagabend sind wir alle von Beruf Mann oder Frau, und in der Nacht sehnen wir uns nach ein bisschen Feierabend. Aber auf die Chefsekretärin können wir uns einigen! Diese Damen sind gelehrig und geduldig – und sie lassen zur Rechten Gottes auch mal fünfe gerade sein. Gerade sind 50 Chefsekretärinnen im Anmarsch und singen ein Lied auf ihren Chief-in-mind: Alle zusammen, wow! Es handelt sich hierbei um das geglückte Ende unserer heutigen Saalwette. Gewonnen! Schade für dich Thommy, aber diese Schande, du verstehst. Das verkraften wir nicht, wenn unser Repräsentant im Saal verliert.

Aber Thommy ist ein guter Verlierer und springt, leicht gedeckelt, noch mal rüber zum 007-Helden, fragt: »Was hältst du von der Tina?« 007 zeigt sich erwartungsgemäß schwer beeindruckt, was nur zum Teil daran liegt, dass er die Tina schon so lange kennt: »Es ist einfach toll, wenn harte Arbeit und eiserner Wille sich auszahlen!« Und Tina, die schon auf die Bühne rennt, lachend und feixend zur großen Abschiedsverbeugung, »die Tina«, so 007, »ist auch ein guter Beweis dafür, dass Frauen heute alles erreichen können, was sie wollen, wenn sie nur mit beiden Beinen fest auf dem Boden der nackten Tatsachen stehen.«

Wie zum Beweis dieses Beweises winken jetzt alle in die Kamera, nach draußen, zu den anderen Geschlechtswesen hin, die vielleicht nur halb so glücklich sind wie sie.

»Is' dir nicht warm?«

»Nee. Mir ist kalt.«

Der Fahrer lacht ein ungläubiges Lachen. Dann schweigen sie für den Rest der Fahrt. Kicky, weil sie heute sowieso kein Wort herausbringt – außer sie richtet es direkt an Michael –, und der Fahrer, weil er keine Ahnung hat, was er reden soll, mit so einer … Primadonna im Pelzmantel, an der alles und sogar die heisere Stimme echt wirkt. Alles, bis auf das Eisbären-Fell, die klobigen Stiefel, die gebleichten Nutten-Haare und den knallroten, verschmierten Lippenstift.

Er schaltet das Radio wieder an, da läuft schon das Ziel ihrer gemeinsamen Fahrt: R.E.M., eine Band wie eine Autofahrt in den Süden.

Aua, Kicky hat viel zu erschrocken in ein klotziges Vollkornbrötchen gebissen. Sie hat das Gefühl, dass sie einen Zahn verschluckt hat. Mit der Zunge befühlt sie den Gaumen. Quatsch, alles so wie immer. Wie war das nur früher, als Kind? Als einem die Milchzähne ausfielen und man die echten, erwachsenen Zähne kriegte. Kicky kann sich gar nicht mehr erinnern. Hat man da nachts im Traum auch manchmal Zähne verschluckt? War das nicht ziemlich gefährlich?

Kicky wiegt hin und her zur Musik, die versöhnliche Stimme des R.E.M.-Sängers Michael Stipe tötet den Schmerz. Ich habe doch nicht vor, nach dem einzigen Konzert von R.E.M. in Europa … Michael Stipe zu treffen. Doch. Genau das. Nichts anderes. Genau das hat Kicky heute vor. Sie muss doch das Rädchen in ihrem Kopf weiterspinnen. Kicky freut sich, ein bisschen wenigstens, über sich selbst: Der Größenwahn ist ein Gefühl wie nach Hause kommen. Kicky will so lange nur das Beste, das Unmögliche von sich denken und entsprechend unmöglich handeln, bis alles möglich, bis gar nichts mehr unmöglich ist.

Bis sie selber ein *Rockstar* ist!

»Rockstar« ist ein Wort, das Kicky stets mit einem triumphierenden Zungenschnalzen ausspricht. *Rockstar* ist eigentlich ganz einfach.

Es muss einem nur komplett egal sein, was die anderen über einen denken, während es einem nicht egal sein darf, was die Gitarre über einen denkt.

Nur die schönsten und spannendsten Töne will Kicky ihrer Gitarre noch beibringen.

Jetzt fängt der Moderator Vorabstimmen vom »Dom« ein. Super Wetter, Super Stimmung. Kein Wunder, wenn die größte Rockband der Welt sich angekündigt hat – umsonst und draußen – auf dem Domplatz von Kölle.

Kicky beißt wieder tapfer in das harte Vollkornbrot: Sie ist eigentlich ganz gelassen, jetzt. Es ist halt ihr »Masochismus-Nihilismus«, sie hat gestern versucht, es Ricky zu erklären:

»Ich treffe lieber meine Helden und lasse mich enttäuschen oder verwirren, wenigstens ist es dann nicht mehr so wie vorher, man hat dann vielleicht sogar weniger als vorher, aber mehr von sich selbst.«

Es ist fast unheimlich. Fast jedes Lied, das Museabuse in den letzten beiden Jahren gemacht haben, war heimlich von R.E.M. beeinflusst. Dieser Spuk muss mal beendet werden. Heute wird der Spuk bei Tageslicht betrachtet! Oder wenigstens bei Neonlicht. Lalalala: Allitas Backstage-Karten sei Dank!

Das Licht auf der After-Show-Party ist so kalt, als würde es direkt aus den Achtzigern kommen. *It's only just lightyears to go.* Aber das hilft jetzt auch nichts mehr. Denn die Zeit läuft vorbei und in Kürze auch Michael. Und wenn er mich dann für ein Groupie hält? Das darf nicht passieren, auf keinen Fall. Kicky wirft einen kurzen Blick auf den geheimnisvollen Bistro-Bereich, wo gleich R.E.M. erwartet werden. Sie hat ja gar nichts gegen Groupies, Groupies sind schon ganz okay. Nur leider viel zu bescheiden. Kicky will Michael sehen, berühren, sprechen, verdammt, Kicky will Michael treffen, weil sie so werden will wie er! Da wäre Kicky sich aber zu schade, mit einem *Rockstar* zu schlafen, nur um kurzfristig gnädigerweise etwas von seinem Glanz abzubekommen.

Pah, Kicky will doch selber glänzen!
Rocken.
Der Freestyle, free Style.
Das Experiment zum Glück.
Kicky will so tolle Texte schreiben wie Michael Stipe und so gut Gitarre spielen können wie John Frusciante von den Chili Peppers. Kicky will das ganze wichtige Album von den Chili Peppers auf der Gitarre spielen, irgendwann mal im Leben will Kicky »Blood Sugar Sex Magik« selber können.
Kicky trinkt sich keinen Mut an, Kicky redet sich Mut zu. Wer glaubt, sie könne das alles nicht, wer meint, sie werde es niemals schaffen, »Blood Sugar Sex Magik« auf der Gitarre – nur weil sie ein Mädchen ist –, der hat noch nie ein Mädchen wie Kicky getroffen.

Wo bleibt eigentlich Michael? Kicky schenkt Sekt nach und holt ihren Taschenspiegel raus. *It's the L.A. Style.* Das perfekte Posertum.
Plötzlich fliegt alles zur Tür hin. Auftritt: Michael, Michael Stipe.
Klein ist er, schmächtig. Und tänzelt herum wie vorhin auf der Bühne. Tänzelt mit ernster Miene durch den Raum und schnurstracks an Kicky vorbei in die magische Ecke. Ungeheuerlich. Da sah man jemand tausendmal in Videos, aber seine Ausstrahlung, seine echte Ausstrahlung kapiert man erst in echt.
Was soll ich sagen? Kicky weiß es immer noch nicht.
Sie weiß nur, dass sie sich mal wieder blamieren muss. Vor allen Leuten in die Fluten springen. Während die vollauf damit zufrieden sind, mit Michael Stipe im selben Paddelboot zu sitzen.

Und ist es nicht seltsam – Kicky erstarrt fast vor Taten-
drang –, dass man jetzt schon im selben Raum war … und
immer noch nichts voneinander wusste? Das wird sich
ändern, auf der Stelle.

Kicky reißt der Geduldsfaden. Sie stürmt nach vorne.
Sieht nur noch Licht, grelles, kaltes, Michaels Gesicht.

»Gehörst du zur Band?«

»Nee, aber ich muss mit Michael sprechen.«

Ein Bodyguard ist hinter Kicky her, packt sie am Arm.

Sie reißt sich los. Da steht schon Michael.

»Hi Michael«, sagt Kicky und lächelt verzückt, »ich bin die
Kicky.«

»Hi Kicky«, sagt Michael lahm, aber nett.

»Ich mache auch Musik«, ruft Kicky, »ihr seid meine aller-
größte Inspiration.«

»Danke«. Er lächelt.

»Ja, wollt ich nur mal sagen«, Kicky blickt zu Boden, »dass
du immer die Stimmungen so toll rüberbringst.«

»Danke«, seine Stimme klingt etwas gelöster, »was macht
ihr denn für Musik?«

Kicky traut sich wieder hochzuschauen. Da ist ein Funkeln, ein schönes blaues, in seinen Augen. Oder hat sie
sich das nur eingebildet?

»*Rock*«, Kicky schnalzt mit der Zunge.

»Ah, very nice.«

»Wollt ich nur mal sagen, äh goodbye.«

»Danke«, sagt Michael.

»Danke ebenfalls.« Kicky läuft davon, der Boden wankt,
als würde er gleich einbrechen, weil ein Trampel ihn betreten hat.

Für den Rest des Abends ist Kicky jedenfalls genauso un-
ansprechbar wie Michael.

Ob man vielleicht hier noch einen Aschenbecher, da ein paar Zeitschriften vom Boden, dort die Stofftiere anders hinsetzen könnte?

Der Holztisch gehört jedenfalls in die Mitte des Zimmers. Und auf der Anrichte ist Platz für gute, glitzernde Getränke. Wenn nur die Liebe heute nicht ausgeht.

In dem dreidimensionalen Badezimmerspiegel sehe ich Körperteile, die ich gerne respektieren würde. Es handelt sich dabei unter anderem um meinen von der Diät schon leicht gestrafften Bauch.

It's not the singer, it's the song. Und jede Phase und jede Faser von mir. *Doll Parts.*

Ich drehe die Stereoanlage auf, trinke Kaffee. Okay. Bier, Wein. Kekse. Silver Jews. Noch zwei Stunden. Ich zwinge mich, einen kleinen Teller Spaghetti zu essen. Sex verbraucht mindestens hundert Kalorien. Fußnägel grün, Fingernägel grün, wie im Trixie-Belden-Kinderbuch von vor hundert Jahren. Das Fenster gegenüber spendiert dem Bett einen Gold-Rahmen aus Sonnenstrahlen, unheimlich.

Ich sinke auf den Stuhl. Kurz vor acht.

Früher habe ich immer gedacht, die Welt beginnt im Wald hinterm Dorf. Im düsteren Licht sah man die Weite besser, und zu wem man gehörte.

Ich stehe auf und streiche das Kissen auf dem Bett glatt. Ich lasse mich wieder auf den Stuhl fallen. Ich stehe auf und mache das Kissen wieder knautschig. Ist doch blöd, ein Kissen glatt zu streichen. *I put on my best sunday dress, and walk right into that mist of mine.* Ich komme ganz undressed.

Ein Plüschhase sitzt in einer Ecke neben dem Bett. Das ist auch undressed. Ich werfe ihn in die andere Ecke, damit die Stereoanlage ihn versteckt.

Gleich neun Uhr! Hmm. Nun gut. Details.

Männer interessieren sich nur für Details, wenn sie einen Beruf damit erfüllen, einen Status hinlegen können, einen Salto mortale. Männer sind Schlampen, aber egal.

Dann ist es zehn Uhr. Elf. Zwölf. Zu jeder vollen Stunde wird fünf Minuten durchgeheult, als handle es sich dabei um die News des Tages. Dann richte ich mich wieder auf und lausche in den Flur und *höre Schritte auf der Treppe*. Wir kommen jetzt zur Wettervorhersage, und ich muss cool und frisch aussehen, sobald es klingelt.

Die Augen tränen vom Lidschatten, und irgendwo habe ich mal gelesen, dass Lidschatten blind machen kann.

Es wird jedenfalls kein Lidschatten mehr übrig sein, wenn er jetzt noch kommt.

In the times I dream of Jesus, it's like he's coming through the wall. When I'm working at my desk at night, I hear his footsteps in the hall.

Die CD läuft aus und hinterlässt ihren Schmerz im Raum.

Ich sollte einfach aufstehen und in die Bar gehen und mir Drinks bestellen. Gute, glitzernde.

Das Röllchen mit den Schmerztabletten habe ich schnell gefunden. Acht insgesamt. Dann schlucke ich noch eine.

Jetzt sind es schon neun.

Sollte er jetzt noch anrufen, wäre es besetzt. Ich stottere mich trotzdem durch die Nummer von Kicky.

Die macht richtig ein Aufhebens wegen der paar Tabletten.

»Dieser Schlumpf! Ich hab's dir doch gesagt, der macht dich fertig.«

Ich muss plötzlich kichern: »Schlumpf.«

»Kann passieren, dass dir schlecht wird und du dich übergeben musst.«

Ich muss wieder kichern, »is' ja harmlos.«
»Harmlos, du drehst durch und nennst es ›harmlos‹.«
»Du, so lang hat er mich noch nie warten lassen.«
»Du benimmst dich wie … ich möchte das nicht zu Ende
aussprechen.«
»Sag schon.«
»Wie eine Frau.«
»Danke.«
Dann liege ich wieder auf meinem schönen, duftenden
Bett, schaue mich im Zimmer um, es sieht nicht mehr aus
wie ein Kinderzimmer. Ich krabble in die Ecke, hole den
Stoffhasen und ziehe ihm die Ohren lang.
Dann muss ich endlich kotzen.

Das Telefon auf dem Boden sieht so seventies-modern
aus, ich starre auf die Wählscheibe und falle einen Augenblick lang in den Sog dieses satten, warmen Oranges.
Ließe sich der bevorstehende Anruf doch nur genauso satt
und warm und modern gestalten! Dann springe ich auf
und setze meinen Dachgeschoss-Marathon wieder fort.
Dauerlaufen, von der einen Schräge des Zimmers zur
anderen.
Wie ein kleines geduldiges Hündchen kauert es da vor
dem Bett, das Telefon – haargenau die gleiche Farbe wie
das Cover der Pet-Shop-Boys-CD, auf der »Yesterday
when I was mad« drauf ist. *Yesterday when I was mad*. Ich
seufze wie Heldinnen in Liebesromanen, die seufzen, weil
alles so schrecklich ist. Wäre ich doch gestern verrückt gewesen und nicht heute. Oder wäre man richtig verrückt –
könnte man sich einliefern lassen, würden sich Leute
kümmern.

Aber so …

Und ich beschwöre mal kurz die ausgepowerten, weisen Mittdreißiger mit dem milden Lächeln; diese Kneipen-Künstler, echten Künstler oder die Künstler halt, mit denen ich manchmal in der Kneipe rede. Wie diese Künstler Geheimnisvolles aussenden! So: Klar, schwierig alles – in ein scheiß geheimnisvolles, telepathisches Lächeln verpackt, how to survive die Scheiße. Und sie tun so, als müsse man da durch, und sie nennen es *Weltschmerz*, und sie sagen, wenn man seine Träume erst begraben hat, wird man sie endlich leben können.

Toll. Wie macht man das, Träume begraben? Ob die fünf-zehn Quadratmeter dieses Zimmers dafür ausreichen? Die Träume weglaufen lassen, sie alle wegschicken, abtrainieren die Träume, halbieren; jeder Schritt ein toter Traum. *Es ist vorbei, bye, bye.*

Ich werfe mich aufs Bett. Ich muss mich beruhigen.

Es geht doch jetzt nur darum, ihn anzurufen.

Für schlimme Sachen hat Johnny nicht viele Worte.

»Es ist aus«, sagt er.

Da frage ich lieber noch mal nach: »Aus?«

»Aus«, sagt Johnny.

»Euer Kaffee«, ruft der Bäcker.

Wir stehen im Supermarkt, an der Bäckerei-Theke, und es ist aus. Leider verbrenne ich mir sofort die Zunge. Denn mir bleibt nur ein Becher, um meine Welt zu retten. Ich denke kurz nach.

Ich muss Johnny von meiner absoluten Einzigartigkeit überzeugen. Noch in der Stunde der Wahrheit übersprühen vor Elan und wildem Eigensinn.

»Das erinnert mich«, sage ich, »an einen Text von Garbage: *You tell me you don't love me, over a cup of coffee.* Es ist übrigens der schönste Song auf der Platte. Eine ganz derbe Ballade.«

Aha, Johnny nickt. Sein eines Auge zuckt ganz komisch. Ich könnte schwören, da zerbricht gerade etwas in ihm – wegen mir. Nie zuvor hat er ein Mädchen gekannt, das das Ende einer Affäre mit einem Garbage-Zitat vom Tisch fegte.

»Weil es eben Garbage ist«, sage ich gedankenversunken, »dass du dich von mir trennen willst.«

»Garbage«, sagt er, »haben einen scheiß Sound. Total überproduziert.«

»Aber das ist keine gewöhnliche Ballade – die musst du dir unbedingt noch anhören.«

»Wie ging noch mal der Text?«

You tell me you don't love me, over a cup of coffee. Ich mache die Endungen rund und betone die Vokale. Jetzt erst verstehe ich, warum Hühner, wenn man ihnen den Kopf abhackt, immer noch ein paar Meter weiterrennen.

»Das ist es nicht.« Er stemmt die Arme auf den Tisch, bettet seinen Kopf darauf, wie ein kleiner, müder Junge in einem Kindergarten am Nachmittag. »Ich bin wieder mit Melissa zusammen.«

»Mit Melissa.«

»Mit Melissa.«

Ich trinke einen Schluck, er den halben Becher. Er soll nicht so schnell trinken. Wie sollen wir jemals heiraten, Kinder kriegen und den Grunge neu erfinden, wenn er so schnell trinkt?

»Was ist es dann?« Aus seinem »Das ist es nicht« darf ich doch wohl entnehmen, dass es nicht fehlende Liebe ist, die uns trennt. Sondern etwas anderes, Geheimnisvolles?

»Es ist einfach so, dass ich Melissa liebe.«

»Melissa«, sage ich.

»Melissa«, sagt er.

»Ich hasse Melissa«, entfährt es mir, unvornehmerweise. Er lacht.

»Ja, ich weiß«, sage ich, »das war uncool. Das gibt einen Punkt Abzug.«

»Das macht nichts.«

»Garbage überproduziert finden«, sage ich, »aber eine aufgetakelte Tussi wie Melissa cool.«

Er lacht. Nur jetzt nicht mehr ganz so nett.

»Entschuldigung«, sage ich, »das war sogar noch uncooler.«

»Macht nichts.«

Ich versuche etwas Bauchatmung. Ich weiß auch, dass es eine Schwäche ist, eine absolute, alles nur nach Musik zu beurteilen, und gar nicht das Menschliche. Aber wenn Melissa eine Platte wäre, dann wäre sie Mariah Carey, und ich finde, ich habe ein Recht, das scheiße zu finden. Auch wenn Mariah Carey fünf Oktaven schafft und ich nur zweieinhalb.

Ich suche seinen Blick. Aber er hat seine Nase schon wieder im Becher, und der ist jetzt mal langsam leer. Nun kommt der Moment, wo man über sich selber reden muss, oder man ist ein Idiot.

»Aber es muss auch mit mir zu tun haben.«

»Mach dir keine Gedanken. Ich und Melissa, wir gehören einfach zusammen.«

Allmählich glaube ich ihm.

»Und wir gehören nicht zusammen?« Jetzt klinge ich nach Kindergarten.

»Du weißt doch selber, wie schwer das alles ist.«

»Was ist schwer?«

»Nun hör schon auf.«

Er hat ja Recht. Es gibt nichts zu sagen. Melissa ist einfach dünner als ich.

And I just have to look away, singe ich, und es klingt gar nicht gut.

»Was?« Ein unbekannter Textinhalt scheint ihm immer noch Respekt einzuflößen.

A million miles between us. Planets crash into dust. And I just have to fade away.

»Hm.«

Er scheint jetzt sehr in Eile zu sein.

»Mach's gut«, sagt er.

»Ich liebe dich«, sage ich.

Er zwinkert mit den Augen. »Dann mach's also gut.«

Seit ich auf Milch und Zucker verzichte, schmeckt der Kaffee nach bitterer Medizin. Melissa hat bestimmt noch nie Kaffee mit Milch und Zucker getrunken. Die überproduzierte Tussi weiß überhaupt nicht, wie bitter das Leben schmecken kann.

Ich springe auf und durch den Supermarkt. Augenblicklich stürzen alle Waren auf mich ein. Und ich wäre beinahe dem kleinen goldigen Mädchen auf die Zehen getreten, das mir im Wege steht, ein grünes Balisto kauend. Die gute Schokolade jetzt schon essen darf, obwohl sie doch noch gar nicht bezahlt ist. Zeichen und Wunder. Da kommt mir ein Brocken von meinem Herzen hoch, aber ich schlucke ihn tapfer wieder herunter.

Ohne etwas zu kaufen, stelle ich mich an der Kasse an. Vollkommen logisch: Ich bin nichts und ich kaufe nichts. Das leere Laufband, ein leerer Laufsteg.

Die Verkäuferin schaut ganz irritiert. Da schnappe ich mir schnell ein Fläschchen Rum. Rum ist immer gut. Dann wird nach Hause gerannt. Wenn schlimme Dinge passieren, beginnen sie meist zu Hause.

Mama, Mama I had a really bad day. Ich habe ohne zu denken meine Mama angerufen, und ihr das Schmerzlied von Mudhoney vorgesungen. *Touch me, I'm sick.*

Sie macht sich Sorgen, sagt sie, viele Sorgen um mich. Im Grunde genommen sei ich immer schon ein Problemkind gewesen.

»Das ist gar nicht wahr. Ich war immer so gut in der Schule.«

»Aber die grünen Strähnen.«

»Was kann ich dafür, dass ich die Tochter einer Friseuse bin? Zuerst wird man zum Haarefärben erzogen, und dann …«

»Die grünen Strähnen und die Löcher in den Strumpfhosen«, sagt sie sehr förmlich, als würde sie es gar nicht mir, sondern vielleicht einer Freundin erzählen, »hätten nicht sein brauchen in einem Dorf. Und was die Männer anbetrifft …«

»Oh Gott, die Männer.«

»Und was die Männer anbelangt …«

Mache ich, ihrer Meinung nach, natürlich auch alles falsch. Aber das findet sie seltsamerweise gar nicht so schlimm.

»Ist nicht so schlimm, Kind – die Welt ist voller Männer.«

Die Welt, Männer. Wenn Mama über Männer spricht, dann wie über Chancen, Möglichkeiten, die man nutzen muss, wie über Waren. Sie selber sei auch jahrelang, ach was, jahrzehntelang so blöd gewesen, aber jetzt lässt Mama sich mal langsam nichts mehr bieten.

Im Hintergrund ein Tuscheln, Kaffeetassenklappern.

»Sei so lieb, Schatz, und bring mir noch eine Zigarette, sie liegen in der Küche, auf der Ablage«, flüstert Mama ihrem aktuellen Mann zu. Dann wieder ins Telefon: »Also, sei nicht traurig, die Welt ist voller Männer.«

Ich sehe meine Mutter vor mir, wie auf einem Bild, das niemals trocknen will: wie sie den Rauch ihrer Marlboro 100 betont langsam ausatmet, um ihn dann, mit spitzem Mund, fürstlich bis zur Decke kreiseln zu lassen. Sie raucht so vornehm, dass keiner, der sie flüchtig dabei beobachtete, auf die Idee käme, dass sie sich täglich hundert von den Dingern durch die Lungen pfeift.

Und das Schlimmste, gerade wenn man ihre Tochter ist und Liebeskummer hat: Sie redet so, wie sie raucht, sie redet Kette. Allerdings mit so viel Punkt und Komma und Hingabe an die eigenen Worte, dass man zwischendurch auch mal bequem den Hörer weglegen oder die Fenster putzen kann.

Dann kommt man zurück, und sie redet immer noch. Oder ich gehe auf die Reeperbahn, besorge mir eine Knarre und schieße mir eine Kugel durch den Kopf. Ich bin davon überzeugt: Mama würde weder das Schweigen davor noch das Schweigen danach, ja, nicht einmal den Knall würde sie hören.

Aber jetzt habe ich langsam mal genug geschwiegen, jetzt presche ich aus dem Hinterhalt hervor: »Mama, ich muss dir unbedingt etwas mitteilen«, sage ich so alarmiert, als wäre jemand gestorben.

Sie ist ganz erschrocken: »Ja, was denn?«

Einmal werde ich das Dumme, das Schlimme doch sagen

dürfen: »Mama, ich liebe aber nur ihn, ich will keinen anderen, nie mehr.«

Lachen vom anderen Ende der Telefonleitung: »Aber er will dich nicht. Und wenn er dich nicht will, dann kann er auch nicht der Richtige sein.«

Ach so. »Du musst ihm das Gefühl geben, die Einzige, die einzig Richtige zu sein. Ich habe das früher immer …«

Es folgen wieder Heldensagen aus der einmaligen Mama-Jugend. Entweder ich höre ihr endlich zu, oder sie hört mir nicht mehr zu.

»Danke«, ich bin ganz erschöpft, »ich muss Schluss machen.«

Kickys Nummer wählt sich von alleine.

»Er will sich – nicht mehr – mit mir – treffen.«

Kicky ist verkatert.

»Aber warte, ich habe hier etwas, das dein Leben retten wird.«

Minuten vergehen, und je länger ich warte und »Kicky, was ist denn?« ins Telefon rufe, desto plausibler erscheint mir die Vorstellung, Kicky könne tatsächlich, werweißwie, etwas haben, das mein Leben retten wird.

»Hör zu«, sagt Kicky streng, »ich hab hier die neue Ausgabe von SUGAR. Da ist ein Super-Artikel drin. Überschrift: ›Schlag ihn bei seinen eigenen Liebesspielchen‹.«

Und Kicky liest betont sachlich vor, was ein Magazin für vierzehnjährige Girls zu meinen Sorgen sagt.

»Fall sechs: das Telefon-Phobie-Spiel. Sein Spielplan: Es sind bereits sechs Tage, zwölf Stunden und zehn Minuten vergangen, seit du ihn zum letzten Mal gesehen hast. Zum Abschied hat er dir noch diese vier blöden Worte zugerufen: ›Ich ruf' dich an!‹ Seitdem hockst du neben dem Telefon und traust dich nicht mal mehr aufs Klo.«

Ich schreie ins Telefon: »Kicky. Es ist Schluss. Er hat eine andere.«

Da wacht Kicky endlich auf. »Dann gebe ich dir einen gut gemeinten Kicky-Tip: Vergiss ihn.«

»Sag mal: Findest du mich eigentlich dick?«

»Quatsch.«

»Ich esse seit drei Monaten nur Diät-Brei plus eine herkömmliche Mahlzeit am Tag.«

»Waaas?«

»Und seine neue Freundin ist dieses Gelegenheits-Model, Melissa. Du weißt schon, die im ›Modemärchen‹ jobbt.«

»Oh Gott.«

»Sei ehrlich: Wenn man mit einem Model konkurrieren muss, kommt das einer Katastrophe sehr nahe, oder?«

»Auf Models stehen sie halt, die *Rockstars*.«

»In der ID war letztens ein Foto von ihr. So edel ist sie.«

»Du überhöhst Melissa. Sie ist nur ein Glamour-Girl, das ein bisschen modelt. Ein Foto in einer englischen Trendzeitung ist keine große Sache. Wir haben auch schon drei Tapes nach England verkauft und eins nach Japan.«

»Eine Frage noch: Sind 1200 Kalorien am Tag zu viel?«

»Spinnst du? Das ist viel zu wenig.«

»Ich kann nicht weniger essen, ohne dass mir schlecht wird.«

»Du bist doch schlank. Der hat dich nicht wegen deiner Figur verlassen.«

Kicky grinst durchs Telefon: »Schon mal überlegt, dass es auch andere Ursachen haben könnte? Rockstars – egal ob echt oder eingebildet – mögen keine wilden, kreativen Mädchen. Sie brauchen das Rampenlicht für sich. Das ist ihre Spezialität, verstehst du, das sind nicht die Männer, die eine gleich starke Frau ertragen.«

»Was heißt hier wild? Ich bin nicht wild, ich bin nicht kreativ, ich passe mich ganz an neuerdings.«

Kicky lacht: »Noch nicht genug!«

Ein alter Jähzorn kommt zurück. »Noch nicht? Es reicht immer noch nicht? Willst du behaupten, ich hätte mich immer noch nicht genug angepasst? Sag mal, das kann nicht wahr sein. Wie hoch muss der Grad der Anpassung eigentlich sein, um in der Scheißgesellschaft der Männer mitmachen zu dürfen? Ab wann gilt man endlich als angepasstes Mädchen?«

»Das darfst du mich nicht fragen. Die Frage hat sich mir noch nie gestellt. Aber etwas möchte ich dir gerne noch …«

Da hält Kicky plötzlich eine richtige kleine Rede, wie früher in einem Dolly-Buch die Direktorin zu Beginn eines neuen Schuljahrs. Mit einem Mal stürmen aus Kickys Mund so blumige Worte, dass ich ihr erst recht keins mehr glaube:

»Du denkst jetzt natürlich, du würdest wegen deinem Gitarrengott hungern, du tust alles, um ihm zu gefallen. Du opferst dich, und er kommt zurück. Aber, ha, das ist gar nicht wahr. Dich hat einfach nur der Ehrgeiz gepackt. Das ist alles. Du willst es jetzt auf einmal: das ganze tolle Leben. Frei-Sein endlich und superdünn. Erfolg. Neue Freunde, neues Glück.

Der Aufstand gegen dein ganzes bisheriges Leben, das sich irgendwie schäbig und fettig anfühlt. Weil es nicht im Hochglanzformat stattgefunden hat, sondern im normalen, glanzlosen Alltag voll kleiner, schäbiger Gefühle. Aber glaub mir: Das wird nicht funktionieren. So geht das gute Leben nicht. Dass man einmal alles ins Reine bringt und dann dabei bleibt. Man muss die Leidenschaften langsam leben, um es mal mit Foucault zu sagen.«

Die Rede war so schön, was bleibt mir übrig: den Redner loben, mich noch schäbiger fühlen.

»Toll, wenn ich deinen Mut hätte«, sage ich.

»Wenn du glaubst, es gehört Mut dazu, so zu sein wie ich, dann vergiss es! Oder bist du auch eine von diesen unsexy Idiotinnen, die nie auf die Idee gekommen sind, dass ihre eigene Persönlichkeit auch einen Wert hat? Dann bist du blöder, als ich dachte.«

Da schießt mir der Schmerz wie eine Kugel durch den Kopf: Wo soll das Wertgefühl eigentlich herkommen? Wie soll die Selbstwertsteigerung vonstatten gehen, wenn mich – für den Fall, dass es mir mal schlecht geht, für den Fall, dass ich mal traurig bin – andauernd alles nur anschreit? Wenn alles Leben kopfschüttelnd vor mir davonläuft?

Ein Ballon schwebt am frühen Nachthimmel. Auf schlafloser Kneipentour entziffere ich die bekannten Zeichen: Alles klar, Cola light.

In der Provinz wäre das eine Sensation, denke ich, während die Lichter der Stadt langsam in die Höhe steigen. Wie wir mal rausgefahren sind, aufs flache Land zu einem Happening. Da durfte man selber mitfliegen in so einem Ballon – die ganze Happy Family. Samstagsausflug.

Und Kinder, barfuß auf feuchtwarmem Gras, winkten stundenlang in ungläubiger Freude den kleinen, runden Luftschlössern zu.

Und hier tanzt so ein Ballon durch die Lüfte und keiner schaut hin.

Verwöhntes Stadtvolk. Durch nichts aus der Fassung zu bringen. Nie die Trostlosigkeit eines Tanzwettbewerbs auf dem Land erlebt. Ich werde nach Hause fahren, beschließe ich, gleich morgen.

700 Kilometer zwischen mich und Johnny und den Rest der Bande bringen.

Dann schüttle ich mein Haar, die Bars sind voller Männer, die ihre Haare schütteln. *Saturday Night Fever, Fieberthermometer.*

Letztes Jahr um diese Zeit ist Oma gestorben.

Quatsch. Letztes Jahr um die Zeit hat sie noch gelebt. Da hat sie noch ein paar Wochen gelebt. Sie ist ganz stilbewusst im Herbst gestorben. Oder war es einer der letzten schönen Sommertage? Ich habe sie natürlich sofort wiedererkannt. Das war schon noch Oma, sogar die Haare wie immer. Irgendwann habe ich noch mal hingeschaut. Da lagen Knochen im Bett mit den Augen von Oma. Wieso sehe ich plötzlich diese Augen? Wieso kann ich nicht einfach aus dem Fenster schauen, eine Zigarette rauchen und in Ruhe Blondie hören?

The tide is high but I'm moving on. I'm gonna be your number one.

Habe ich nicht schon genug andere Sorgen?

Mit den Augen ist nicht mehr viel losgewesen. Die haben nichts mehr gehofft, nicht mal noch etwas gefleht. Die waren fast schon zu, gebrochen.

Und ich hörte mich etwas von bestandener Berufsausbildung faseln. Erzählte meiner sterbenden Oma doch tatsächlich, dass ich mich jetzt Mediendesignerin nennen darf. Ich bin so doof. Auf dem Marktplatz unten die schrillen Kinderstimmen. So schrill, dass sie bis oben ins Zimmer drangen. Muss man, wenn man stirbt, auch noch anderen beim Leben zuhören? Wie Oma dann tatsächlich darauf eingegangen ist: Ich soll mir ein schickes Kostüm kaufen, ein weißes Prüfungskleid. Sie würde mir Geld geben.

Ich kann nicht mehr. Ich will nicht mehr. Der Tod soll mich in Ruhe lassen. Sonst fahr' ich gleich zurück nach Hamburg. Ich packe meinen Rucksack und wanke ins Zugrestaurant. Ich will etwas trinken.

Das alte Kinderzimmer ist jetzt ein spartanisch-freundliches Gästezimmer.

Ich träume einen alten Traum: Liebe. In meinem Traum ist das Abendessen fertig und der Fernseher sendet seine buntbewegten Bilder. Auf der Straße brummen Autos in regelmäßigen Abständen die leisen Spielfilm-Töne weg. Ich stehe irgendwie regungslos vor der alten Kommode und spiele mit dem Kaffee-Service ein selbstausgedachtes Spiel voll geheimnisvoller Regeln. Eine Art Mühle-und-Dame-for-one. Letzte Sonnenstrahlen werfen seltene Muster auf helle Holzmöbel. Obwohl alles nach Rosen und Rasen duftet, ist bald schon Weihnachten. Da steht ein Tannenbaum in der Ecke mit lauter Engelschmuck dran.

Umhüllt von frischer, kühler Bettwäsche, wache ich auf. Ein Mantel aus Traurigkeit und Zuversicht.

Life will never be the same as it was again.

Hier, in diesem Zimmer, muss sich eine Hoffnung abgespielt haben, vor vielen Jahren. Eine übermütige Hoffnung, frech wie ein blühender Garten im Winter oder blitzender Weihnachtsschmuck im Sommer.

Ich blinzle aus dem Gästebett in den neuen Tag.

Schräg oben auf der Fensterbank sitzen Porzellanpuppen in blauweiß und blaurot gestreiften Kleidchen, ein freundlich-geduldiges Lächeln spielt um ihren Mund. Sehen aus wie Dienstleisterinnen der Zukunft in Broschüren von der Telekom.

Vielleicht sollte ich Markus anrufen, Markus, den guten Lover aus dem guten Süden, und nichts sagen, nur »Hallo«. Seine seltsame Ruhe, die leichte Aufregung, sein cremefarbenes Ledersofa. Eine selbstverständliche Verbundenheit, sommerlicher Ganzmenschensex, den man mit Markus haben konnte, bis man sich fühlte wie ein Lebendiger.

Aber Markus ist bestimmt mit einer fleißigen kleinen Büroangestellten verheiratet, mit einer kurzhaarigen hartaberherzlichen Frau Anfang dreißig, die ihm die Privatsekretärin macht, an Samstagnachmittagen, ihm, dem erfolglosen Künstler, der sich nie von seiner Heimat hat trennen können.

Ich lasse mich aus dem Bett plumpsen. Da liegt die volle Tafel Milka-Schokolade, die Mama mir gestern Nacht hingelegt hat. Satt grast die lila Kuh, richtiggehend glücklich, weil sie auf gesunden Weiden grasen darf. So eine Kuh, die denkt nicht, die fühlt nicht, die trifft keine komplizierten Entscheidungen, die bleibt immer schön bei ihrer Herde auf ihrer Grashalmweide.

Am Nachmittag sitze ich auf der Terrasse und höre Musik und male etwas auf Papier. Es ist wie früher, Schuleschwänzen: Da ist eine endlose Zeit, die wartet mit mir. Auch das kostbare Blau des Himmels geht nie aus. Nur kleine weiße Wolkenbänder setzen sich hin und wieder noch über das Blau hinweg, locker geflochten wie Geschenkbänder.

Ich könnte ewig nur hier sitzen und dem Himmel zuschauen, ich könnte ewig nur hier sitzen und mit den
Wolken treiben. Gerade kommt eine Wolke, die hat einen
Bierbauch, die ist so viel größer als die davor, und die Natur ist so viel größer als wir Menschen. Und ein Bauch
muss nicht sein, wenn schon die Natur genug davon hat.
Ich bin leicht müde, ich will schlafen. In zwei Stunden
gibt's schon die nächste Mahlzeit. Ein frischer Salat mit
Obst und Ei und zur Krönung eine ganze, große Tasse
Milchkaffee. Dann werde ich wieder wach und gehe noch
etwas spazieren.

Im Grunde genommen habe ich alles erreicht, was ein
Mädchen erreichen muss: Ich verdiene mein eigenes Geld,
ich habe Freunde, ich weiß, wie man fastet.

Eine große Künstlerin werde ich auch keine mehr, dafür
müsste ich mal auf eine Kunsthochschule, und ich hasse
doch Schulen. Selbst die freiesten unter den freien Künst-
lern waren auf einer Kunsthochschule. Jetzt mal ehrlich,
Sonja, du hättest niemals die Kraft, eine Mappe zusam-
menzustellen und all das Viele zu tun. Hast keinen blassen
Schimmer, wie du deine Kunst auf die nächste Ebene
bringen sollst. Vielleicht mangelt es dir an Begabung für
die nächste Ebene? Du hast deinen Elan verloren – es
macht doch keinen Sinn, sich für die Arbeit zu verschwen-
den.

Du willst, dass alle dich sehen, du willst tanzen gehen. Rei-
nes Dasein sein, und Nachmittage ohne Zwang und Aber.
Und irgendwann, wenn du richtig gut singen kannst, wird
dir schon ein Produzent über den Weg laufen und dich
groß rausbringen. Meine Güte, Sonja, du bist in der richtigen Szene, du kennst die richtigen Leute, du kannst doch
nicht mehr schief gehen. Alles besser als auch noch Pin-

guine neu zu erfinden. Ja, genau. Und in meinem schicken Beruf kann ich sicherlich auch noch etwas aufsteigen, die 800-Euro-Gehaltsmarke werde ich sicher auch noch mal irgendwann durchbrechen. Ich will in einem Haus leben, wo mein Make-up ist, und genug Zeit haben, mir die Mahlzeiten zuzubereiten. Die Kalorientabellen kann ich auswendig. Ich lasse mich treiben, ich lasse mich auffangen. Schöne Mädchen werden immer aufgefangen, ich muss noch schöner, noch mädchenhafter werden.

Einem Mädchen wie mir gibt man immer einen Job.

Auf dem Tisch liegen immer noch die Comics und verhöhnen mich, *more than ever*. Ich kann sie nicht mehr sehen, ich kann sie nicht mehr hören: Sie wollen zu viel und sie können zu wenig. Sie sind es nicht wert, dass man sich dafür den Arsch fettsitzt. Ich will nicht auch noch in meiner Freizeit sitzen.

Sie sind so schlecht, sie sind so Trash, Trashmahlzeit.

Aber ich bringe sie zu Ende, ich bring's zu einem Ende. Ich möchte ein für allemal aufhören mit der Träumerei.

Pinguin steigt auf einen Berg und stürzt ab. Ich zerreiße das Papier. Pinguin stürzt nämlich gar nicht ab. Pinguin ist nie da oben angekommen. Genau. Pinguin stürzt nicht ab. Pinguin kommt nur einfach nie an. Ich male den Berg, er ist leer und voller Nacht. Der Pinguin steht in der Küche, kocht sich etwas Gutes. Er hat zu dem puren, einfachen Glück des Moments zurückgefunden. Das ist mehr wert als goldene Schallplatten.

Mama ruft in den Garten, in einer Stunde gibt es Abendessen. »Dann können wir endlich mal richtig reden.«

Es klingt nach einer Panik. Dabei gibt es nichts zu reden. Absolut gar nichts. Lass mich doch einfach hier sitzen, Mama, und mich darüber freuen, dass ich leben und fühlen und atmen kann.

Back to life, back to reality. Zurück in Hamburg schöpft die Saison neuen Atem – in den Kaufhäusern und Boutiquen an der Mönckebergstraße gibt es jetzt noch schönere, noch unwiderstehlichere Kleider.

Enge Tops, Miniskirts, total übermütige und lebende Farben, geile Verzierungen, Blumen und Herzchen überall. Dass einem schon beim bloßen Hinsehen blumig ums Herz wird und eng um die Taille.

Meine Fingerkuppen berühren die schmalen Rippen eines trägerlosen Shirts. Auf rotem Polyester schwingt ein schwarzer Schmetterling seine Flügel.

Da vernehme ich plötzlich, wie von weit her und doch so nah, eine liebliche Stimme. Das schmale Schmetterlings-Top: Es spricht zu mir. Ein leises und beherrschtes Säuseln. Ich spitze die Ohren, um alles genau mitzubekommen: Salbungsvolle Eingebungen. Zauberformeln. Alles ist ganz einfach.

Zur Feier des Tages beschließe ich, endlich mit dem Essen aufzuhören.

In Cafés darf man einen Milchkaffee bestellen. Die Kellnerin nickt und nimmt die Bestellung entgegen. Man will ihr zurufen, zuwinken: Ich trinke einen Milchkaffee, das ist etwas ganz Besonderes für mich heute!

Dann liest man stumm die Illustrierten weiter.

Liest die Fotos.

Die Blicke von den Filmschauspielerinnen und die Beine. Die Schauspielerinnen sind im besten Dramen-Alter und sehen auch so aus. Weil sie schön sind, bestehen sie jedes Drama. Alle Welt will wissen, wie sie sich fühlen, und alle Welt soll wissen, dass sie sich besser fühlen, langsam. »Ja, es geht, danke«, sagen die Schauspielerinnen immer.

Und ich fürchte mich fast, wie ich die Interviews lese, fürchte ich mich vor diesem hochkomplizierten Beziehungsgeflecht. Die Scheidungen, die Kinder, die Krisen, im echten wie im gespielten Leben.

Gegen Ende des Interviews schichtet die Filmschauspielerin sogar noch ein Leben drauf: »Ein Doppelleben habe ich geführt, jahrelang, weil ich nicht ehrlich war zu mir selbst, und so auch zum Publikum nicht ehrlich sein konnte.«

Es gibt immer einen Keks gratis dazu. Man bekommt zum Milchkaffee immer noch einen Keks geschenkt. Ich knabbere an dem Keks, er schmeckt nach Karamell. Die Versuchung ist groß. Schnell werfe ich den Keks weg. In keinem anderen Café der Stadt gibt es so einen guten Keks zum Milchkaffee.

Sonntags sind die schönen Radwege sehr frei. Am Hafen finde ich einen Spazierweg mit alten Häusern. Die habe ich noch nie gesehen.

Die Welt ist schön. Ich weiß gar nichts mehr über die schöne Welt.

Was ich sonntags denke, geht auch keinen etwas an. Die Gedanken an Wochentagen erzähle ich auch nicht mehr rum. Trotzdem sind die Sachen, die man unter der Woche denkt, weniger bedrohlich als die Sachen, die man sonntags denkt.

Ich fürchte zum Beispiel, dass ich bald nicht mehr zu erreichen bin.

Schön ist auch, wenn der Sonntag vorüber ist, und blöd, wenn er nie mehr aufhört.

Bald ist der Sommer zu Ende – und die Frauen sehen aus wie junge Mädchen. Die Wildfrüchte aus dem Garten verlieren ihren Duft. Ich kaufe Wundertüten voller himbeer- und bonbonfarbener Fummel. Es ist wie frischverliebt sein.

Es ist wie ein neues Leben. Im Radio läuft »Disco 2000« von Pulp.

Es ist wie »Disco 2000« von Pulp. Die Farben haben ihr eigenes Aroma, so wie die Farben jetzt aussehen, so haben früher die Bonbons geschmeckt.

Und die Mädchen sehen fruchtig aus wie lange nicht mehr, und tüchtig und züchtig und sexy und süchtig.

Das Beste, die Reste vom Schützenfeste.

Mit Kicky und Micky laufe ich Arm in Arm über den Jahrmarkt.

Zu dritt bestaunen wir die altmodischen, bäuerlichen Herzen aus Lebkuchen.

Daneben T-Shirts, XXL, von Metallica, AC/DC, Bon Jovi.

Micky scheint jede der zuckrigen Liebessprüche auf den Lebkuchenherzen genauestens zu studieren. »Schau mal da«, sie stupst mich an, »ein Herz, wo Eminem draufsteht.«

Die Freundinnen lachen.

Und Kicky sagt auf ihre theatralische Art: »Ich find’ ›Ich liebe dich‹ aber besser.«

Ich überlege, ob ich das Eminem-Herz kaufen soll. Finde es dann aber übertrieben, Geld auszugeben für Lebkuchen, wo ich doch weder Kuchen will noch leben.

»Jetzt übertreib mal nicht«, sagt Kicky.

»Wieso, ich übertreib’ doch gar nicht.«

Das muss an der Jahreszeit liegen oder an der Zeit.

Dann schlendern wir weiter über den großen, großen Jahrmarkt. Nur, dass wir zu alt sind, noch mal Schaumwaffeln zu essen oder die roten Liebesäpfel, wo man sich eh nur die Zähne dran kaputt beißt.

Der Traum ist aus und der Sommer macht müde.

Zweiter Teil

HUNGER

»Man teilt die Rechnung,
aber man hat keine Mahlzeit
miteinander geteilt«
Naomi Wolf

»In our Family Portrait,
we look pretty happy,
we look pretty normal,
let's go back to that.«
Pink

Grell fällt das Licht auf Straßen und Autos, dann wieder ist die nachmittagswarme Stadtlandschaft in ein so entrücktes Gelb getaucht, als hätten die Straßen in Vanillemilch geschlafen. Es ist hoher goldener Herbst und ich fröstle auf dem Fahrrad.

Va-nil-le-milch.

Zittrige Füße treffen auf rudernde Pedale. Es ist gar nicht so einfach, der Sonne entgegenzufliegen, wenn Pedale im Leerlauf galoppieren und Beine hängen und hüpfen wie Knetgummi.

Heute unbedingt rechtzeitig bremsen! Auf dem Weg ins Schwimmbad sind mir schon die blödesten Unfälle passiert. Nichts Schlimmes. Kleine, dumme Unfälle.

Vorletzte Woche musste ich so unglücklich einem Fußgänger ausweichen, dass ich karacho an eine Plakatwand geknallt bin, und alles, der ganze Body, hat sich extrem kaputt angefühlt – nicht so kaputt natürlich wie das Fahrrad. Das Fahrrad war wirklich kaputt, und es hat drei ganze Tage gekostet, ein neues zu beschaffen. Ich werde noch mehr schwimmen müssen, habe ich während dieser drei langen Tage gedacht. Denn Ausfälle schreien nach einem Ausgleich. Das war noch ganz am Anfang. Jetzt ist das Routine.

Die Schwimmzeiten haben sich sehr verlängert, das ist gut so. Gestern waren es mehr als zweieinhalb Stunden, die Pausen am Beckenrand nicht dazugezählt. Zwei Stunden oder so gehen in Ordnung, weil noch die Fahrradtouren und die Gymnastik dazukommen. Alles in allem kriegt man auf diese Weise den Spinat der Firma »salto« schnell wieder raus, ebenso die beiden Äpfel und drei Knäckebrote spät am Abend. 350 Kalorien sind nicht zu viel. Ich habe es mir genau ausgerechnet. Man muss etwas essen. Jeder Mensch muss das.

Verdammt, schon wieder ein stumm meckernder Fußgänger. Immer wollen die Fußgänger mich durchwandern: »Geh doch selber auf der Straße!«

Manchmal muss man diesen Störern richtiggehend etwas nachschreien. Und den Angaben in den Kalorien-Tabellen, also diesen Angaben muss man glauben.

Die erste Beschwerdemeldung des heutigen Tages kommt prompt.

»Fahren Sie gefälligst auf der Straße!«, empört sich ein Rentner.

Aber was kann ich dafür, dass es hier keine Fahrradwege gibt? Soll ich die tollen Kinderspiele etwa auf der Straße spielen? Kinderspiele, wie zum Beispiel ganz lässig die Arme baumeln lassen oder in die Hände klatschen beim Fahren. Einmal, zweimal, dreimal. Das habe ich schon seit Ewigkeiten nicht mehr gespielt.

Da nähert sich auch schon meine Lieblingskreuzung. Winddurchbraust warten hier die großen tröstenden Schwimmbadbäume. Wo ihre Schatten enden, springt die Sonne noch vanilliger hervor. So wie heute hat der Herbst bestimmt schon vor hundert Jahren ausgesehen. Oder ganz, ganz früher, der Herbst, in unserem alten Haus. Verschleuderte seine letzten Blüten, einfach so, damit es endlich Winter werden konnte.

Wie man früher in der Schulpause immer Vanille-, Schoko- oder Erdbeermilch getrunken hat. Komischerweise immer im neuen, nie im alten Flügel von der Schule. Vanillemilch war die beste Milch, danach kam Schoko und dann Erdbeer. Erdbeer ist immer nur als Frucht gut gewesen, nie in Form von Milch oder Eis. Und wenn man zwanzig Jahre lang normal gegessen hat, denke ich, und nehme zum wiederholten Male eine Kurve und eine rote Ampel mit, wenn man also über zwanzig Jahre lang normal gegessen hat, muss man doch eigentlich nie mehr etwas essen – man weiß schließlich bei allen Sachen, wie sie schmecken. Und verpassen kann ich nichts, nur weil ich das nicht mehr haben muss.

Es hat so etwas Schickes, ich fahre wieder freihändig, *wenn man die andern vorbeiziehen lassen kann.* Alles andere ist so eine blöde Welt.

Die Welt ist blöd, die Leute sind blöd, die Kunst ist blöd, die Leute in der Bar sind blöd, alle sind blöd. Fahren ihr gewieftes Alltagstrotteltum weiter, und wissen nicht, wie man daneben, so ein Leben daneben …

Ich remple die Schwimmbadtüre auf, werfe mein Geld auf den silbernen Drehteller vor der dicken, alten Frau, die da sitzt, in Kreuzworträtsel gehüllt, weil ihr Badeanzug, schwarz natürlich, nichts verbirgt. Weißes Fett quillt aus ihrem Bauch, tropft von den Schenkeln, als wäre es von einem bösen Geist extra mit dem Schneebesen angerührt worden. Immer ein paar Meter von der Kasse entfernt sitzt sie da, die alte Frau, und watschelt in das Glashäuschen, wenn Besucher kommen.

Gib mir meinen Bon, armes fettes Mädchen; ungeduldig hüpfe ich von einem Bein aufs andere. Kurz vor dem Umkleiden ist man so »on the run« andauernd.

»Sie schon wieder«, die alte Frau lächelt freundlich, lächelt freundlich, die alte Frau. Dass die sich nicht schämt; ich an ihrer Stelle würde mich schämen!

Ich wandere ins tiefe Chlor und schwimme eine Figur von früher, die zerrt ein Bild vor meine Augen. Und ich sehe wieder das Mädchen. Das Mädchen sitzt schmal am Frühstückstisch und lacht verstohlen aus einem weißen bestickten Rollkragenpulli in die Welt hinaus.

Die Haare sind noch hell vom Kindsein und die Augen leuchten zur Mama hin, die ein Foto macht. Das schmale Mädchen hat einen Marienkäfer auf der glatten Brust sitzen, einen großen runden aus Schokolade. Mit grünblauen Fäden wurde ein Wort auf den Pulli gestickt, »Magic«. Ein seltsames Wort, geformt aus schönen, großen Buchstaben. Und das schmale Mädchen mit dem Magic-T-Shirt ist ein fröhliches Mädchen, das seiner Mama nur Freude macht. Wenn das Mädchen ganz viel froh ist, räumt es alle Erwachsenenlebensmittel aus dem Küchenschrank und spielt Kaufladen. Schwergewichtig stehen Milch, Mehl und Zucker auf dem runden Kinderzimmertisch. Mama lacht und kauft dem Mädchen alles wieder ab. Ein Kuss Milch, ein Kuss Mehl, ein Kuss Zucker. Das sind schöne Stunden.

Und das schmale Mädchen mit dem Magic-Pulli lacht: Das war ich, falsch, das bin ich!

Mit beiden Armen hole ich fest aus. Alles wird, wie es war – dafür werde ich sorgen. Man selbst wird wieder, was man war. Hier im Schwimmbad ist alle Bewegung frei, endlich freie Begegnung, und die Gedanken sind so aktiv, Aktivgestaltung einer Zukunft! Eine Kraft ist in dem Körper, die sich mit dem Wasser schlägt.

Ich schlucke, kaltes Wasser, warmes Wasser. Man schlägt sich durch, und die Gedanken reißen alles nieder. Gedankenniederriss. Und ich denke, dass ich sein werde. Weit weg zerrt Kraft an Angst, schlägt sie beiseite, die blöde

Angst. Es ist ja zum Beispiel ausgemachter Blödsinn, Angst zu haben vor einer Zukunft. Die Zukunft wird stattfinden. Alles aus dem Weg, bitte. Hier kommt Sonja, die Kämpferin!

Das Wasser treibt, und ich treibe das Wasser. Was sich anfühlt, ist nicht. Nichts ist, was soll auch immer sein. Hat man früher nach dem Schwimmen ein Glas Orangensaft getrunken, an der Bar, im Kindheitsschwimmbad? Mit dem Bademeister gescherzt? Alles doof, Unfug.

O-ran-gen-saft.

Ein Glas Orangensaft hat so viele Kalorien, dass man einen Tag davon leben kann – das sind die Fakten.

Keine Geräusche mehr, kein Krach, kein Lärm, kein Pop.

Geht mir alle aus dem Weg, denken Fetzen von Gedanken in meinem Kopf. Ich kann Euch nicht mehr sehen, ich kann Euch nicht mehr hören. Bemerken nicht, wie sie stören, andauernd, die vielen festen Leute um einen rum, ein Gewühl und Gewusel, ein einziges.

Wie unziemlich die kleinen Jungs am Beckenrand schreien – Maul halten, ihr biestigen Boys! Ruhe bitte. Hier kommt Sonja, und Sonja braucht Ruhe.

Wie laut die sind, eine unverschämte, unfassbare Lautstärke. Hey, ihr bescheuerten Quälgeister, das hier ist ein öffentliches, ich wiederhole, ein öffentliches Schwimmbad – kein Landeplatz für Hubschrauber! Oh wie gerne hätte ich diese Biester jetzt mit Wasser vollgespritzt, aber das geht ja nicht, nie darf man sich beschweren. Uah! Und wie die Lehrerinnen mit knabenhaft hohen Stimmen ihre Kleinen dirigieren. Gerade haut mir eine Trillerpfeife das Trommelfell weg.

Verbieten sollte man das, mit Trillerpfeifen herumzutrillern, öffentlich.

Da ist das rote Samtkleid wieder da, erstrahlt vor meinen Augen, ladylike, göttlich.

Schließen sie ihre Augen und stellen sie sich genau vor, was sie anziehen werden, wenn sie endlich ihr Traumgericht, äh, ihr Traumgesicht, wenn sie endlich ihr Traumgewicht erreicht haben!

Aussehen wie P. J. Harvey auf dem Cover von »To bring you my love«. Oder, ganz zeitlos, blaue Karos auf gelbem Stoff, wie in Siebziger-Jahre-Filmen, und ein enger himmelblauer Flauschpulli, mehr braucht es nicht mit dem warmen Wind im goldblonden Haar. Hallo Beckenrand! Küste droht und ich werfe die Segel um. Und dazu normale halbhohe Turnschuhe, keine Turmschuhe aus tausendundeiner Plateausohle. Lustig im Takt zum Leben sich wiegen.

Da ist eine Kraft in dem Körper, die sich mit dem Wasser schlägt.

Alles aus dem Weg, bitte. Hier kommt Sonja, die Kämpferin!

Nebel in der Luft, als ich erneut zum Fahrrad greife.

Wo ist der schöne Herbstnachmittag, der gerade noch war? Alles scheint so versunken, sinkende Täler, erfrorene Bäume, Kälteschock.

Ein kleiner Apfel in meiner Hand wird riesengroß. Der Mund muss ihn kosten, noch bevor ich auf das Rad steige. Als das süßliche Fruchtwasser die Kehle hinunterrinnt, dauert es Jahre, und die Schale ist so knackig wie der Po von Mariah Carey, und der Apfel duftet wie das gute Schauma-Shampoo. Oh selige Kindheit, mit deinen Apfelshampoos und Apfelduftbädern.

Alles schäumte und das Leben verbeugte sich, träumerisch, eine Gischt in Weiß und in Grün.

Auch das Wetter orientiert sich zweifelsohne an P. J. Harveys Ästhetik. Ein Donner spielt Bass in der Ferne, die Zweige oben in den Bäumen bewegen sich so elegisch wie Geigenspieler.

Vorbei an Autos, die husten und hupen, eine Ampel schaltet von Gelb auf Grün, gleich wird ein Gewitter, werden Regen und Blitz hier ankommen.

Zu Hause, endlich zu Hause, steuern Allitas und Kickys AB-Messages auf einen unsichtbaren Horizont zu. Ich brauche sie nicht mehr, ich bin bei mir – *pretty woman, walking down the street*. Die, die du treffen willst. Und ich sehe mich:

Entlang aller dunklen Straßen dieser Stadt laufe ich die Kneipen auf und ab, sie heißen Lucky Star, es sind keine Szene-Bars. Sie spielen »So bist du«, sie reichen ihre Melodien wie Buchstabensuppen durch die regennassen Straßen. Ich bin ganz allein. Ich bin spicy, sexy und hot. Ich bin Moses, Madonna und Motörhead.

Wenn keiner mich versteht, wird mein Schweigen explodieren.

Und laut und theatralisch singe ich: *The world is not enough*. Die Nutten starren mich feindselig an. Nur Nachtschwärmer und Tagdiebe sind noch unterwegs, nur Nichtstuer streichen noch um die Häuser.

Endlich stehe ich auf und trinke ein Glas Wasser. Meine Fantasy-Kreuzzüge machen mich fertig. Ich will nur noch trinken. Das Wasser macht mich fertig. Es ist so viel und reichlich. Das Wasser macht mich satt. Ich will ruhig liegen und schlafen. Ich will alles vergessen. Ich denke an nichts.

Nichts. Nichts. Nichts. Das Gesicht der dicken Bademeisterin geht über in das Gesicht von Madonna.

Ich bin beide, ich bin alle, ich bin nichts.

Endlich führt mich der Schlaf in seinen Palast sanfter Selbstvergessenheit. Wieder einen Tag überstanden.

Die Bäume vor dem Fenster sind kahler geworden. Hilflos ragen ihre Äste in den Himmel. Aber der ist so grau, dass es grauer nicht geht. Als wäre Grau gar keine Farbe mehr, sondern eine Ewigkeit. Und hinter dem Grau ist nichts mehr, oder noch mehr Grau.

Ich schließe wieder die Augen und lebe in einem Haus, einem wirklich großen Haus auf dem Lande. Davon singen gerade Blur auf meiner Kassette. Zu Blurs »Country House« gehen die Kniebeugen ziemlich gut. *In the country, in the country, yeaheaheah.*

In einem Haus auf dem Land ist es immer warm, die Bäume sind grün und satt, und es macht mir rein gar nichts aus, dass Blur für diese Lebensform nur Sarkasmus übrig haben.

Ich wäre jetzt gerne dort, in unserem alten Haus. Am Küchentisch aus Milch und Honig, mit zappelnden Toastbroten und flackernden Kerzen, mit Obst und frisch gedeckt, das alles.

Und man sprach, als hätte man sich etwas zu sagen, durchaus auch unverletzte Satzfetzen. Und sprang auf und ging irgendwohin, beinahe glücklich.

So glücklich, so glücklich, so glücklich … wie ich jetzt wieder bin! So eine ursprüngliche Kraft und Freude, das gibt's doch nicht, dass ich das alles wieder fühlen darf, die ganzen schönen Gefühle aus der Kindheit … seit das Hungern mich satt macht. Wie es war, als alles neu war, jeder Strauch, jeder Baum, jedes Lächeln, jede Geste, als würde einen die ganze Welt liebkosen.

*Gestern gab's noch keine Menschen, heute sind schon alle da.
Und sie lachen und sie singen ihre Lieder lalalala. Wenn sie
weinen, gibt es Tränen, wenn sie toll sind, gibt's Applaus.*
»Hundert.«
Ich laufe zur Kassette und spule zurück. Sogar Tiere hat
man gehabt, in diesem Haus auf dem Land, sogar Vater
und Mutter zusammen. Unfassbar.
Jetzt noch vierhundert. Auch unfassbar irgendwie.
Aber ich muss es ja nicht fassen, nur machen. Die Kniebeugen sind womöglich kalorienreduzierender als all der
andere Sport. Man muss die Dinger nur ganz schnell machen, schnell und Schwung, und schnell und Schwung,
und hoch und runter, und schon reißt einen die Blur-Me-
lodie wieder hoch und lacht einen höhnisch aus dabei.
Aber die Blur-Jungs sind wahrscheinlich mit sich selbst
bestraft, wenn sie alles so negativ sehen. Warum? Das Leben ist doch schön.
Ha, *alles wird wie neu sein!*
Das Telefon klingelt, aus seiner freien Ecke hinter der
Couch. Je leiser die Ruftonlautstärke, desto vorwurfsvoller
die Peinigung.
Was? »Achtundachtzig, neunundachtzig, neunzig.« Ich
will weiter Kniebeugen zählen. Ich bin nicht mehr zu
haben.
Dann ist Kicky auf dem Anrufbeantworter.
»Wenn du dich in den nächsten drei Tagen nicht gemeldet
hast, gebe ich eine Vermisstenmeldung auf. Also ruf mich
zurück, ich habe nämlich einen schönen Auftrag.«
»Achtundneunzig, neunundneunzig.«
Wenn's sein muss. Ich drücke den Anrufbeantworter weg
und Kicky an: »Hallo Kicky, ich lebe noch.«
»Nicht mehr lange, deiner atemlosen Stimme nach zu ur-
teilen.«

»Im Gegenteil, bin gerade bei der Morgengymnastik.«

Aber wo, wo war ich? Irgendwo bei neunundachtzig oder achtundneunzig?

Ein Albumcover, so, so. Für die Demo-CD von Museabuse soll ich das Cover malen.

»Nee, mach' ich nicht.«

»Aber du verstehst unsere Ästhetik am besten, diese Mischung aus kindlich, verspielt und auch ein bisschen böse.«

Was, böse, ich soll böse sein? »Ich bin aber nicht böse.«

Kicky lacht. »Doch, wenn du unser Cover nicht malst, dann bist du böse.«

»Dann bin ich halt böse. Ich bin aber nicht böse.«

»Bist du gedopt, oder warum redest du so wirr daher?«

Kicky lacht ihr ansteckendes Kicky-Lachen. Aber mich steckt sie damit nicht an.

»Ich habe keine Zeit, ich bin im Stress.«

»100 Euro«, frohlockt Kicky, »es gibt 100 Euro.«

Von 100 Euro werde ich auch nicht dünner. »Das ist nett, aber …«

Wenn sie mich weiter so belästigt, muss ich noch mal von vorne anfangen.

Fett wird doch am besten abgebaut, wenn man die Dinger in einem Ruck durchruckt.

»Wenn ich nicht einen vernünftigen Grund von dir höre, dann …«

»… ich habe aufgehört mit der Kunst. Ich sehe das nicht länger als meine Berufung. Ich will es nicht und kann es nicht und …«

Ich bin fest entschlossen, ich höre es an meiner kalten Stimme. Ich nehme den Auftrag nicht an.

Und während sich Kicky auf den Kopf stellt, beschließe

ich, die Kniebeugen noch mal von vorne zu machen, weil ich nicht mehr weiß, ob ich bei achtzig oder neunzig war, im Hunderter- oder Zweihunderter-Bereich, und weil das Fett nicht verbrennt, wenn man es andauernd unterbricht.

She lives in a house, a very big house in the country.

Kicky sitzt auf dem blanken Boden in der Küche und raucht die erste Zigarette aus der neuen Packung. Eine neue Packung ist wie ein neues Leben; sie lacht auf, sie will alles noch mal neu durchdenken.

Sonja weigert sich also, das Cover zu machen. Das ist nicht gut, das ist sogar ausgesprochen schlecht. Über Wochen hinweg werden sich Ricky und Micky nur darüber streiten, wer von ihren Freunden nun den Zuschlag bekommt: Rickys spießige Mitbewohnerin, natürlich total genial, oder Mickys selbstverständlich gar nicht arroganter Designer-Freund von der Kunsthochschule.

Wären alle bereit, sich voll reinzuhängen, und könnten das auch ganz, ganz toll. Nur, dass diese ganzen lieben Leute zufällig keinerlei Gespür für die spezielle Ästhetik von Museabuse haben. Hallo, da ist sich Kicky aber sicher. Die sind doch viel zu weit draußen in der normalen Welt, um die Besonderheiten ihrer Band zu verstehen.

Und dann muss sie wieder diplomatisch sein – sollen erst mal etwas anliefern, dann wird man sehen. Und bis dahin ist Weihnachten, und dann Nach-Weihnachten, und dann muss man sich, in der letzten Sekunde, sowieso etwas Neues einfallen lassen.

Es ist zum Haareraufen. Denn es geht ja um nichts, denkt Kicky. Nur um einen Vorschlag, eine Idee für eine Demo-

CD. Damit die Plattenfirmen gleich mal kapieren: Die Band, die sich hier bewirbt, hat ihre eigene Sichtweise auf die Dinge, ihr eigenes Image. Die brauchen sich nicht kleingeistig nackig zu machen, um Platten zu verkaufen. Die schaffen das auch so. Die haben etwas Kindliches, aber nur, weil sie so großartig sind.

Kicky drückt die Zigarette auf dem Boden aus und schnappt sich eine neue.

Zeit, kostbare Zeit, du darfst nicht verloren gehen.

Es gibt nur eine Möglichkeit: Sonja muss das Cover gestalten. Ganz einfach. Mit Sonja wären auch die anderen einverstanden, und man könnte ihr zur Not noch reinreden. So wird's gemacht. Die hat gar keine andere Wahl.

Kicky starrt auf ihre ausgestreckten Beine, überrascht für einen Moment, dass sie noch lebt. Überrascht, einfach hier zu sitzen und zu rauchen und zu überlegen.

Es gibt noch sooo viel zu tun. Die Tour nächsten Monat. Und Kicky hat noch immer keinen Verstärker. Es ist das Traurigste überhaupt. Da hat man nun zwei Mitmusikerinnen gefunden, die den ganzen Wahnsinn mittragen, eine Booking-Agentur, einen Mischer, extra viele Leute, die helfen, sogar echtes Interesse von echten Plattenfirmen.

Aber einen eigenen Verstärker, einen eigenen Verstärker hat man nicht. Nicht mal einen Verzerrer. Nicht mal das Geld für die 9-Volt-Block-Batterie für den geliehenen Verzerrer. Ganz zu schweigen von den vielen Ersatzsaiten für die Gitarre. Wenn das Boheme ist, denkt Kicky, dann ist Boheme unerschwinglich.

Roger. Sie muss anrufen. Sofort. Der nächste Anruf ist Roger. Gottverdammt, irgendwo in dieser musikerreichen Stadt wird es einen Verstärker geben, den im Dezember keiner braucht. Bei der Gelegenheit kann man auch gleich noch mal wegen der Kaution für den Bus nachfragen. Ricky hat gesagt, Roger kennt die genauen Tarife.

Kicky blättert durch ihr stolzes Telefonbuch, das alle Nummern der letzten fünf Jahre behalten hat, und spricht zum vierundzwanzigsten Mal am heutigen Nachmittag auf einen Anrufbeantworter.

Dann steigt sie in ihren Primadonnapelz und schnappt sich die Gitarre, die metallisch glänzend an der Wand lehnt, wie ein vollgetanktes Motorrad.

Die Gitarre gehört keinem anderen, die Gitarre gehört nur ihr. Kicky stopft sie in die Gitarrentasche und tritt die aktuelle Zigarette auf einem kleinen Flecken im Hausflur aus.

Ein kurzer Blick in den Spiegel, alles klar, der Tag kann beginnen.

Die Kaffeemaschine hat keine Ahnung, wie langsam sie ist. Tröpfelt lustlos vor sich hin, wie eine alte Frau mit Katheter, und macht schlaflose Menschen noch schlafloser. Im Frühstücksfernsehen hat der Tag bereits begonnen – reck und streck, er soll mich in sich reinziehen, ich will auch mit etwas beginnen. Ich habe so viel Zeit, seit ich die Comics nicht mehr mache.

Selbst die Bildbearbeitung ruft nur noch zweimal die Woche an. Mein früheres Leben kommt mir schon vor wie eine Fata Morgana.

Immer nur an die blöde Kunst gedacht. Und gegessen, ohne nachzuzählen. So was von satt und matt. Und einen Magen gehabt, der war wie ein schnurrendes Kätzchen, eine warme Sandgrube.

Jetzt streikt endlich mal das Paradies zurück.

Die ganzen Fehler. Ich war blind – jetzt kann ich sehen. Milch. Immer zu viel Milch im Kaffee. Man wird seinen Kaffee ja noch schwarz trinken können! Und die Milch mit 7,5 Prozent Fett – eine leichtfertige Dummheit, das.

Schluss jetzt. Ich springe aus dem Bett, so sehr regt die Sache mit der Milch mich auf. Ich werde einfach nie wieder Milch trinken. Auch wenn man es morgens noch darf, angeblich, weil die Eiweißdepots dann noch nicht gefüllt sind.

Aber das glaube ich nicht. So leichtgläubig wie früher kann ich nie mehr sein. Wie dick die Milch macht, sieht man auch an der properen Britney Spears. Die macht Werbung für das Zeugs.

Schwupps, schon sitze ich am Schreibtisch. Mir ist nach etwas Leichtem, Schönem. Nach einer leichten, schönen Tätigkeit. Heut' Nacht bin ich sogar ein wenig von der Muse geküsst worden. Einfach so, ohne nachzudenken, war eine Refrainzeile da:

Träum den übernächsten Traum. Den von heut' verlierst du kaum. Der von morgen steht im Raum. Drum geh und küss den Saum vom übernächsten Traum.

Das fand ich gleich so wunderbar und find' es immer noch – es klingt so amtlich nach Schwebeleben und Soulkultur und mit etwas Rätsel behaftet. So ursprünglich, irgendwie. Wenn ich mal wieder die Kraft habe, denke ich mir Strophen dazu aus. Dann finde ich vielleicht heraus, was es bedeutet.

Und die Welt dreht sich weiter um schöne Frauen – und um Männer mit schönen Frauen. Das ist überall so, im Fernsehen und am Tresen. Das muss selbst Allita zugeben.

Noch drei Tage, und ich passe in Größe 34. Dann will ich auch das Risiko des Essens wieder auf mich nehmen. *The tide is high, but I'm moving on.* Kann natürlich auch nicht schaden, wenn ein Mann gut aussieht. Wird natürlich auch für Männer immer wichtiger. Auch wenn guter Humor und fester Händedruck oft noch reichen. Aber bei Frauen ist es das Unverzichtbarste. Da hilft kein Humor mehr – oder doch? Wenn ich Größe 34 bin, suche ich mir einen neuen – Mann. Mir wird ganz leicht vor Taumel. Ich bin schon fast ein Sarkast, ganz wie Kicky und Allita. Je weniger ich mit den Freundinnen rede, desto ähnlicher werde ich ihnen. Ganz komisch. Wenn ich meinen Magen anschreie, schließt er sich wie eine quietschende Kühlschranktür.

»Gib endlich Ruhe, ich erwarte ein Kleid, kein Kind.«

Und wenn ich die Haustüre ins Schloss werfe und mir vielleicht sogar ein anderer Wind ins Gesicht schlägt, bin ich ein freierer Mensch als viele andere. Denn ich bin ein schönes, junges Mädchen, wie es sich gehört für eine Frau. Da wird zum letzten Mal der Magen abgemahnt: »Nun kapier doch endlich – wir gehen von nun an getrennte Wege.«

Ein Sekt im Kir zur Feier des Tages. Das Sektglas hat so einen zierlichen Stiel. Das Sektglas ist mein Vorbild. Zwei Schlucke reichen schon. Ein beschwipster Kobold lässt es einfach auf dem Tresen stehen und bringt sich auf die Tanzfläche. Kobolde interessieren sich nicht für Spätmahlzeiten, wenn sie auch tanzen können.

Mit einem neuen Morgen kommt auch das nagende Nichts zurück. Wann hört das endlich auf? Wann sehe ich endlich etwas? Ich werfe ein Schwert in Richtung meiner alten Rundungen.

Ich bin ein Ritter, unterwegs im Dienste der Schönheit. Auch das Nichtstun mache ich mit, wenn es weiter nichts ist, wenn es quasi dazugehört.

Ich öffne die Tür, als hätte ich vergessen, dass man eine Tür nicht öffnet.

»Hallo, komm rein.« Was für eine Plage, es ist Tim.

»Na, wie geht's?« Er sieht aus wie immer und lacht seine herablassende Lache, auch wie immer. Und hey, er hat ja einen richtigen kleinen Bauch. Aber mich nie ernst genommen, ha.

Er singt das Lied von den Chili Peppers, über die Stadt, die ihn liebt.

»Na, wenigstens eine«, sage ich.

Er lacht. Zu Tim kann man sagen, was man will, er lacht immer. Denkt ohnehin nur das Schlechteste über alle. Und mustert mich blitzschnell, von oben bis unten, ob ich nicht doch ein Mustermädchen bin. Ein paar Macken, nun gut, haben alle, alle Mustermädchen haben ein paar Zacken in der Krone. Ohne Zicken keine Zicke, hahaha.

Das Ergebnis scheint für mich zu sprechen. Er schaut so bewundernd. Dabei habe ich in der letzten Woche vielleicht gerade mal die 6000 Kalorien eingespart, die man braucht, um ein Kilo Fett zu verlieren.

Wir gehen in die Küche und trinken Kaffee. Tim verlangt nach einem Bier. Er erzählt von seinem Assistenten-Job in der Uni-Bibliothek. Er sagt, dass er sein Studium wieder ernst nimmt. Er wird es schaffen, betont Tim, fast ein bisschen zu hysterisch. Er redet über Seilschaften an der Uni.

»Interessiert mich nicht, Uni.« Schade, dass ich nicht mehr rauche. Gerade wenn einen die Welt nichts mehr

angeht, sollte man sich weltläufig eine Zigarette anste-
cken.

»Tim, gib mir mal 'ne Kippe.«

Er kramt sich durch die Taschen seiner Skijacke und för-
dert ein Päckchen Gauloises zu Tage.

»Da«, er wirft mir die Packung rüber und grinst feixend:
»Irgendwann kommt der Scheck von Mama nicht mehr,
dann siehst du alt aus.«

So schnell sehe ich nicht alt aus. »Musst nicht immer so
erbarmungslos daherreden, ich habe immerhin noch
meinen Job, Baby.«

Er lacht und schlägt sich scherzend mit den Fäusten auf
die Brust.

»Habt Erbarmen mit mir.«

Dem geht's gut. Nur ich muss abwarten und Tee trinken.
Und Zigarette essen. Ha, der Apfel, richtig, ich habe ja
mein Frühstück noch gar nicht.

Betont langsam laufe ich zum Waschbecken und spüle einen Apfel ab. Das Wasser läuft so kalt und erfrischend
über die Hände, da fliegt mir ein mörderlauter Metal-
Song um die Ohren.

»Stell sofort den Krach leiser!«

»Was heißt hier Krach?« Tim hat seinen Ich-geh-gleich-
wieder-Erpressertonfall: »Das ist eine rare Sepultura. Sei
dankbar, dass ich sie auf deinem schäbigen Plattenspieler
überhaupt abspiele.«

Wie ein kleiner Junge: »dass-ich-sie-auf-deinem-schäbi-
gen-Plattenspieler-überhaupt-abspiele«. Ein kleiner Junge, der seine Mama ärgern will.

Dabei ist mir plötzlich schwindelig, die Musik von weit
her, gar nicht mehr richtig da, wer, die Musik, oder ich?
Ich glaube fast, wir sind beide nicht mehr richtig da. Was-
istnurlos? Erschrocken richte ich mich wieder auf.

»Du, mir ist schlecht.«

»Ich mach' die Musik leiser.« Eigentlich hat er schöne Augen, ein ganz helles Grün, das mir das nie aufgefallen ist! Hey, wieso sind mir die hellen, grünen Augen von Tim nie aufgefallen?

»Tim, es tut mir leid. Ich habe immer nur an Johnny gedacht, und jetzt mag er mich nicht mehr.«

»Oh, das tut mir aber leid.« Er gibt sich keine Mühe, den Spott in seiner Stimme zu verbergen. »Komm, iss mal was.«

Er deutet auf den Apfel, den ich wortlos auf den Tisch gelegt habe. Richtig, ich habe den Apfel noch gar nicht gegessen.

»Machst du Diät?«

Das also denkt er von mir. *Diät!* Und ich wollte nett sein.

»Ich esse heute Obst, weil es gesund ist.«

»Dann iss dein Obst, und ich drehe die Seite um.«

Schon wieder eine Plattenseite vorbei, wie schnell das heute geht.

Dieser Metal-Krach aus den Boxen, ganz nah dieses Mal, richtig unheimlich, wenn man da mal genauer hinhört, so ein intensives Wildmutsgeschrei.

»Klingt, als würde die Platte eiern.«

»Das ist eben Sepultura.« Er sagt es so, als habe er etwas mit dieser Band zu tun. Dabei hat er nur wieder seinen ganzen Assistenten-Lohn in neue Platten investiert. So viel Einsatz für das bedrohte Vinyl gehört belohnt.

»Schön«, sage ich und freue mich, dass ich dieses Wort schon wieder über die Lippen kriege, »schön.«

»Na, ja«, wiederholt er, als läge ein Missverständnis vor, »das sind halt Sepultura.«

Dann sitzen wir noch eine Weile beisammen, und ich rede, rede, rede – wie aus einer anderen Person heraus.

Dann wieder zähe Minuten kein einziges Wort.

Von weit weg kommt eine Sorge von Tim. Waslosist?

»Die üblichen Ups and Downs des anstrengenden Künstlerdaseins.«

Ich übe mich in einem Lächeln, weil ich kurz mal vergessen habe, dass ich gar kein Künstler mehr bin. Ich bin schon wieder so weit weg.

Ich bin, glaub' ich, nie zuvor so weit weg gewesen.

»Na, dann«, Tim lacht beinahe anerkennend.

»Dann sag ich mal so: Künstlerpech.«

»Hey, weißt du schon das Neueste?« Schlagartig kehrt meine Hochstimmung zurück, ich packe Tim am Ärmel und zupfe daran herum.

»Ich bin meinem Ziel, Sängerin zu werden, gestern einen großen Schritt näher gekommen. Ich habe schon beinahe einen Songtext …«

Tim lacht. »Sonst noch was?«

Er muss gehen, noch eine Hausarbeit schreiben.

Wir umarmen uns flüchtig, wie in Zeitlupe, alles wie in Zeitlupe.

Geschafft. Ich sinke auf den Küchenstuhl zurück. Mein Beine zittern. Da, auf dem Tisch, liegt noch der Apfel. Und ein Gefühl großer Dankbarkeit überkommt mich. Ich darf essen und ich darf abnehmen.

Und hey, ich darf sogar mit dem Essen noch warten. Ich will noch mal eben Allitas Artikel über Destiny's Child lesen, den ich gestern aus dem Stapel alter Zeitungen hervorgekramt habe. Das wird mich sanft einlullen und beruhigen.

Und dann, wenn ich ganz ruhig bin, esse ich den Apfel. Es macht schließlich keinen Sinn, einen Apfel zu essen, wenn Zähne klappern und Beine zittern. Ich vergesse immer, dass Allita schon geschrieben hat, bevor wir uns kannten. Es muss einer ihrer ersten Zeitungstexte gewesen sein.

EIN SÜDSTAATENMÄRCHEN

Vor der Halle hängt noch das Konzertplakat vom letzten Herbst: Auf den Tag genau vor sieben Monaten hatte sich die erfolgreichste Frauenband der Welt schon mal ange-kündigt, und in der Zwischenzeit ist sie sogar noch ein bisschen erfolgreicher geworden. Denn Destiny's Child wissen, wie man das Begehren ankurbelt. Dabei senden sie widersprüchliche Signale aus, diese aber mit eindeuti-ger Wucht. Denn was soll man von einer Gruppe halten, die einen im Partysong »Bootylicious« auffordert, sich in-dividuell zu stylen, egal was andere denken – nur um sich im Nachfolgehit »Nasty Girl« über Mädchen lustig zu machen, die zu sexy herumlaufen?

Das Licht geht aus, die Videoleinwände künden in großen Lettern »The Story of Destiny« an, dann lodert Feuer auf. Gleichzeitig geht ein echtes Feuerwerk los, und Beyoncé Knowles, Michelle Williams und Kelly Rowland schreiten die Treppenstufen zur Hauptbühne herab. Wunderbar sehen sie aus in ihren goldenen Miniröcken. Beyoncé wirkt vor allem zu Beginn des Konzerts noch ziemlich herzlich und spontan, doch die Konversation mit dem Publikum überlässt sie Kelly, die sich ganz darauf verlegt, das Publikum anzufeuern: Sie will wissen, welche Sektion im Raum am lautesten schreien kann, oder fordert auf eine angenehme Art zum Mitsingen auf. Als sei das eine feierliche Angelegenheit, bei einem Destiny's-Child-Song mitzusingen, als müsse man sich das auch erst mal trauen. Vielleicht ist das letztlich auch nichts anderes, als wenn etwa Le Tigre ihr Publikum dazu auffordern, selbst die Instrumente zu spielen, denn Destiny's Child benutzen ihre Stimmen wie Instrumente. Die männlichen Musiker mit Gitarren oder Keyboard wirken dagegen wie Statisten, wie auch die Backgroundtänzer. Es ist eben das Schicksal von Kelly, Michelle und Beyoncé, das hier in allen Schönheiten und Schikanen aufgeführt wird.

Je länger das Konzert dauert, desto weniger kommen Destiny's Child einem dabei noch wie Repräsentanten realer Gegebenheiten vor, weder von schwarzen Frauen noch eines neoliberalistischen Lebensgefühls. Alles ist hier, im Gegensatz zu ihren identitätsstiftenden Videoclips, bereits aufgelöst in Soul, Leidenschaft, Spiritualität, Schmerz, Power. Und es ist nebensächlich, ob sie es als Gospel oder als poppige Überlebenshymne darbieten. »It's just emotion, taking the ocean«, singen sie und inszenieren das Stück, das man in einer Endlosschleife auf ihrer Website hören konnte, als nächtliche Fahrt durch Großstadtlichter. Dann singt Michelle im hoffnungsvollen »Child oh« von einem besseren Leben in der Zukunft und präsentiert mit ihrem neuen Song »Heard a word« gleich ihre eigene.

Beyoncé aber bleibt der Star in der Band: Mit einer Blume im Haar buchstabiert sie alle Variationen des Wortes »Love« durch, während man im Hintergrund Wolkenbilder sieht. Spätestens hier wird klar: Destiny's Child repräsentieren vor allem sich selbst, das Destiny's-Child-Märchen vom Aufstieg durch Schönheit, Soul, Gott und Gefühl, Donner und Disziplin. Und sie wollen keine latent nackten »Nasty Girls« sein: Das macht sie zu einem der wenigen R&B-Acts, die sexy sein können, ohne sich symbolisch zu prostituieren. Destiny's Child lösen eben, wie es sich für ein Märchen – oder ein Südstaaten-

epos – gehört, alle Widersprüche in Luft auf. Und winken zum Schluss in »Just be happy«-Shorts die Luftballons und das Konfetti von der Decke. Dann ist man erleichtert, dass es vorbei ist, und geht nach Hause wie nach einem Kinobesuch. Es war zu schön, um wahr zu sein, und daher umso wahrer.

Meine Beine lenken mich, wohin sie wollen. Ich bin schon fünfmal durch das Viertel. Hier wieder die Pizzeria mit den Lampions – wenn ich mal Verlobung feiere, dann unter so einem banalen, bunten Lichterkranz. Drei schwer bewaffnete Elektro-Läden hintereinander, der Trödelladen mit den Heiligenfiguren aus Mexiko und dünne Pullis in poppigen Schaufenstern. Ob die Ware in den kleinen Kopf-an-Kopf-Läden besonders billig oder besonders exklusiv ist, kann ich nicht erkennen, ist mir aber auch egal. Nur bei den Elektroläden tippe ich automatisch auf Schmugglerware oder Junkie-Diebstahl. Wenn ich weiterhin so wenig arbeite, muss ich auch bald junkiemäßig klauen gehen.

Der Schwindel in den Beinen ist eine Not. Ich halte mich an einer Laterne fest. Da hängt immer noch der Zettel: »Abnehmen, leicht gemacht.«

Abnehmen in der Gruppe, dass ich nicht lache. Gruppenzwang, selbst noch beim Abnehmen, ohne mich. Stattdessen will ich gerne so ein Kinderkleidchen geschenkt kriegen. Weil ich langsam eins werde mit mir, als Begrüßungsgeschenk, wie nach der deutschen Einheit. Willkommen auf der anderen Seite, willkommen im Reich der Dünnen, *Go West*. Mit einem Niesen kommt ein Halsweh hoch, die leichte Kleidung ist meine Liebe. Automatisch gehe ich im »Modemärchen« gucken.

Klingklongklangklong schwärmt die Klingel in höchsten Tönen von meinem Eintreffen. Nanu? Gar keiner da? Das sind ja beste Voraussetzungen für eine kleine Diebes-Nummer. Der Gedanke macht mich an. Anderen was wegnehmen, geil. Nicht immer nur sich selber treten. Ist das schon die Magersucht? Habe mal gelesen, Klauen sei ein Zeichen dafür. Na, der Krankheit kann nachgeholfen werden.

»Suchst du etwas Bestimmtes?«
Huh, die sanftfreundliche Melissa-Stimme, habe sie gar nicht kommen hören. Muss sich auf Samtpfötchen ange-schlichen haben, die Feinfühlige. Jetzt steht sie direkt hin-ter mir, groß und steif und aus tieferen Schichten strah-lend, wie eine besonders teure Stehlampe.
Etwas ist anders an ihr – hey, sie ist ja blond.
»Hast du deine Haare umgefärbt?«
»Schon länger. Gefällt es dir?«
»Super. Steht dir total super.”
»Danke, ach bist du süß, vielen Dank.«
Jetzt strahlen mindestens 100 Watt aus ihr – als sei es gar nicht von Belang, dass sie mir den Freund weggenommen hat. Als könne man da allenfalls drüber hinweglächeln. Ich nicke und inspiziere die Waren. Ein paar riesige schwarze Ohrringe baumeln, schwups, an meinen Ohren. Sie sehen aus wie Mini-Schallplatten, wie aus Lakritz. Und erinnern mich an die kleinen, glänzenden Kinderplatten, mit denen wir früher immer die Tanja-Puppen gefüttert haben. Oh, nein. Nicht schon wieder Kindheitsfilme. Seit ich so viel Sport mache, kommen die stündlich – oder kommen sie, weil ich keine Comics mehr male? Aber die Tanja-Puppe war echt der Hammer. Konnte *singen, tan-*

zen, spielen, lachen, glücklich machen – wie die Babuschka in dem alten Schlager von Karel Gott. Wie es sich für eine beste Freundin gehört, hatte Miriam dieselbe Puppe – und sie sogar auch Tanja genannt.

Ich schaue mich um, die Stehlampe kehrt mir den Rücken zu, schon sind die Ohrringe mein. Hey, das war einfach! Dann hat Miriam einfach nie mehr mit mir gespielt. Schwups, von einem auf den anderen Tag. Sehe es so deutlich vor mir, als würde es in diesem Moment passieren.

Ich hocke vor dem alten grauen Telefon in der Diele, unser letztes Grundschuljahr hat gerade begonnen. Und ich frage meine beste Freundin, warum sie heute so komisch war. Sie druckst herum, dass sie nicht mehr mit mir spielen darf. Heute nicht und morgen nicht, eigentlich nie mehr. Die Eltern hätten ihr's verboten. Wegen, wie's bei uns zu Hause so ist, ja, die Scheidung. Und jetzt muss sie aufhören zu reden, weil sie ja nicht mehr mit mir reden darf. Und legt auf. Und redet nie mehr ein Wort mit mir.

Ich schlendere zu den T-Shirts rüber. Die sind so winzig, wie aus reinem Kindergehorsam gebacken. Die ganzen schönen Sommer, mit einem Anruf erledigt. Grußlos laufe ich aus dem »Modemärchen«. Hätte bloß nie gedacht, dass einem etwas egaler sein kann als egal.

Was ist das nur, was klopft und nagt? Kaum aufgewacht, schon klopft und nagt es wieder. Der Schlaf hingegen ist schön gewesen. Ein alter Traum ist gekommen, viele alte Träume, die Erinnerungen sind noch von gestern und nicht vom Zucker verschont. Ich will weiterschlafen, im Puderzucker baden, als Glitzerschnee auf den Weihnachtskalender schneien. *I wanna be daylight in your eyes.*

I wanna be sunshine, only warmer. Ich brauche wieder so die Gefühle von früher, die weggewesen sind seit damals. Vielleicht ist es das, was sie Schönheitsschlaf nennen. Ein schöner Schlaf, weil man nichts spürt von der Kälte. Und Jahre über Jahre, von denen man zehren kann.

Am Morgen ist alles Dasein weg. Schon wieder ein Fettdepot geknackt. Oder sind schon die Kohlenhydrate dran? Schlechte Laune ist gar kein Ausdruck. Gar kein Ausdruck ist schlechte Laune.

Ist das schon die Magersucht? Hätte nie gedacht, dass Hunger richtig wehtun kann. Und während ich meine alten verstreuten Kleider zusammensuche, *pack die Badehose ein,* wundere ich mich, dass man in den Berichten von den Magersüchten nie etwas über diesen Schmerz liest. Immer nur, dass die Mädchen nicht mehr fühlen. Immer, dass sie sich so erheblich erheben über ihre Erschöpfung.

Und ich kreise wieder um Herz und Kreislauf, wie eine Katze um den heißen Brei kreise ich diese Woche um die Frage nach dem Herzversagen. Das Herz hört doch nur auf zu schlagen, wenn man unterhalb der Untergrenze ist, jahrelang, oder? Kein Herz versagt, nur weil es rast wie ein Discotänzer auf der Autobahn. Selbst das Herz von Karen Carpenter starb erst Anfang der Achtziger an Magersucht. Und vielleicht, denke ich, ist sie gar nicht an Magersucht gestorben, sondern an Misserfolg. Na, wenn man auch Schlager singt! Hat einfach zu viel Herzschmerz mit sich herumgetragen, die arme Frau. War einfach nicht cool, wie die dünnen Sängerinnen heute.

Und dann die ganzen Religiösen im Mittelalter! Haben sich mit schweren Eisenketten behängt und dabei auch noch gefastet. Es soll Leute gegeben haben, die standen mit einem Bein auf einem Baum, jahrelang, und sind die etwa an Herzversagen gestorben? Wohl kaum.

Fasten ist ein normaler menschlicher Reinigungsvorgang. Ein Grundbedürfnis des Menschen sozusagen. Und weil das so ist, darf ich dünn sein.

Dünn, dünn, dünn, dünn, dünn, dünn, dünn, dünn, dünn, dünn. Dünn sein bis zum Dünnschiss. Yeah!

Wenn er sie zur Schnecke macht, wird sie einfach etwas Schönes denken. Oder die Augen schließen, so wie jetzt. Bis der Agentur-Chef sanft wird. Und einsieht, dass sie das Blond am rechten Fleck trägt.

»Wir kommen jetzt zur Maniküre.«

Melissa schreckt aus ihrer Totenstarre hoch. Die Stylistin hat ein bewundernswertes Tempo drauf. Aber etwas Schönes, woran sie denken könnte, ist ihr sowieso nicht eingefallen. Melissa hat sich nämlich buchen lassen, einfach so, für das Fotoshooting einer Stadtzeitung. Ohne Mr Jones vorher noch mal unter die Augen zu treten. Und alles nur, weil sie – das Blond wirkte schon wie Wein auf einen – zum ersten Mal in ihrem Model-Leben einen eigenen Gedanken gedacht hat.

Stadtzeitungen ist die Haarfarbe ihrer Models so gut wie scheißegal, hat Melissa gedacht. Sie musste ja nur hingehen und mit Fotos zurückkommen, die ihn endgültig von ihrer Blondheit überzeugten.

Bis jetzt ist alles glatt gelaufen. »Ah, da kommt ja unser Model.« Melissa hat nicht mal lügen müssen. Dafür hat Mr Jones sein Erscheinen für den späten Nachmittag angekündigt. Mr Jones spricht stets im Namen der Agentur, im Namen der Menschheit. Gewöhnlichperfekte Rothaarige verwandeln sich nicht ohne sein Zutun in helllicht-aschblonde Diven. Moment, Melissa hat eine Idee.

»Ich hole mir schnell noch eine Zigarette.«

Auf dem gesprenkelten Marmortisch liegen zirka vierzig Packungen, die Hälfte davon in leicht. Da wird ja wohl ein Päuschen möglich sein. Auch wenn ihr jetzt ganz dringend die Fingernägel umlackiert werden müssen.

Denn auch die Leute von der Stadtzeitung haben über Nacht alle Vorgaben umgeworfen. Trendfarbe ist jetzt doch schwarz. Langsam zieht Melissa an ihrer blonden Gauloises. Der Zusammenhang zwischen Blond- und Freisein ist selbst den Zigarettenherstellern nicht entgangen. Nur die Agentur will einen immer noch als Teufelchen vermarkten.

»Wenn Sie dann gleich so weit sind.«

»Klar.«

Melissa streckt die Fingernägel aus. Die bibbernden. Und träumt wieder von ihrer Beerdigung als Model.

In Blitz und Donner gebettet liegt die schmale Gestalt auf dem Totenbett. Erst jetzt, wo ein Regen ihr ungeschützt ins Gesicht schlägt, lässt sich das ganze Ausmaß ihrer Schönheit erkennen. Der Teint so fein wie Elfenbein, die sanften Gesichtszüge unendlich rein. Bis zum jüngsten Tag würde Mr Jones bereuen, dass er dieses helle Geschöpf, ohne mit der Wimper zu zucken, gefeuert hatte.

»Wir lassen die Farbe noch drei Minuten trocknen, dann geht's los.«

Melissa schreckt hoch und verfällt wieder in Tageslicht.

Das Schönste am Modeln sind die Momente, wo der Tag trocknet, während man schonend auf dem Throne thront. Es passiert so vieles, und man selbst passiert einfach mit.

»Na, dann mal los!«

In knalligen Morgan-Hotpants und einem schwarzen Hemdchen schreitet Melissa vor dem Fotografen auf und ab. Nur die Kamera bewahrt sie davor, zur Tür zu schauen. Gleich wird Mr Jones vorbeikommen und der verbotenen Blondine den Strom abstellen.

»Geht das auch ein bisschen lockerer? Wir sind hier nicht auf einer Beerdigung.«

Melissa lacht auf. Gute Fotografen können immer Gedanken lesen. Recht hat er. Dies soll nicht ihr Untergang sein, sondern – yeah! – der Aufgang einer blonden Karriere als Supermodel. Sie knickt das eine Bein vorne etwas an und stellt es vor das andere.

Der Fotograf nickt Zufriedenheit. Dann stemmt sie die Hände in den Rücken und schaut herausfordernd in die Kamera.

Da wird ihr plötzlich schwindlig. Mr Jones ist da!

Mit verschränkten Armen und ausdrucksloser Mimik steht er neben dem Fotografen. Als ginge ihn das alles nichts mehr an. Er hat mich im Stillen schon aus der Kartei gekickt, denkt Melissa. War ja nichts Neues, dass einen keiner mehr brauchte.

Ohne nachzudenken streckt sie dem Fotografen die Zunge raus. Seltsame Geräusche entweichen ihrer Kehle.

»Grrr.« Als wäre sie eine von diesen verrückten Frauen, die andere im Schanzen-Park belästigen. Dann hält Melissa sich mit beiden Händen das Gesicht zu, dass die schwarzen Fingernägel funkeln. Da habt ihr eure Trendfarbe!

Als Letztes kickt sie mit ihren Einmeterbeinen einen imaginären Fußball durch die Luft. Wenn man schon an die frische Luft gesetzt wird, will man vorher wenigstens noch ein anständiges Eigentor schießen.

Der Fotograf lacht. »In ihnen steckt ja ein echtes Monsterweib.«

Er knipst das Kameralicht aus. Melissa bleibt stehen, als hätte er sie ebenfalls ausgeknipst. Dann verspürt sie das seltsame Bedürfnis, alle Zigarettenschachteln gleichzeitig einzusacken und nie mehr wiederzukehren. Wie Tina, 16, die ihre letzte Message per SMS verschickt und sich dann die Pulsadern aufgeschnitten hat. Obwohl sie doch hübsch war laut BRAVO und sogar einen neuen Freund hatte. »Wenn der Mond geht, gehe ich mit ihm«, soll Tina geschrieben haben, und Melissa fand das ziemlich cool.

Mr Jones eilt herbei. Er schüttelt ihr die Hände, gentlemanlike, und wirkt fast jung dabei.

»Ich hoffe, es geht dir gut.«

Melissa schaut zu Boden. »Es geht mir gut.«

»Deine kleine Spritztour ins Blonde hat mir Spaß gemacht«, er zwinkert ihr zu, »aber nächstes Mal gehst du wieder als Teufelchen. Du weißt doch: unsere Auftraggeber.«

Die im Fernseher auftreten, sind solche Sieger. Sie lachen die Masse einfach hin und weg, die Fanmasse, die Körpermasse, die Massentierhaltung.

Body-Mass-Index: 1,65 m, 45 kg. Noch 5 und ich habe die ideale Differenz von 25. Wie rockig noch die seichtesten Popstars rüberkommen, wenn sie nur die Haare wild gebürstet haben. Diese Reinkarnationen von Struwwelpeter. Man weiß nicht, was macht sie so wild – oder tun sie nur so? Haben sie auch etwas zu sagen, außer *Just be happy*? Vermutlich sind sie's einfach, glücklich, weil alles sich um sie sorgt.

Da denkt man, die wär'n so 'n Teenie-Act, und dann laufen sie normal-cool über die Bühne, stretchen ihre Körper, dehnen sie aus, sexy hängen Nieten von der Hose runter, und die Begeisterung des ganzen Saals hallt aus ihnen heraus.

»Ihr seid fantastisch!« Das Lob gilt dem Saal.

Mir schlafen gleich die Augen ein. Ich bin eher Suppenkasper, der seine Suppe nicht essen will.

Schon wieder sind zwanzig neue Tage um, schon wieder läuft mein Körper durch die Massenstraße. Menschenblicke, zur Seite blicken, nur die Beine noch von den Frauen. Geht das noch? Geht das so? Mensch, sind die alle fett!

Ich hingegen bin besser, schon besser geworden. Steile Knochen, yeah.

Und Beine, die geradlinig nach unten führen, während oben am Dekolleté echte Rippen blühen. Dass man direkt schon auf die Love Parade fahren könnte, im Sommer.

Das wird aber noch dauern, bis der Sommer ist, denn gerade geht alles in graubraunschwarzen Mänteln auf den Winter zu. Ja, allüberall gehen alle mit der viel zu düsteren Herbstmode. Quatsch, was denke ich immer viel zu schlecht über alle. Was weiß ich, warum die mit der Mode gehen. Vielleicht gehen die gar nicht mit der Mode, sondern sehen nur zufällig so modisch aus. Was gehen mich die Leute an, wie die mich angehen die Leute, gehen die mich an? Verständlich alles, verstehe ich alles, endlich verstehe ich alles. Sollen gehen wohin und womit sie wollen. Und wenn man erwachsen ist, muss man ohnehin nicht mehr so viel über die Leute nachdenken.

Aber im Sommer: ein Eis! Das Orangencremige, wie früher, die Hitze im Dorf, geheimnisvolle Gassen hinter dem Posthaus. Zu Hause dann wieder das Geschrei. Alles ist immer unerträglicher geworden.

Nichts mehr verbergen, bis alles passt, jeder Rock, jede Hose, jedes T-Shirt. Höchstens vielleicht, dass die ein bisschen weit sind, die Sachen, dass die schlabbern, Schlabbersachen. Kann man sich dann beschweren, so larmoyant: immer die weiten T-Shirts, what about the girls? Wie toll man sich sieht in den Waren. Sehen muss man sich. Und ich bewundere mich im Kaufhausrestaurant, vor den Drogeriegeschäften und im Tonträgerfachhandel.

CDs spiegeln die Sonne und die Schönen.

Dass es gar nicht die Dicken sind, die denken, sondern die Dünnen, denke ich, während ich durch den Supermarkt renne, vier Packungen von dem jungen Spinat suchend. Sagenhaft, die dünnen Frauendenker, was die alles denken tagtäglich.

Zerlegen, analysieren, beratschlagen, entsorgen.

Marzipan ist schlecht für Ihre Zähne!

Ich gehe und *zähle* und *jeden Schritt* und jede Kalorie. 197, sagen wir 210, sagen wir 230. Und es ist so, wie es ist. Es ist doch so, wie es ist?

Weil es ist, wie es ist, ist es so, wie es ist.

»Vierzehn Euro vierzig«, brüllt die strähnig-sämige Kassiererin an der Suppenmarktkasse. Mutter von drei Kindern schätzungsweise. Und nimmt nur zögernd die beiden Scheine an, die ich ihr hinhalte. Glaubt die etwa, die sind nicht echt? Raus hier, nur weg, renne ich aus dem Supermarkt.

»Und Ihr Kassenbon?! Ihr Wechselgeld!«, hallt's hinterher, hinter mir her.

Egal, ich bin draußen, ich bin raus.

»Und eins, zwei, drei, vier«, das Schlagzeug hat gesprochen, die Probe kann beginnen. Was war nur heute wieder los?, überlegt Kicky, während die Hände automatisch die richtigen Saiten greifen. Zuerst hat Ricky ewig am Schlagzeug herumgeschraubt, und dann haben sie eine halbe Stunde über die Gästeliste in Essen debattiert. Meine Güte, wie kann man nur eine halbe Stunde über eine Gästeliste in einer Stadt reden, in der man noch nie war.

Jetzt kommt wieder der übertrieben böse Refrain:

Ich hasse meine Generation, im Kindergarten schon, treibt ihr mich in die Isolation.

Auch beim hundertsten Mal kann Kicky sich an diesen Spruch nicht gewöhnen – obwohl sie ihn doch selber erfunden hat. Umso wichtiger jetzt, ihn neu zu fühlen. Kicky denkt an die Arbeitskollegin, der sie neulich von ihrem Treffen mit Michael Stipe erzählt hat. Die Kollegin ging selbstverständlich davon aus, dass Kicky dafür eine Art »Startreff« im Radio gewonnen hatte.

Dieses unterirdische Schafsbewusstsein, Kicky steigert sich in ihren Hass-Song hinein, dieser Sklavengeist der Frauen! Die meisten sind aber auch echt zu blöd, die Dinge selbst ins Laufen zu bringen. Machen ihr Glück davon abhängig, ob sie im Lotto gewinnen oder beim Casting, oder gar nicht – am liebsten gar nicht gewinnen.

»Moment, Moment«, bricht Ricky ab und gähnt.

Kurz danach packt es auch Micky. Wenn Ricky gähnt, dann ist es ja noch okay.

Die Gute hat nur schon wieder seit gestern nichts gegessen. Aber Micky gähnt wie ein Raubtier. Es ist Kicky leider nicht entgangen: Da will jemand zuschnappen, oder einschnappen, weil angeblich nie jemand auf seinen Bass achtet.

»Seid ihr auch schon wieder müde?« Um die Moral der kleinen Truppe aufzubessern, bezieht Kicky sich besser mal mit ein.

»Irgendwas rattert hier so komisch, etwas stimmt nicht.« Ricky haut wieder prüfend mit allen möglichen Sticks auf alle möglichen Becken.

»Pause«, sagt Micky.

»Also gut, Pause.«

Kicky sagt schon gar nichts mehr. Ausgerechnet bei »Ich hasse«.

»Ich könnte mich gerade auf meinen Mantel legen und schlafen«, seufzt Micky von ihrem gepolsterten Stuhl aus, »heute ist so ein trüber Tag.«

»Ja«, sagt Kicky, »aber dann kommen wir nie nach Essen.«

Micky lacht: »Das stimmt.«

»Ich kenne echt total viel nette Leute in Essen. Wenn wir die schon früher gekannt hätten – es wäre uns erspart geblieben, die Leute aus unserer Generation zu hassen.«

Ricky hat schon wieder Humor, da kann das Schlagzeugproblem nicht so schlimm sein.

»Aber tolle Leute gibt es doch überall«, sagt Micky.

»Eins, zwei, drei, vier«, ruft Ricky .

Endlich.

Ich hasse meine Generation, im Kindergarten schon, treibt ihr mich in die Isolation.

Jetzt ist ausgerechnet der Bass zu leise, aber das macht nichts. Sie spielen weiter und weiter, und Kicky ist schon wieder stolz auf Ricky und Micky: wie sie da sitzen, in ihrem sehr individuellen Style, und sich schöne Töne zu ihren schönen Texten ausdenken. Hätte es solche wie die nur schon in ihrem Kindergarten gegeben.

Aah! Jetzt wird sich herausstellen, ob ich endlich all meine Lieblingskleider tragen kann. Alles hier, die vielen fraglichen, die fragilen, die Kleider.

Das ganze Pastell, die angenehmen, angehenden Farben. Durchsichtige Stoffe, woraus sind die gemacht? Tüll? Taft? Perlig groovt Discosoul aus Lautsprecherboxen.

»*Sometimes living out the dreams, ain't as easy as it seems, you wanna fly around the moon, in a beautiful balloon. Life oh Life oh Life oh Life.*«

Wenn das nicht der beste Popsong der Neunziger war, denke ich, und schwebe auf die Jeansröcke zu. Die aufgenähten Blümchen und wild-fröhlichen Knöpfe, wie früher die Jeansröcke in der Kindheit. Nur bunter. Ist hier das Paradies ausgebrochen?

Und dieser wunderbar durchsichtige Glitzerstoff, der rosa, blaue und schwarze Kleider aussehen lässt, wie aus dem Märchenland importiert. Vielleicht kommen die ja direkt aus Michael Jacksons Neverland? Oder die Sugababes haben in diesen Kleidern ihr übermütiges Unwesen getrieben. Knielang, auch nicht schlecht, knielang. Links und rechts haben die Kleider senkrechte Tunnelzüge, mit denen man sie raffen kann wie ein Rollo. Baumwolltops, Baumwolltops, Baumwolltops. Oder die Rosetops mit den pinken Rüschen?

Phatt, der ist phatt. Ich ziehe einen türkisfarbenen Baumwollrock von der Stange. Dazu ein sattes, verruchtes T-Shirt. Eins von diesen glitschigen Dingern, die immer aussehen, als habe man darin gebadet, busenvorteilhaft.

Aber eigentlich, eigentlich, wollte ich doch … zurück zu den Pappkisten mit den Accessoires. BHs, rüschig, bunt, in Hülle und Fülle, kitschig, zu viel Kitsch. Ein BH muss weiß, schwarz oder cremefarben sein, alles andere ist pseudo-nuttig.

Hier endlich die Dreiviertel-Jeans, haben allerdings so aufgenähte Bordüren. Wenn die keine aufgenähten Bordüren hätten, wobei, ich ziehe drei von den Jeans raus, so schlecht sind die gar nicht, die Bordüren. Bisschen hippiehaft vielleicht. Scheiße, nee, hippiehaft ist scheiße, aber ansonsten, richtig, genau richtig, Hose und doch Rock, vielleicht, wenn die ein bisschen kürzer … endlich mal wieder ein Mädchen in Jeans sein.

Oder beide, die Dreiviertel-Jeans und den türkisfarbenen Baumwollrock. Dazu das satte Blau mit dem Blumenmenschenmuster, oder ist das etwa ein Monster?

Da sind Blumen und da ist ein Gesicht, ein seltsam schwarzes Gottgesicht. Warum nicht? Etwas in mir packt nun doch die Dreiviertel-Jeans, den türkisfarbenen Baumwollrock und das blaue Blumenmonstergesichts-Shirt. In schweigenden Ernst gehüllt, erreiche ich, vorbei an tausend Spiegeln, die Umkleidekabine.

Dünn, dünn, fett. Waren die Waden gerade noch dünn? Im Garderobenspiegel, vor dem man nackt antreten muss, sieht alles wieder vernichtet aus. Aber vorhin, zu Hause, waren sie doch noch dünn! Wie ist das möglich? Vielleicht sind das die Spiegel hier. Oder ist es andersherum die eigene Nervosität?

Denn heute ist so ein schöner Tag, heute ist ein viel schönerer Tag als gestern, heute wird eingekauft!

Erleichtert, trotz des kurzen Fett-Rückschlags erleichtert, werfe ich meine alten Anziehsachen auf den Boden und trample verächtlich darauf herum.

Da liegen sie. So alt wie die Zeitung von gestern. Die zieh ich nie mehr an, nie mehr.

Vorsichtig wird jetzt in das sattblaue Monsterblumen-Shirt geschlüpft, ja, es schlüpft und sitzt. Ich streiche es glatt, da ist überhaupt nichts, kein Bauch mehr – yeah! Vor Freude hüpfe ich in die Luft.

Dann knie ich nieder und bete kurz: »Gott, mach, dass auch die Hose gut aussieht, bitte!« Yeah! Juhuuuuuuuuuu! Auch von hinten. Von hinten auch. So einfach. Tatsächlich. Gut. Ziemlich gut sogar.

Wie eins von den Mädchen in den Modestrecken, wie eins von den Mädchen in der Welt. Ich stürme aus der engen Umkleidekabine und auf und ab und vor den Spiegeln. Es ist nicht zu fassen.

Ich, denke ich, ich!

So ist alles einfacher geworden, ein Kinderspiel. Endlich bin ich wieder das kleine Mädchen, lalala, das glücklich durch die Straßen rennt. Keine frischen Hormone mehr, nur noch leicht fliegende Harmonie, Hammer-Feeling Schönheit.

In einem wolligen, wie von der Oma gehäkelten Minikleid schaue ich mir in dem theaterprächtigen Ganzkörperspiegel zu. Das Tolle an Wolle ist, dass es gerade so wirkt, als habe man noch einen Halt, eine Struktur. Auch wenn man vielleicht schon gar keine mehr hat. Auch wenn man sich nur noch an seiner samtenen Gesamtheit festhalten kann.

Eine ausgebuffte, eine verfluchte, seidene, eine eigensinnig-perlende, eine Schönheitsschönheit!

So muss es sein. Endlich werde ich Sängerin. Alles andere – nicht den Idealen entsprechen als Sängerin –, das traut sich kein normaler Mensch. Endlich bin ich ganz eins mit den strahlenden Vorgaben unserer Zeit. Und wo das Strahlen in den Augen herkommt, wo das Strahlen hinführt, warum die wieder so strahlen , die Augen, würde ich auch gerne mal herausfinden.

Aber vielleicht sind die einfach lieb und einfach, die Augen. Freuen sich halt auch, wenn sie mal etwas Schönes zu sehen kriegen. Und diese aussehensbesorgten Frauen allüberall sind wahrscheinlich auf genau die richtige Art schlau. Wissen, was das Leben weiß. Verbergen ihre Angst und ihre Angeberschläue hinter ihrer selbstvergessensektglänzenden champagnerfarben-erhabenen Schönheit. Dass sie zu Hause sitzen und die Milch-Semmel-Diät machen, geht schließlich keinen etwas an. Wissen das Wissen besser als ein Universitätsprofessor, wissen, was das Leben herzugeben bereit und was gescheit ist. Das Leben bis an die Grenzen des Möglichen. Wie die Forscherinnen des Lebendigen sehen sie aus, die schönen Frauen, und wenn sie dafür niedere Arbeiten verrichten müssen, umso besser. Das ist seltsam, ich muss lachen über meine hochtrabenden Gedanken, das ist *gemein und geistreich.*

Weil sie gepudert und gepowert das Geheimnis des Lebens mit sich herumführen, weil sie davon ausgehen und reichlich davon ausgeben, werden die schönen Frauen begehrt – nicht wirklich für die perfekte Nase, die geschürzten Lippen, die attraktiven Beine. Weil sie ausstrahlen, dass sie gerade erst über die Anfänge des Lebens hinaus sind und schon an den Grenzen, möchte man sterben, sobald man sie sieht, und selber sterben, um so gesehen zu werden.

Wenn sie jetzt noch nicht glücklich sind, wo sie so schön sind, die schönen Frauen, dann ist das Leben wahrhaftig … auch für die schönen Frauen, für die schönen Frauen sowieso, ist das Leben kein Zuckerschlecken.

Weil sie erfahren haben, vielleicht, was möglich ist, was

reingeht in so ein Leben, fragt man sie, ob der Schein trügt, ob der Glanz echt ist.

Will man doch eigentlich nur wissen, etwas anderes, will man wissen, ob das alles ist. So wie Hannelore Elsner, die einen gestern Nacht spröde flimmernd angestrahlt hat aus einer ihrer vielen ZDF-Hauptnebenrollen. Ein später Herbststurm rüttelte an den Blumenkästen vor dem Fenster, und die beliebte Schauspielerin sagte so komisch verwundbar und verwundert zugleich, während sie volllippig an einer französischen Zigarette zog, sagte sie, amüsiert fast und rauchig in Richtung ihres Geliebten, oder war es ein Kommissar, so jedenfalls, als würde sie aus dem Evangelium vorlesen, sagte sie: »*Es muss doch mehr als alles geben.*«

Nils, Markus, Johnny, Andi, Michael. Michael, Andi, Johnny, Nils. Moment. Johnny, Michael, Andi, Markus. Vier oder fünf. Ich zähle noch einmal durch: Johnny, Andi, Michael, Markus und Nils. Nils auch. Vier oder fünf Männer, die mich nicht wirklich, die jemand anderes, die einfach nur, bisschen Bestätigung, wohlverdienten Spaß. Die jemanden gebraucht, die nichts versprochen, die nicht mehr an mich denken. Vier oder fünf, heiß und ungeduldig wie der hüpfende Spinat im Kochtopf. Und ich senke die Augen.

Wie aggressiv der Spinat ist! Aber heute werde ich allen Spinatspritzern ausweichen. »Blubb«, macht es. Eigentlich blubbt und blubbert es die ganze Zeit.

Wie immer, wenn ich wie immer die alte »Jagged little pill«-CD von Alanis Morissette höre, spüre ich wieder, dass ich nur eine Halbtags-Verrückte aus dem Wohlstand bin. Trotzdem wird der Spinat nicht fertig, das ist aber auch ein Klotz.

Diese verschachtelten, sanft provozierenden, diese dann, gegen Ende hin, ganz direkten Hammeraussagesätze von Alanis. So muss es gewesen sein in den Sechzigern, als alle Alten jung waren, Bob Dylan. Nur, dass intellektuelle Frauen keiner als intellektuell wahrnimmt, weil sie irgendwann sowieso auf dem so genannten Gefühlstrip landen – sagt Allita. Vielleicht war *ich* nur einfach immer schon auf dem Gefühlstrip. Allerlei unschicke, weirde Stories hat Alanis nach ihrer ersten CD in Interviews erzählt. Dass sie mit Freunden durch Indien gelaufen ist, um sich selbst zu finden, zum Beispiel. Dann hat sie sich als weise bezeichnet, als weise und normal zur selben Zeit.

Gerade singt Alanis über eine Freundin, die sich selbst zerstört – und das auch noch gut findet!

It's full speed, baby, in the wrong direction …, appelliert Alanis an ihre Freundin. Ich glaube, ich verstehe. Das ist die Art von Quatsch, die Allita mir auch immer noch erzählt hat. Aber ändern kann ich jetzt nichts mehr an meiner eigenen falschen Richtung. Aber dass es die falsche, die lasche, die total flache Richtung ist, das wird mir langsam klar.

Gerade jetzt ist eine warme Mahlzeit wichtig für den Magen.

Diese tanzende Spinat-Brühe. Ich gehe wieder in Deckung und denke an verflossene Boyfriends. Hoffentlich ist es ihnen wenigstens nicht leicht gefallen, auf Wiedersehen zu sagen. Genau genommen hat man sich danach auch kaum mehr wiedergesehen, höchstens mal mit einer anderen Frau im Arm. *Are you thinking of me when you fuck her?* Das ist lustig. Da schmeckt der Spinat.

Immer die Sätze übers Ficken, immer sagt das Ficken, sagen die Sätze übers Ficken die größten Wahrheiten. Immer noch regt Mama sich auf, wenn ich das Wort »Ficken« in ihrer Küche ausspreche. Das ist so ein hässliches Wort, sagt Mama. Sie bevorzugt »Bumsen«. Ich sehe mein Gesicht in der Spinatschüssel. Vielleicht muss ich wieder sinnlicher werden. Nicht abschweifen, sondern sehen, was da ist: das gesündeste Essen auf der ganzen Welt, Spinat, sieht aus wie zerlaufener Frosch oder wie Krokodilscheiße, vorausgesetzt, grüne Tiere haben grüne Scheiße. Oder Rotz, weil Rotz immer ein wenig grünlich, immer grün ist, der Schleim. Rotz von einem großen grünen Tier, Dinosaurier-Rotz.

Ich fülle den Spinat in einen Suppenteller und balanciere ihn ausdauernd, wie auf einem Schwebebalken, in Richtung Tisch. Das fühlt sich sehr elegant an. *I wish nothing but the best for you both.* Ob es wohl tatsächlich Magersüchtige gibt, die sich alles ganz schön zubereiten? Mit Gewürzen würzen und so, so Appetitsvergänger, unehrlich irgendwie? Oder in erstklassigen Hotels nur drei Häppchen Broccoli aus der Broccolicremesuppe fischen? Weil verhungern oder verdursten muss hier keiner. Nee. Langsam führe ich den Löffel zum Mund, aber mit Gewürzen würzen ist eine Lüge, *when I cry all afternoon.*

»Darling, du bist mir nicht böse, dass ich mich den ganzen Oktober nicht gemeldet habe? Da fällt mir ja ein Stein vom Herzen.«

Wenn Allita lächelt, lächeln ihre neuen Augenfalten mit. Die Augenpartie ist schon eine ganze Blume, und demnächst wachsen ihr die Stängel vermutlich bis in die Ohren, und dann wird Allita die Wahrheit erst recht nicht mehr verstehen.

Die Wahrheit ist, ich will sie nicht mehr sehen. Die Wahrheit ist, sie macht mich wahnsinnig. Die Wahrheit ist, sie hat mich gegenüber im Kleidermarkt aufgelesen und hierher ins Eiscafé geschleppt. Da muss der Stein, der ihr vom Herzen fiel, in meinen Magen geplumpst sein.

Der Milchkaffee kam in einem Glas, das war groß wie eine bayerische Maß, und ich habe Zucker reingeschüttet, nur um keinen Verdacht zu erregen. Zucker! Jetzt darf ich heute und morgen nichts mehr essen. Gleich platzt auch mein Magen.

Alles nur, um auf ungepolsterten Stühlen Freundschaft zu spielen – und ein Eis muss ich auch noch essen. Eine kleine Portion hat drei Kugeln, zwei davon aus fettiger Milch und eine aus Frucht und Wasser. Auch das habe ich Allitas raffinierter Mutterseelsorge zu verdanken.

»Warum gleich dreimal Aprikose?« Sie hat es wirklich nicht verstanden. »Feierst du etwa den Geburtstag von der Minka?«

Da muss ich schwach geworden sein. Sie weiß noch, dass mein Kindheitshund »Minka« hieß und im November Geburtstag hatte – und apricotfarben war. Dabei habe ich ihr das nur beiläufig irgendwann mal erzählt. Was sie nicht weiß, die schlaue Diplom-Psychologin und Medien-Schlampe: Aprikose ist das einzige Fruchteis, das es in dieser dummen Eisdiele um diese dumme Jahreszeit noch gibt. Und Fruchteis hat mindestens siebzig Kalorien weniger als Milchspeiseeis. Weshalb es ja auch Fruchteis heißt – und nicht großspurig das Wort »Speise« im Namen mit sich herumträgt.

»Also gut, dann eben Schoko, Vanille und Aprikose.« Der

Kellner hat es im Vorübergehen notiert, als könne er sich nicht mit anschauen, dass ich mir mit seiner Hilfe die Figur ruiniere.

»Erstaunlich, dass sie noch offen haben – um diese Jahreszeit«, setze ich meine und Allitas Deppen-Konversation fort. Wir haben uns zwei lange Monate nicht gesehen, und sie denkt, das sei mit einer einfachen Entschuldigung vom Tisch. Zum Glück. Zum Glück für uns beide.

»Ach, es ist so schön mit dir.« Sie wiederholt sich.

»Ja, finde ich auch.«

Wie schön vor allem, dass Allita einen Neuen hat. Einen portugiesischen Rechtsanwalt. Oh, das passt so zu ihr. Wahrscheinlich hat sie mich genauso wenig vermisst wie ich sie. Und jetzt ein schlechtes Gewissen. Und gar nicht geschnallt, dass ich es war, die nie zurückgerufen hat. Es lohnt sich eben doch, Freundschaften nicht über den Siedepunkt hinaus zu pflegen.

»Du bist aber schon schlank geworden.« Endlich rückt sie mit der Sprache heraus.

Na, schimpf schon los, du feministisches Monster. Sag mir, dass ich so langsam in Richtung Traummaße spaziere.

»Du hast doch nicht gehungert, oder?« Wenn sie die Augenbrauen weiter so streng zusammenzieht, wird es ein böses Ende nehmen mit ihrer Schönheit.

»Viel Vollkornprodukte, Obst und so. Du weißt schon«, wenn sie bloß die Erschöpfung in meiner Stimme nicht hört, »und einmal Schwimmen pro Woche – so wie du.«

»Echt? Das ist ja süß, dann können wir ja mal zusammen schwimmen gehen.«

»Äh, ja.«

»Muss nicht oft sein. Einmal im Monat.«

»Super-Idee.« Wusste ich doch, dass sie keine Zeit mehr für mich hat.

Sie schaut wieder ganz von oben herab: »Steht dir aber gut.«

Habe ich da einen leicht säuerlichen Ton herausgehört? Will wohl die einzig Dünne in unserer so genannten Freundschaft sein, was? Wie Mama. Am Ende ist sie doch wie Mama. Die hat sich auch immer mit ihrer Schlankheit aufgespielt und einem das Essen nur so reingewürgt. »So gut gekocht, Kleines. Nimm noch etwas von der köstlichen Lasagne und dem wunderbaren Gemüse.«

Aber Allita merkt nichts von meinem fundamentalen Misstrauen gegenüber ihrer Person und redet von der Gefährlichkeit von Hungerkuren. Sie ist ja so froh, dass ich es auch mit einer harmlosen Ernährungsumstellung geschafft habe!

Und dann kommt der Kellner mit Aprikose, Schoko und Vanille, und ich stelle meinen Genuss zur Schau.

»Schön, dass es dir schmeckt. Du isst nicht nur mir zuliebe, oder?«

Sie beobachtet mich. Ich brauche keine Mutter, danke.

»Warum warnst du mich immer vor Diäten?«, frage ich, »dabei bist du selber verblüfft, wie viel besser ich jetzt aussehe.« Wer eine Gegenfrage stellt, ist aus der Schusslinie raus. Das habe ich von ihr.

Ihre Antwort ist mir scheißegal. Die ganze Welt ist mir scheißegal. Ich will nur hier raus und so schnell wie möglich das blöde Eis wieder abtrainieren und ins Bett und von Johnny träumen. Der Zucker brennt, und die Milch und das Koffein rülpsen dagegen an. Und zu allem Überfluss schmeckt der Scheiß auch noch. So gut, so gut, so gut.

Allita labert etwas Blödes, Scheißverantwortliches – ich

höre nicht mehr hin. Die Blume soll sich vom Acker machen und verschwinden. Sie meint es ja gut, die Gute. Mit ihren einssiebenundsiebzig und ihren vierundfünfzig Kilo, für die sie noch nie auch nur einen Tag auf irgendetwas verzichtet hat. Weder auf Schokolade noch auf Sex. Ich möchte gar nicht wissen, wie es mit ihrem portugiesischen Rechtsanwalt schon wieder abgeht.

Soll halt nur normale Leute in Ruhe lassen. Normale Leute haben normale Probleme und nehmen zum Bananensplit nicht auch noch eine Extra-Portion Sahne. Apropos Sahne, das ist gut, das sage ich jetzt. Auch die letzten Zweifel müssen schließlich zerstreut werden.

»Weißt du, Allita, es ist schon verrückt. Da isst man sein Eis ohne Sahne, nimmt Olivenöl statt Bratfett und lieber Äpfel statt Trauben – und schon ist man schlank. Ist das nicht Wahnsinn?«

Sie lächelt ganz glücklich. »Habe ich dir immer gesagt. Vernünftige Ernährung, ein bisschen schwimmen gehen – und das ganze Drama löst sich in Luft auf.«

»Ja, genau. *No more drama in my life.* War immer mein Lieblingslied von Mary J. Blige.« Die liebe kleine Sonja redet schon wieder über Musik. Dann kann ja alles nicht so schlimm sein. Und richtig, Allita fällt darauf herein.

»Mary J. Blige ist eine tolle Sängerin, nicht wahr? Mensch, wir haben die so oft beim Sex gehört. Das passt total gut zu Sex.«

»Hey, erzähl mir mehr über deinen neuen Freund.«

Sie soll reden und ich esse. Es ist so köstlich. So gut, so gut, so gut. Die bunten Eishügel sind miteinander verschmolzen und auf meiner Zunge explodieren alle Geschmacksrichtungen auf einmal. Jetzt ist eh schon alles zu spät. Jetzt kann ich's auch noch bis zum bittersüßen Ende … Ich nehme den kleinen Kelch in die Hand und schlürfe die letzten Eisreste aus.

»Na, dir schmeckt's aber.«

Und erzählt von einer Kolumne, die sie für ein Männermagazin schreibt.

Schon wieder ein einsamer Morgen mit strahlender Laune. Kaum das seltsam heitere Treffen mit Allita verdaut, gibt es heute Sonne mit Frost – eine Kombination wie aus meinem Herzen. Das freihändige Fahrradfahren habe ich perfektioniert. Das Fahrrad ist meine Bühne und die Hände brauche ich, um das Publikum anzutörnen. *You gotta be bad, you gotta be bold, you gotta be wiser –* automatisch gehen die Arme mit, wenn man singt wie am Schnürchen. Mein Gesangsengel kann stolz auf mich sein. Ist ohnehin der einzige Mensch, dem ich noch vertraue. Hoffentlich reagiert sie nicht sauer, weil ich das Geld für die Stunden wieder nicht überwiesen habe. Schnell noch mal das Lied von Des'ree zu Ende üben.

»*You gotta be hard, you gotta be tough, you gotta be strongeeeer*«, das ahnt man gar nicht, wie viele A drin sind in so einem Refrain. Und ich mache immer zu viel Spannung. Wenn ich mehr lockerlassen würde, wäre meine Stimme 1 a.

Aber ich will zu viel, und der Gesang will dann auch zu viel, und wenn man in die Luft hustet, hustet sie zurück, und der Himmel singt, wenn ich ihn so anschmachte.

Selbst der Frost breitet einen Schutz aus, an einem Tag wie heute gehöre ich in die Welt mit rein. Niemand ist mir böse, alle frieren glücklich vor sich hin. Es ist wie Kindheit. Wie in die Schulbibliothek fahren und sich Fünf-

Freunde-Bücher ausleihen, und die Menschen auf der Straße sehen ganz klein aus. Nur, dass ich keine Freunde mehr habe – hey, ich bin frei. Frei zu essen und zu singen und Fahrrad zu fahren, wann und wie ich will. Ich habe sie alle abgehängt, und war gar nicht so schwer. Mama muss ich erst nächstes Jahr wieder besuchen, und Papa im Jahr darauf. Der hält gar keine Anteile mehr an meinem Leben. Ich muss mal kurz nach Luft schnappen. Es war doch eigentlich ein schöner Sommer. Ich immer mit meinen Pinguin-Comics, und alle haben mich ernst genommen, und Kicky hat die Pinguine, glaube ich, echt geliebt. Aber wenn man so im Sport ist, und dann erschöpft, und eine Stunde an einem Apfel isst – dann kann man sich keinem zumuten. Das muss auch das kleine Kind einsehen, das ich durch das Wetthungern mit meinen Idolen wieder geworden bin.

»Das ist ja niedlich.« Schon zur Begrüßung hat die Gesangslehrerin die netten Worte. Warum kann es nicht immer so schön euphorisch zugehen? Warum sind die Leute nicht einfach ein bisschen schwärmerischer im Umgang miteinander? Schon nach einer Stunde wäre die ganze böse Kälte weg. Das Gefühl, ein richtig toller Mensch zu sein, habe *ich* nach jeder Gesangsstunde. Und »niedlich« ist ein sehr nettes Wort für einen Schottenrock über einer Hose. Niedlich ist das beste aller möglichen Komplimente.
Ich bin mal wieder mächtig von mir und meiner Umgebung beeindruckt. Eine richtige Gesangsschule mit vielen wichtigen Räumen, auch für Schauspiel, Tanz und Instrumente. Und es gibt sogar eine puppige Teestube, falls man mal warten muss. Macht denen gar nichts aus, wenn man

zu früh kommt. Eines Tages werde ich mal zu früh kommen, einfach um in Ruhe einen Tee zu trinken.

Dann stehe ich wieder vor dem Klavier und singe in höchsten Tönen die »I go all the way down«-Übung. Da fühlt man sich ja wie eine Opernsängerin, wenn man so eine schmetternde Freude aus sich herauslassen darf. Wenn das Oma noch hätte erleben dürfen!

»Hey, super, das war das hohe C«, ruft der Gesangsengel, »das ist doch schon eine ganze Menge.« Ihre selbstverständliche Leidenschaft für alles wärmt mich heute so, und ich ziehe meine Jacke aus und werfe sie ganz lässig über den Stuhl.

»You gotta be« ist ein Bombensong. Ich stehe vor dem Notenständer und bin im Rhythmus. Wenn man auf Textinhalte achtet, singt man automatisch richtig.

Try to keep your head up to the sky. Lovers they may cause you tears. Go ahead release your fears. Stand up and be counted. Don't be ashamed to cry. You gotta be …

Versuche deinen Kopf in den Himmel zu halten. Nicht so geduckt gehen, Mädchen. Das jeweils letzte Wort besonders sexy betonen:

Hard, rufe ich in den Raum hinein, *tough,* ganz kurze Betonung, *stronger,* ich schnippe böse mit dem Finger. Noch härter, noch tougher, noch stärker werden! Nicht immer gleich einknicken, nicht immer so wehleidig und Angst vor Grippenviren, nur weil man mal ein paar Monate nur Äpfel isst. Na und! Äpfel sind gesund. Ich sollte mich überhaupt nur noch von Äpfeln und Songtexten ernähren, die kennen das Leben, dann werde ich stark. Nach Worten und Tönen leben statt nach Ratschlägen von Müttern und Freundinnen.

Bad! … bold! … wiser! … hard! … tough! … stronger! … cool! … calm! … together!

Der Atem ist weg, die Beine zittern, ich sinke auf den Boden. Das Playback tritt nach mir und ruft: Weitermachen. Jule bringt ein Glas Mineralwasser.

»Alles okay?«

Das Wasser rettet mich. »Darf ich hier noch ein bisschen sitzen bleiben?«

»Na, hör mal. Was ist das für eine Frage? Glaubst du, ich scheuche dich auf und zwinge dich weiterzusingen?«

»Ich glaube, ich habe die Worte zu stark betont.«

»Ja, weil du zu viel Spannung machst. Am Ende der Strophe.«

»Ich habe das so gesungen, als ginge es um Krieg«, sage ich verwundert, »dabei geht es doch um Liebe.«

Der Gesangsengel lacht: »In jeder Liebe ist ein bisschen Krieg enthalten. Aber stimmt schon. Ein bisschen lockerer gehört das. Wenn es ein Popsong sein soll. Und kein Punk oder so.«

»Verdammt, ich bin nicht locker. Nie bin ich locker.«

»Die ganze Zeit ist sie locker. Und jetzt sagt sie so was. Das kommt wirklich, wenn man mehr Spannung macht, als der Ton Sauerstoff braucht.«

»Ist aber auch ein tolles Lied.«

»Du bist ja ganz blass. Und abgenommen hast du. Geht's dir wirklich gut? Soll ich einen Arzt rufen?«

»Nein, geht schon wieder.« Hoffentlich kann ich überhaupt noch Fahrrad fahren nach dem kleinen Zusammenbruch hier.

»Das kann ich nicht verantworten, dass mir eine Schülerin umkippt. Lass dir ruhig Zeit mit dem Wasser.«

»Bitte, ich möchte das Lied noch mal singen.«

»Unverwüstlich, die Kleine. Okay, wir singen es zusammen. Und du versprichst mir, nicht zu viel Druck zu machen.«

Gaaaaanz glücklich und gelöst. Wie eine Feder in die Lüfte springen! Ein Vogel müsste man sein. Ich bin eine Ruhe vor dem Sturm. Ich hebe meinen Kopf up to the sky. Ich werde siegen.

So ein helles Licht im Zimmer, so ein helles Zimmer überhaupt. Schnell die Hand vor die Augen gehalten. Alles ist so hell. Dabei ist schon Nacht. Bin ich lichtempfindlich geworden, oder waren meine Zimmer schon immer zu hell? Und wie hell das Licht erst aus dem Fernseher kommt, und wie die Werbespots glänzen, die sich verführerisch das Lipgloss auf den Lippen zurechtrücken: Long lasting maximum shine. Jaaaa!
Die Welt der Hungernden ist hell, und dann glänzt sie auch noch, beinahe schön. Und der Fernseher weiß das alles, viel besser als wir Menschen – bin dem Geheimnis der klapperdürren Fernsehwesen aber schon ziemlich auf der Spur. Wo alles Licht ist, hört man überall vom Licht singen, wie in der Kirche. Oder, sanft von den eigenen Sünden kündend, in dem schönen Song von den Toten Hosen, der ein wütendes Stoßgebet durch das Nachtprogramm schickt:
»Und irgendwann haben sie das Licht geseh'n, es hatte vierzig Watt, seitdem zünden sie jeden Sonntag eine Kerze in der Kirche an, und sie beten, dass ihre Träume in Erfüllung gehen, denn sie erwarten vom Leben nicht zu viel. Nur Schön-Sein und ein bisschen Obszön-Sein.«
Toll, auf so visionäre Strophen können auch nur männliche Punkrockmusiker kommen: dass Schön-Sein nicht das wichtigste im Leben ist, als ob man sich aussuchen könnte, wie man leben will. Die Erleuchtung auf 40 Watt –

voll unterbelichtet, die Schönen, oder was? *With the lights out it's less dangerous.* Vielleicht sollte ich auch mal wieder in die Kirche gehen und eine Kerze anzünden – zum Beispiel für die Opfer billiger Schönheits-OPs, hinter allen osteuropäischen Grenzen.

Hey, ich bin fast schon wieder lebendig, ein kritischer Geist wird angefacht, von so 'nem billigen Tote-Hosen-Song. Trotzdem gehe ich keinen Weg am Schönsein vorbei. Wenn ich die Frau im Tote-Hosen-Video schon sehe, wie schön fertig die vor allen Dingen aussieht: Die Haut spannt dünn wie Pergamentpapier, und die Augenringe können über jeden Tellerrand gehen. Bin ich vielleicht gar nicht hungersüchtig, sondern verrückt? Warum kann ich über alles spotten und trotzdem nicht mehr aufhören, meinen Körper zu verhungern? Kein Wunder, wenn noch die besten Lieder über das Schönsein aus männlicher Feder stammen – wo es doch in Wirklichkeit die Frauen sind, die sich so richtig meisterhaft aufs Weglassen von Salatsaucen verstehen. Aber Männer sind ja auch die besseren Köche. Vielleicht machen Mädchen deshalb neunzig Prozent aller Hungernden in der ersten Welt aus. Ich halte mir die Augen dunkel. Ich schau gar nicht mehr rein in die fernsehhelle Lichterwelt, ich hör' schon nur noch zu.

Destiny's Child, erfolgreichste Girlgroup aller Zeiten, gospeln ihre Dankbarkeit in meinen gottlos-empfänglichen Körper & Geist, als ob sie herausfinden wollten, wie oft man »*Thank you*« und »*Amen*« in einem einzigen Refrain unterbringen kann. Sehr oft. Schluss, aus, amen. Ich werde es mir merken.

Ich mache mich vom Acker des Rummelplatzes und schalte den blöden Fernseher einfach aus.

Endlich Nacht. Das Dunkel greift mir unter die Arme und

macht mich fertig, wie gerade eben noch das allzu hehre Hell. Und wenn ich nun, mein Herz klopft plötzlich ganz schnell, wenn ich nun an dieser scheiß Hungerei verrecke? Quatsch, der Gegengedanke kommt schnell, so oft habe ich den erlösenden in der Zwischenzeit gedacht. Die Sache mit dem Tod.

Jedes Jahr sterben in Deutschland zwanzig Frauen an Magersucht, das wäre ja ein großes Pech, ausgerechnet zu diesen zwanzig zu gehören. Da müsste man ja schon grün und blau angelaufen an Schläuchen im Krankenhaus liegen und gar nichts mehr, auch nicht alle zwanzig Stunden einen Apfel, essen. Da müsste man ja schon fast aus einer Gewaltfamilie kommen.

All die anderen It-Girls heißhungern schließlich auch, ohne sich zu beschweren. Vielleicht hängt meine Unlust auch mit meinem niedrigen Blutdruck zusammen. Mein Blutdruck ist so niedrig, dass mich der Hausarzt, hoffentlich im Scherz, mal gefragt hat, ob ich mit so wenig Puls überhaupt leben könne. Und jetzt soll ich auch noch ohne Essen leben. Ohne Druck im Blut und ohne Nahrungsenergie und Koffein ist mir in dem Zustand auch nicht mehr geheuer. Ich bin ein Junkie, der keine Venen mehr findet.

Ich bin ohne Puls am Puls der Zeit.

Ich schlafe fast ein bei eurer Unterhaltungskultur.

Wenn ich nicht so hundemüde wäre, würde ich jetzt in die Küche gehen und mir noch einen Sweet-Kiss-Himbeer-Kirsch-Tee aufbrühen. Und dann endlich schlafen. Aber ich schaff's gerade nicht mehr bis in die Küche. Ich habe das Gefühl, als müsste ich gleich meinen nicht vorhandenen Mageninhalt wieder rauskotzen.

Ich habe das Gefühl, als müsste ich überhaupt ziemlich kotzen.

»Der Magen ist natürlich schon klein«, hat die stets frivol alle auslächelnde Jungschauspielerin Jessica Schwarz neulich im Young-Schiss-Interview gesagt. Wenn es schon alles ist, was einem das Leben zu bieten hat: »Schön-Sein und ein bisschen Obszön-Sein,« dann wird man ja noch zugeben dürfen, dass der Magen dauerhaft geschlossen hat und dass das ein schönes, schwebendes Dummerchen aus einem macht.

Hauptsache, man wird nicht auch noch verrückt dabei. Hauptsache, man denkt wirklich die ganze Zeit tapfer nur ans Essen. Wann gibt's wieder etwas Leckeres? In zehn Stunden. Das geht ja noch, das ist ja bald.

Nur ich werde gleich verrückt, typisch, wenn mir weiter der Hass dazwischenkommt. Mit einem Hass auf die autoritären Zustände lässt sich das Hungern einfach nicht durchhalten. Hassen bringt doch nichts. Hassen schadet keinem, außer mir. Oder meinen Hass auf die da unten lenken. Auf die Hässlichen und Ausgestoßenen, auf die Dicken! Am besten ist, man hasst den Abschaum, dann grenzt man sich auch davon ab. Und ich werde sogar noch viel dünner! Dünner als dünn. Hey, das könnte ein neues Ziel sein: Ich werde dünner-als-dünn. Was Jessica Schwarz kann, kann ich auch. Sie ist eigentlich ganz toll und auch eine gute TV-Film-Journalistin. Die konnte sich freuen wie ein kleines Kind, wenn die Hollywood-Schauspieler ihr gegenübersaßen. Die waren bestimmt auch immer ganz verliebt in die Frau Schwarz. Damit kann doch jeder etwas anfangen: mit diesem Naiven, aber nicht Doofen von der Moderatorin. Plus: Sie ist ehrlich. Obszön lächelnd gibt sie im Interview zu, dass der Magen des idealen Mädchens schon recht klein ist. So dass man beim Lesen unmittelbar hinzufügen wollte: und der Verstand dann sicherlich auch. Aber das macht nichts.

Man kann auch ohne Hirn die Quizshow schauen – die Schmidtshow auf DVD sowieso. Die Intellektuellen laden sich sowieso immer die Dünnsten von den Jüngsten ein. Hauptsache geehrt und von allem nichts gemerkt. Man hat's sonst nicht leicht mit den Weibern.

Denn Identität, sagen Kulturkritiker in schlauen Büchern, muss immer wieder neu hergestellt werden.

Immer wieder neu muss die Puppenidentität von allen Frauen in der westlichen Welt immer wieder neu hergestellt werden. Da braucht es gar viele Vorzeigefiguren in der Öffentlichkeit, da brauchen die Männer gar nicht so zu erschrecken: *Das hat nichts zu tun mit Kunst oder so!*

Und das Lächeln von der Frau Schwarz ist zu Recht obszön. Wir Willenshungrigen, Leistungsstarken, wir Disziplinierten, wir starken Frauen grinsen uns einen darüber ab, dass es so anarchisch zugeht in der Konkurrenzgesellschaft. Da kann schon lange nicht mehr jeder mithalten.

Das Lächeln von der Frau Schwarz läuft außer Konkurrenz. Wir laufen außer Konkurrenz. Das haben wir schon immer gewusst. Wir sind etwas ganz Besonderes. Wir sind besser als alle anderen.

Es ist ein Märchen, dass Menschen Nahrung brauchen, ein dummes.

Es ist nicht weiter nachvollziehbar, warum so viele Kämpfe und Kriege und Revolutionen in der Geschichte der Menschheit sich um den Hunger drehten. Ein saftiger Salat am Tag, mit etwas gesundem Vollkorn, das reicht. Hm, das wäre überhaupt das Geilste: wenn man mal wieder einen Salat mit Vollkornbrot essen dürfte. Da würde man sich gleich über gar nichts mehr beschweren, da wäre man mittlerweile schon von alleine still. Da hätte ich plötzlich die Kraft aufzustehen und für mich zu sorgen. Aber nur für einen Tee, und sei er auch noch so süß, gehe ich heute nicht mehr in die Küche. Es ist auch viel heimeliger, einfach nur so dazuliegen und an das Leben und an das Lächeln von Jessica Schwarz zu denken.

Das wäre ja ein großes Pech, ausgerechnet zu diesen zwanzig zu gehören, die's jedes Jahr dahinrafft, wenn alle Coolen es tun. Da müsste man ja schon fast aus einer Gewaltfamilie kommen. Das habe ich doch schon mal gedacht, das denke ich immer wieder. An meinen Körper lasse ich nur Wasser und CD. Außerdem bin ich schon 23. Da kann nichts mehr passieren.

Dann würde Johnny sagen: Das war mal meine Freundin, wenn auch nur für kurze Zeit. Wenn auch nur für eine belanglose Affäre mit schlechtem Sex. Und Mama würde Tag und Nacht heulen – wenn auch nur die Hälfte der Zeit um mich, was man verstehen muss: Da hat sie nun schon mehrere Male den Verstand verloren, und nun auch noch die Tochter. Da musste man froh sein, wenn sie wenigstens tags um einen trauerte und nur nachts heimlich um sich selbst.

Und Kicky würde sagen: »Ich wusste doch immer, dass man mit so einer angepassten Person wie Sonja keinen Spaß haben kann.« Mit Sicherheit würde sogar Papa auf der Beerdigung aufkreuzen und rufen: »Das hat sie alles von ihrer Mutter!«

Und Mama würde ihm, gegen sein Schienbein tretend, zuraunen: »Das hat sie alles von ihrem Vater.« Keiner würde auf die Idee kommen, dass sie das alles von Alicia Silverstone hatte. Sonja wollte doch nur mal den zitronenfaltergelben Minirock mit den blauen Karos tragen, den Alicia

Silverstone vorige Woche in der Wiederholung von »Clueless« getragen hat.

Nein, wenn sie endlich über die Ursachen ihres plötzlichen Hungertodes rätselten, würde keiner auf eine Teenager-Komödie mit Fashion Victim in der Hauptrolle tippen.

Nein, auf die blonde Zuckerschnute würde wirklich keiner kommen, weil Alicia Silverstone gar nicht mal als soooo dünn gilt, und in Interviews lästert sie regelmäßig über Filmbosse, die ihre Rollen nur noch mit Barbiepuppen besetzen.

Die Rest-Verwandtschaft würde natürlich etwas von Drogen munkeln. »Da war'n bestimmt Drogen im Spiel. Wir haben doch immer schon gewusst, dass die Sonja mal auf der schiefen Bahn landet.«

Ha, keiner hätte ihr je zugetraut, auf der schiefen Bahn der Askese zu landen. Warum eigentlich nicht, so beherrscht, so brav und fleißig, wie sie immer gewesen ist? Haben diese Affen das nie gesehen, nur weil sie abstehende Haare und absichtliche Laufmaschen hatte? Die sollten sie kennen lernen, alle miteinander. Die ganze Bande. Alle miteinander. Alle, die nie zugehört hatten, die nie gemerkt hatten, was für ein Stress das für sie war, alles, immer, das ganze Leben, immer nur Stress. Jetzt würden sie's mal langsam merken. Geil.

Und keiner würde ihr den zitronenfaltergelben Minirock mit den blauen Karos ins Grab legen. Aber das müsste dann auch noch egal sein. Im Grab zittert der Zitronenfalter noch ein bisschen freiheitslustig herum und geht dann auch ein.

Und am Tag ihrer Beerdigung würde wahrscheinlich ein neues Album von Christina Aguilera erscheinen, mit noch

mehr pseudo-frechen Hits drauf. Wenigstens das würde
Sonja erspart bleiben.

Ich habe gar nichts mehr übrig für mich und mein Leben.
Was sind das für Tage, diese trostlos dahingelebten? Ich
bin in Action, oder ich bin müde. Wenn ich in Schlaf ab-
gleite und das Herz stolpert, fließt ein Schock durch mich
durch wie drei Liter Mineralwasser auf einmal. Und gestern, als ich schon lange im Traum war, hat mich Johnny
geküsst.
»Du bist mein Mädchen« gemurmelt, immer wieder, »du
bist doch mein Mädchen«, und mich ganz hypnotisiert
mit seinen Küssen.
Bald bin ich schlank, bald bin ich dünner-als-dünn, dann
kommt er zurück.
Das ist mir so eingefallen, heute morgen, peng. Wie eine
schwierige Formel in Mathematik oder Buchführung.
Man hat die Formel monatelang nicht mehr benutzt, sie
vielleicht sogar vergessen. Aber dann braucht man sie
wieder – und schwups, schon ist sie wieder da.
Die Büroarbeit fällt mir heute so leicht. Ich bin schon bei
Bild elf. Ich radiere die japanischen Hieroglyphen weg wie
nichts. Und immer nur: Johnny, Johnny, Johnny.
Er wird mich sehen, brandneu, schon von weitem, in den
Frottee-Hotpants, die ich gestern bei Pimkies bewundert
habe. Sehen aus wie im Video von Jennifer Lopez feat.
Ja Rule: »I'm real.« Farbe: Baby, Größe 32.
Zierlich die Hüften kreisen lassen, offen ihm die Augen
anlächeln: »*I'm real!*«
Und wir küssen uns, und es ist wie Milch mit Honig trin-
ken, wenn man lange Zeit nur Mineralwasser getrunken
hat. Honig und Milch ist aber auch eine besonders …

Ich schrecke hoch. Die vorlaute Praktikantin schon wieder. Sie soll mich bloß in Ruhe lassen. Vorhin wollte sie allen Ernstes wissen, ob es schlimm ist, wenn man die Rasterpunkte verschiebt. Die hat Nerven. Das ist ja genau die Schwierigkeit, sonst könnte Bildbearbeitung ja jeder Depp machen.

Ich habe einfach gar nichts gesagt. Die liebe, alte Sonja, immer gut für einen Lacher oder eine Idee, gibt es nicht mehr. Bevor ich anderen helfe, helfe ich mir selbst. Es ist auch ökonomischer, im Selbstgespräch zu bleiben. Wenn man zu viel labert, dauert alles drei Stunden länger. Dann muss man mit den Kollegen einen trinken gehen, und bis man ins Schwimmbad kommt, ist Schwangerschaftsgymnastik und sie schicken einen wieder fort.

Nein, nein, nein. Ich bin das Mädchen, das nie was sagt. Für die Kollegen muss ich ein ganz neuer Typ geworden sein. Noch nicht mal: »Bist schmal geworden«, wie am Anfang. Sie haben sich sehr an meinen neuen Anblick gewöhnt. Hey, Leute, wenn ihr wüsstet!

Ich bin gar nicht mehr da. Nur meine sterbliche Hülle sitzt noch hier, am selben Photoshop-Programm wie ihr, und zeichnet dieselben Bilder nach und hat sich, im Gegensatz zu euch, mal wieder die Haare nicht gewaschen.

Shampoo werde ich erst wieder benutzen, wenn ich auf einer Bühne stehe. In meinen Pimkie-Hotpants lasse ich die Hüften kreisen und die Markthalle applaudiert. Johnny hat Tränen in den Augen. Ob ich ihm den Song widmen soll?

Ohne nachzudenken, sage ich: »Das war natürlich für einen ganz besonderen Zuschauer. Er weiß schon, wer gemeint ist. Im Frühjahr kommt ›Träum den übernächsten Traum‹ übrigens als Single raus.«

Dreizehn Uhr dreizehn, sagt die Uhr. Einer Unglückszahl muss man folgen. Dreizehn Uhr dreizehn und dreizehn Bilder noch dazu. Rekord. Wenn ich jetzt gehe, kann ich nach dem Schwimmbad noch zu Pimkies. Statt auf die Waage, gehe ich dann jeden Tag in die Hose. Wenn sie anfängt zu schlabbern, esse ich wieder normal. Und ich werde Johnny über den Weg laufen und ihn verrückt machen.

Cause I'm real!

In Cola light ist manchmal ein Geschmack wie nach Schimmel. Wenn man die Dose aufreißt, die ersten paar Schlucke, brrr. Ich habe eine Idee: Morgen kaufe ich zur Abwechslung mal eine Flasche. Aber dann wiederum: Mit einer Flasche in der Hand Fahrrad fahren? Hilfe. Das Leben ist so kompliziert geworden, immer muss man so viel umdisponieren und planen.

Wie war das eigentlich vorher? Vorher war es, glaube ich, nicht so schlimm. Aber vorher hatte man auch andere Prioritäten. Das ist mir klar, dass man faul auf seinem Arsch sitzen und Comics malen kann, wenn man nach dem Aufstehen nur mal kurz in einer Bäckerei vorbeischauen und sich ein Frühstück zusammenkaufen muss. Ist nur unheimlich, wenn Leute mit einem reden und glauben, sie hätten die erwachsene Sonja vor sich.

Was hätte ich Allita und Kicky denn sagen sollen? Hey, ich bin fünf Jahre alt und gehe jetzt schwimmen und dann Fahrrad fahren ... beim Fahrradfahren denke ich mir Lieder aus, das habe ich schon als Kind so gemacht. *Get ur Freak on!* Habe ich nur zwischendurch vergessen, als ich ein Erwachsener sein und auf die strengen Regeln achten musste.

Und über euch lache ich mich sowieso kaputt. Über euer abwechslungsreiches, ausweglosses Erwachsenendasein. Seid ihr noch nie auf Abwege gekommen? Habt ihr denn noch nicht versucht, fundamental euer Leben zu ändern? Wollt ihr euch gar nicht einfach mal verwandeln?

Nanu, was ist das denn? Im Hausflur hängt ein riesiges Herz aus Pappe.

»Liebe Sonja, ich habe schon fünfhundertmal versucht, dich zu erreichen … vergeblich. Du machst die Tür nicht auf und gehst nicht ans Telefon. Das ist nicht fair und macht einen wütend. Also bitte, wenn ich heute Abend, sagen wir gegen sieben, bei dir vorbeikomme: Sei zu Hause. Ich habe auch eine Überraschung für dich, eine ganz tolle Nachricht. Bis gleich, deine Kicky.«

Sieben ist in anderthalb Stunden! Bis dahin müssen noch ein Spinat gegessen und 500 Kniebeugen gemacht sein.

Oben an der Tür schon wieder ein Pappherz, ein etwas kleineres diesmal. Ha – wie im Roger-Sanchez-Video zu »Another Chance«.

»Nicht vergessen – sieben Uhr.«

Das ist einfach nicht fair. Ich habe keine Ahnung, wann ich die fünfzig Liegestützen machen soll, die noch von gestern übrig sind.

»So, meine Liebe, und jetzt erzählst du mir etwas über deinen Stress. Liegt es vielleicht an der Ordnung hier? Räumst du neuerdings Tag und Nacht dein Zimmer auf?«

Kicky sitzt auf einem Berg voll ausgemusterter Kleider und findet das Zimmer ordentlich. Aber die Idee ist nicht schlecht, die Richtung gefällt mir. Könnte man was draus machen.

»Stimmt, mit der Ordnung hat es auch zu tun«, sage ich lahm.

»Willst du mich verarschen – kein Mensch räumt Tag und Nacht sein Zimmer auf.«

»Wie bitte?«

»Ich will wissen, was los ist!«

Noch vor ein paar Monaten hätte ich alles darum gegeben, dass diese Szenegöttin mitten in meinem Zimmer auf den T-Shirt-Leichen der Größen 36 bis 42 thront und mich sorgenvoll anfleht. Aber heute habe ich für alles eine Erklärung.

»Weißt du, Kicky, mein Leben hat jetzt eine neue Ordnung. Ich stehe morgens auf, sehr früh, und gehe arbeiten …« Ich erzähle von Schulden und wie sehr ich das Geld brauche, von neuen Freunden, ganz andere Kreise.

»Das ist also deine Auffassung von Freundschaft – andere Kreise.«

Kein Wort, sie sagt, sie glaubt mir kein Wort, und die einzigen Kreise, in denen ich mich bewegte, seien meine eigenen, kleinen, beschissenen Kreisläufe von Hungern, Sport machen, sich isolieren. Und das seien alles Anzeichen einer echten, schweren Magersucht.

»Ist jetzt schon jeder, der Sport macht und auf seine Ernährung achtet, magersüchtig?«

Die Antwort interessiert mich wirklich.

Aber Kicky redet nur komisch zusammenhangslos weiter. Als wüsste sie gar nicht, was sie da eigentlich sagt. Als ob sie einen höheren Auftrag ausführen würde. Da kommt es auch schon: Allita. Sie macht sich Sorgen, dass ich in eine Magersucht abgerutscht sei.

»Dann wäre ich ja wohl dünner als dünn.«

»Du bist sogar noch dünner als dünner als dünn.«

»Das wäre schön«, entfährt es mir, wie ein Furz, der mal raus muss.

»Aber so ist es. Und noch etwas: Wenn du auf folgenden Plan eingehst, sehen wir davon ab, dich einliefern und zwangsernähren zu lassen …«

»Ihr wollt mich – was …?«

Der Schreibtischstuhl rollt automatisch ein paar Meter von Kicky weg. »Ihr seid nicht meine Mutter, ihr könnt mir gar nichts.«

»Wir können alles«, sagt Kicky und baut sich, entgegen ihrer üblichen Hektik, einen Joint, »wir können deine Mutter auch anrufen: ›Wissen sie eigentlich, was ihre Tochter so treibt? Sechshundert Kilometer entfernt im schicken Hamburg? Sie hungert sich die Seele aus dem Leib.‹«

»Also, wenn ihr das macht …« Wie ich sie kenne, würde Mama auch eine radikale Lösung bevorzugen.

»Schon gut, schon gut. Wir sind ganz zahm, wir sind ganz lieb, wir haben nur eine Bitte. Eine klitzekleine Bitte: Du darfst sogar etwas tun, etwas Schönes.«

Kicky macht eine vielversprechende Atempause und licht-orgelt ihre Euphorie aus grünen Katzenaugen rüber, als würde mich ihr »Schönes« interessieren: »Du darfst mit uns auf Tour fahren! Du hilfst uns beim Rumschleppen der Amps, machst das Merch und holst dir ein paar Ideen für das Cover. Du bist nun mal unsere Designerin. Keine Widerrede. Und zusätzlich, zu diesem Super-Spaß, darfst du mit auf die Bühne und ein Lied singen – das willst du doch, oder?«

»Ja.«

»Du willst doch Sängerin werden – dann tu etwas dafür. Oder glaubst du, der Ruhm fließt dir in den Mund wie

Sekt und Trauben, nur weil du schlank bist? Davon abgesehen gibt es doch mittlerweile wieder Sängerinnen, an
denen was dran ist. An denen orientier' ich mich zum Beispiel.«

Aha, ich begreife. Ich bin gar nicht dünner-als-dünn, sondern nur schlank. Und wenn ich nicht mitfahre, bin ich so
gut wie fett. Die lassen mir gar keine Wahl. Sie wollen
mich aufpumpen, damit ich so aussehe wie sie. Denen hau
ich aber meine Version von »You gotta be« um die Ohren.

»Einverstanden, aber nur unter einer Bedingung: Ich darf
auf Tour ins Schwimmbad gehen, ich brauche das, als
Ausgleich.«

»Na klar, als Ausgleich für dein stressiges Leben«, sie
kichert, »mach dir keine Sorgen. Wir werden ein paar
schöne Schwimmbäder für dich finden.«

Kicky schaut sich suchend im Zimmer um: »Komm, wir
schauen gleich mal in den Gelben Seiten nach Bädern in
Berlin, Essen, Stuttgart, Frankfurt, Köln, Dortmund und
Hamburg.«

Mir wird schlecht: »Berlin, Essen, Stuttgart, Frankfurt.«

»… Köln, Dortmund und Hamburg.« Kicky lacht: »Das
wird super!«

Wie soll ich auf Tour gehen – wie? Die Beine führen mich
durch Einkaufsstraßen und ich laufe einfach mit. Ich bin
eine alte Frau, die von einem Hund an der Leine gezogen
wird, oder ich schwebe zum Himmel, und mein Regenschirm weist mir den Weg in Richtung Herrgott. Den
werde ich schön beschimpfen, wenn ich erst mal oben bin.

»Lieber Gott – wie konntest du mir das antun? Mich einfach fortzuschicken – weg von meinem Schwimmbad,

von meiner Gymnastik, von meinem Spinat, weg von meiner Herdplatte, weg von meinem Leben!«

Mit fremden Menschen in einem Tourbus sitzen. Sie steigen an verlockenden Raststätten aus und verteilen meterweise Schokolade im Auto. In der Luft dann die Wintergrippen.

Ich habe eine feste Ahnung: Ab morgen heißt mein Leben stillstehen, stillsitzen. Oder ich hänge an Schläuchen im Krankenhaus, und Kilo-Kalorien schäumen mir den Magen auf. Allita und Kicky traue ich den kleinen Lockanruf bei Mama durchaus zu.

Am Marktstand ein Apfel, rotwangig, schwups. Schon ist er in meiner Tasche. Und wenn's einer gesehen hätte, er würde garantiert nichts sagen. In Hamburg wird man nie blöd angemacht von Fremden. Ich will ins »Modemärchen«, ich brauche etwas Neues zum Anziehen. Ich will sie schocken, die Kurven-Kicky, mit meiner neuen Wespentaille. Ich habe Lust, meinen Kopf gegen die Wand zu schlagen, weil er so schwer ist.

Was ist das denn? Im Schaufenster ein richtig gutes Skateboard. Als hätte es nur auf seinen besonderen Einsatz gewartet. Oh, wunderschönes Pony – du bist mein!

»Was die Dinger kosten?« Melissa schaut mich seltsam interessiert an.

»Ja, ich würde gerne wissen, wie viel das Skateboard kostet.« Muss ich alles zweimal sagen?

»Zweihundert Euro.«

Ich führe Verhandlungen über Anschreibenlassen.

»Normalerweise nicht«, sie hat eine ganz liebe Stimme, »aber für dich gerne.« Der Chef drei Wochen weg und Johnny gekündigt – oha! –, da könne sie schon mal eine Ausnahme machen.

Sie macht den Mund auf und wieder zu, als ob sie noch mehr Nettes sagen wollte. Dann läuft sie als hochgewachsene Tanne nach hinten ins Lager. Schnell. Ich schnappe mir die bildschöne Kurt-Cobain-Kerze – die, wo er sich den Gewehrlauf in den Mund hält, wollte ich schon immer haben – und packe sie unter die Jacke. Melissa kommt zurück und händigt mir mein prächtiges, kleines Pferdchen aus.

So eine zarte Freundin müsste man haben. Wir lächeln uns an. Die würde einem nicht mit Zwangsernährung drohen.

Herrlich. Allita schlürft den Schaum vom Milchkaffee und wendet sich wieder den aktuellen Problemen zu. Äußerst diplomatisch das Gegenteil von dem schreiben, was man wirklich denkt. Sie liest den letzten Satz noch mal: »Die Musik dieser betrunkenen Barbies ist eine gekonnte Melange aus gut und böse.« Bullshit. Sofort wieder löschen. Das muss alles … viel durchgeknallter kommen. Als wären die Bourbon Barbies so in etwa die Verwegensten überhaupt, dabei sind sie doch nur der Eierlikör unter den Bands.

Allita hat eine Idee: »Die Musik dieser betrunkenen Barbies ist jenseits von gut und böse.«

Sie muss lachen. »Jenseits von gut und böse« ist er auf jeden Fall, dieser hochgezüchtete Industrie-Schrott. Und Allita verwünscht zum hundertsten Mal, dass die Plattenfirma ihr, ausgerechnet ihr den Auftrag für das neue Bourbon-Barbies-Info gegeben hat.

Bei der Vorgeschichte: »Sie haben den gesamten Image- und Promotion-Plan der Band durcheinander gebracht mit ihren überkritischen Interview-Fragen.«

Das Telefon klingt.
»Hallo, ja, ja, so gut wie fertig. Ja, hat Spaß gemacht, vielen Dank.«

Sie steht auf, geht in ihr großes, aufgeräumtes Schlafzimmer, setzt sich in einen Sessel am Fenster. Sie muss mal nachdenken. Auf der Fensterbank liegt noch das Buch von Greil Marcus, das sie gestern Nacht durchgeblättert hat.
Draußen ragen die Baukräne vom Hafen in einen wolkenlosen Himmel. Und Greil Marcus schreibt, dass es einen bestimmten Typus Musiker gibt, der in einem gespenstischen Moment das Unmögliche macht und seine Ecke verlässt – als erwarte er, dass jemand seine Gegenwart erträgt, obgleich er selbst die Gegenwart nicht erträgt.
Das klingt interessant, *die Gegenwart nicht ertragen.*
Ich glaube, ich ertrage die Gegenwart auch nicht, denkt Allita. Jedenfalls im Moment, im Moment ist die Gegenwart ziemlich schwer zu ertragen. Was muss ich mich auch zur Miethure für die Plattenfirma machen? Aber vielleicht … schon kommt Allita ins Grübeln … vielleicht ist die Gegenwart ja gar nicht anwesend, wenn man sie nicht erträgt. Die Bourbon Barbies sind ja bestimmt nicht die Gegenwart. Vielleicht wäre die absolute Anwesenheit der Gegenwart ein schöner Zustand! Vielleicht wäre man dann, ganz und gar nah, an etwas Neuem dran!
Allita blättert weiter.
Immer schreibt der amerikanische Rockschriftsteller über den *Mann im Zimmer.*
Der Mann im Zimmer rebelliert gegen die Isolation im Zimmer, gegen die unerträgliche Einsamkeit. Vielleicht bin ich auch schon auf verlorenem Posten, denkt Allita, vielleicht werde ich auch mal irgendwann verrückt. Viel-

leicht habe ich *zu* viel Halt, die Wände sind *zu* gut abgedichtet in meiner Altbauwohnung.

Für gewöhnliche Verrückte interessiert sich Greil Marcus aber ohnehin nicht – nicht mal für gewöhnliche Männer. Wahrscheinlich liegt eine Verwechslung vor, und der Autor hält die verrückten Männer für normal und umgekehrt. Und diese Verrückten sind also tatsächlich umgekehrt – und auf die Normalität zugewandert in ihrer Musik.

Der Mann im Zimmer – Johnny Rotten, Michael Jackson, Elton John, Jimi Hendrix – stampft auf und schreit zugleich: zuerst gedämpft die Wände seines Zimmers an, dann die Leute, die er sich draußen mit ansehen muss. Hasst sie und hasst sich selbst. Wünscht sich, dass die Masse eine liebevolle Gemeinschaft wäre und er sich ihr anschließen könnte. Und der Zuhörer schämt sich beinahe dafür, wie der Mann sich mit jeder Silbe seines abgehackten Singsangs aus jeglicher phantasierten Gemeinschaft vertreibt. Bis ihm allmählich klar wird, dass dieses gleichzeitige Schreien und Aufstampfen, zumindest für den Mann im Zimmer, so etwas wie Musik ist.

Hm. Wird der verrückte Musiker demnach erst durch die Musik so etwas wie normal?, überlegt Allita.

Stimmt, ja, beim Zuhören schämt man sich, aber nur fast – vielleicht ist das der Zaubertrick –, dass man sich immer nur beinahe schämt beim Belauschen von so krasser Exzentrik. Was nicht alles vorfallen muss in einem Menschen, der, völlig von sich selbst überzeugt, etwas produziert, das alle erst mal für verrückt halten. Das Schräge, denkt Allita, wäre demnach genauso schwer herzustellen wie das Schöne.

Und ein paar Seiten weiter heißt es, dass es genau dieser

Mann, dieser Typus Musiker ist, der Songs darüber schreibt, dass es außer Wahnsinn und Selbstmord keinen Weg gibt, der den Menschen aus seiner Zeit entlässt.

Hm. Allita ist sich da nicht so sicher.

Die sich anhören wie ehemalige Insassen von Nervenheilanstalten und in einem gespenstischen Moment sozialer Klarheit die Wahrheit sagen.

Wessen Wahrheit, überlegt Allita, und worüber eigentlich? Darüber, dass ihr eigenes Leben beschissen ist, weil das Leben aller beschissen ist?

Beschissenes Leben, denkt Allita. *Bis das Programm, das sie auf Bühnen aufführen, selber Programm, Radioprogramm wird.*

Kann man sich gar nicht vorstellen, dass so endetablierte Typen wie Jimi Hendrix, Johnny Rotten und Elton John mal angefangen haben wie Kicky oder auch Johnny.

Allita schlägt das Buch zu.

In einem gespenstischen Moment sozialer Klarheit die Wahrheit sagen?

Sie seufzt. Das Radioprogramm war auch schon mal besser, sogar die Playlist des Top-40-Senders, für den sie manchmal arbeitet. Alle so besessen davon, eine Stimme zu haben, dass sie vor lauter Format ganz vergessen, dass die Stimme ja aus dem Bauch kommt. Würden sich lieber die Zunge abbeißen, als zu glauben, man könnte mit abgehacktem Singsang die Gemeinschaft vorantreiben.

Allita geht wieder rüber ins Arbeitszimmer und schreibt das beschissene Info zu Ende, pfeift eine Melodie, bevor sie noch Magenschmerzen kriegt:

If you believed they put a man on the moon, man on the moon.

»*Seid gegrüßt, junge Frauen von heute, ich hoffe, irgendwann bereut ihr's, wenn alles, was ihr seht, nur noch aus Klischees besteht.*«

Jetzt singen die drei schon wieder die Bandhymne. Kicky
und Micky, von ihrer mittleren Sitzwarte aus, und Ricky,
ganz besonders laut, am Lenkrad. Hält unseren VW in
ihren Händen und singt die ganze Autobahn aus sich heraus.

Ich schaue aus meinem Fenster und bin etwas glücklich.
Die Landschaften sind so weit draußen und führen in na-
menlose Ortschaften. Ein endloser Videoclip Natur, ohne
Sinn und Einzelheiten, und ich weiß nicht: Ist es heute,
morgen oder gestern? Gerade hat das Raststättenschild
behauptet, dass wir erst seit 78 Kilometern auf der Autobahn sind.

Aber es ging los – am frühen Morgen schon – mit Equip-
ment-Verladen. Man stand auf einem Parkplatz vor
dem Proberaum-Bunker, seitlich huschten Sonnenflecken
über gestresste Make-up-Gesichter, und immer neue
Geräte fanden einen Platz im Rücken des geduldigen
Mietwagens. Ich hatte gar keine Ruhe für die Instrumente
und bin einfach mit dem Skateboard den Berg hinunter-
gefahren.

Es war guter Wind und etwas Freude, wie in der Kindheit.
Bis alle im Auto saßen, hatte ich die 89 Spinat-Kalorien
vielleicht schon abtrainiert. Ich habe die ganze hintere
Sitzbank für mich allein, und wenn das Skateboard unter
meinen Füßen wegrutscht, bin ich jederzeit wieder bei
ihm, und das verbraucht eine Kraft, die mich schlank
macht. Ich wusste gar nicht, wie schön es ist, unter Menschen schlank zu sein. Micky hat gepfiffen, als sie mich
sah. Sie fand, ich hätte mindestens zehn Kilo abgenom-

men – oder fünfzehn! Micky trägt heute ein ganz schönes Kleid, mit grünen Punkten und durchsichtig, und wenn wir von der Tour zurück sind, hole ich mir auch so eins. Es ist gar nicht so schwer zu leben. Ich will nicht mehr die vielen Beschwerden denken. Mir ist so dösig, mein Körper ist schon abgerutscht, die Augen schlafen auch gleich ein – ich sehe im Traum schon Toastbrote mit Lachs. Kicky hat eine Kassette eingeschmissen, sie reden über Gitarrenläufe.

Nimmt das nie ein Ende? Kicky und Micky ordern eine neue Runde. Sie sitzen auf tuntigen Barhockern und trinken und tuscheln und lachen und lassen sich bewundern. Das Konzert ist vor hundert Stunden zu Ende gegangen. Aber statt dass die Leute gehen, kommen immer neue. Sie schubsen mich mit fülligen Körpern und hauen mir ihre Ellbogen ins Kreuz. Gleich falle ich von meinem engen Gerüst am Tresen und breche mir alle Knochen.
»Ist das noch derselbe Tag?«
»Nein«, lacht Kicky, »es ist schon der Neue.«
»Wie viel Uhr?«
»Keine Ahnung.«
Schon feuert sie wieder den langhaarigen Wikinger an, der vor ihr steht. Er soll ihr das Soundproblem noch genauer erklären. Sie hat sich auf der Bühne selbst nicht gehört, und die Monitorboxen von den anderen waren auch viel zu leise. Monitorboxen. Sound. Die anderen. Ich habe verstanden: Es geht immer nur um die anderen. Am liebsten würde ich mich auf den Fußboden werfen und schlafen, gerne auch in einer Bierlache.
Aber ich bin so wach, da kommt kein Schlaf mehr nach.

Einen Sinn für Romantik habe ich auch keinen mehr. Weiß gar nicht, was die anderen so zu tuscheln haben. Als wollten sie gleich Häuser bauen oder MTV-Berühmtheiten werden. Ich frage den Wikinger nach einer Zigarette. Statt einer Antwort hängt er seine Nase noch tiefer in Kickys Dekolletee. Sie tun alle so wichtig. Ich will nicht wichtig sein.

Ich will gehen und bleiben und leben und sterben und alles zugleich, und mich streift etwas Sehnsucht nach Sekt und Liebe. Und dann springe ich auf die Tanzfläche und tanze mit den Lichtstreifen auf dem Boden, und immer weiter, und schon ist es Morgen, und draußen ein Himmel, so verschwommen und tiefblau wie mit Wasserfarben angemalt.

Und wir sitzen im Auto und es regnet und ich gehe nie mehr nach Hause oder sonst wohin.

So schlaflos, und noch ohne ein Wort an diesem elenden Winternachmittag. Dabei sind wir gleich in Essen.

»Vergesst nicht, mich beim Hallenbad, äh, abzugeben.«

»Was ist mit dir?«

Kicky hat den Arm um mich gelegt, wie eine Krankenschwester, die Puls messen will.

»Müde.«

Es folgt eine Diskussion, ich sei zu fertig, um schwimmen zu gehen.

»Nein«, sage ich, »nein.«

Das helle Winterlicht reißt mir die Augen auf und zu, wie bei einer kaputten Porzellanpuppe.

»Du hast auch noch nichts gegessen.«

»Das stimmt nicht – ich habe mir sogar etwas gekocht.«

»Etwas ge-kocht?«

»Ja«, sage ich trotzig.

»Das geht doch gar nicht – wie will die denn mitten auf Tour etwas kochen?«

Micky redet schon wieder in der dritten Person von mir – als sei ich längst über den Jordan.

Ich erkläre Kicky, dass ich meine Herdplatten dabeihabe. Die lacht wie eine dieser saftigen Schauspielerinnen, die an jedem Finger einen Diamanten und eine Affäre haben: »Deine Magersucht hat Format, Baby.«

»Ich bin nicht magersüchtig« – Vorwürfe sind ein wirksames Mittel gegen Müdigkeit – »achte neuerdings mehr auf meine Ernährung. Auf Tour, dachte ich, gibt's nur Fast Food, und da kam ich auf die Idee …«

»Stimmt«, sagt Kicky, »das Catering war nicht so toll.«

»Dann hätte sie uns ja etwas mitkochen können«, ruft Micky, »ich habe diese schmierigen Käse-Sandwiches auch kaum runtergekriegt.«

»Lass Sonja ruhig etwas alleine machen. Sie gehört ja nicht zur Band. Da kann sie sich doch mal was Gutes kochen. Was gab es denn?«, will Ricky wissen.

»Spinat mit, äh, Tortellini.«

»Das finde ich auch lecker«, sagt Ricky nett.

Micky ist schon beim nächsten Punkt auf ihrer persönlichen Beschwerdeliste angelangt: »Nächstes Mal will ich auch ein Einzelzimmer, du schnarchst nämlich, Ricky.«

»Wenn du meinst.«

Dann steigt Kicky auf den Beifahrersitz und sie diskutieren per Stadtplan den schnellsten Weg zum Live-Club, und an einem tristen Bahnhofsgebäude, das tatsächlich Hauptbahnhof heißt, sage ich so beiläufig wie möglich: »Ich muss hier raus, da ist ein Schwimmbad in der Nähe.«

Und Kicky wirkt ganz verstört, weil ich doch heute zum ersten Mal auf die Bühne und bei »Seid gegrüßt« mitsingen darf. Ich soll bloß rechtzeitig zum Konzert wieder da sein.

Dann trotte ich eine Bahnhofsstraße entlang, kopflos wie halbierter Stangenspargel, den man aus dem Glas gelassen hat, und kaufe mir eine Packung Walkman-Batterien. Schade, dass es noch keine Batterien für Menschen gibt. Man würde sie einfach in den Rücken setzen – und schon hätte man wieder die Kraft, vom Dreimeterbrett zu springen.

Das Skateboard holpert los. Es ist gut, wenigstens einen kleinen Boden unter den Füßen zu haben.

»Jetzt ganz stillhalten.«

Während sie Wimpern tuscht, hat Micky eine erstaunlich ruhige Hand.

»So müsste es halten.«

Kicky wagt einen Blick in den Garderobenspiegel. »Schon okay. Und wenn es verläuft, ist auch nicht schlimm. Dann sehe ich halt aus wie Marilyn Manson.«

Sie lachen.

Der Lidstrich sitzt. Die Lieder sitzen. Die Gästeliste ist abgecheckt. Das Dekolleté lässt keine Wünsche offen. Ha – dafür lebt man!

Kicky schnappt sich die Handtasche und läuft quer über die Bühne zur Theke. Dort steht eine liebe Flasche Sekt bereit.

»Oh – Champagner«, Micky hat das Etikett sofort richtiger gedeutet, »den trinken wir aber gleich. Den heben wir uns nicht für nachher auf.«

Ricky mischt sich ein: »Ich weiß nicht. Champagner nach dem Konzert ist auch schön.«

»Girls – keine Streitereien, bitte«, Kicky klatscht in die Hände: »Nach dem Konzert kriegen wir bestimmt noch eine zweite Flasche. Und jetzt los!«

»Meinst Du?« Micky köpft die Flasche zwischen ihren Schenkeln. »Wenn das so ist, dann lass uns gleich noch zwei, drei Flaschen dazu ordern.«

»Bitte, Micky, wir wollen doch die Freundlichkeit der Leute hier nicht so auf die Probe stellen.«

Ricky ist mit Kicky einer Meinung: »Außerdem schmeckt Sekt genauso lecker.«

»Prost. Auf dich!«

»Auf dich, Micky.«

»Auf dich, Kicky.«

»Auf uns.«

»Aber ich verstehe nicht, was dagegen spricht, eine zweite Flasche Champagner zu bestellen. Wir sind schließlich der Hauptact. Außerdem kommt gleich mein E-Mail-Freund. Stellt euch vor, wie der auf mich abfährt, wenn ich ihm zur Begrüßung erst mal einen Champagner reiche.«

»Schluss jetzt.« Kicky könnte schon wieder durchdrehen. Wann kapierte Micky endlich, dass es um etwas Höheres ging als um ein Glas Champagner mehr oder weniger: »Wir dürfen es uns nicht mit dem Veranstalter verscherzen. Das ist ein wichtiger Club, wir müssen hier noch öfters spielen. Ich habe sowieso Angst, dass der Mischer meinen Gesang nachher wieder so leise dreht wie beim Soundcheck.«

Ricky schiebt ihr Glas gelangweilt zu Micky rüber: »Du kannst es haben, ich gehe mir ein Bier aus der Garderobe holen.«

Micky langt zu. »Danke! Und später will ich mehr!«

Schon wieder eine Stunde vorbei. Am Beckenrand muss kurz gestoppt werden. Die Uhr sieht aus wie die Uhren früher in der Schulaula. Neben mir dicke Bäuche und Gummi-Badekappen wie fette Ringe um Konservendosen. Auch die Alten erhalten sich beim Schwimmen ihre Haltbarkeit. War das Wasser vorhin noch kalt – ausholen und weitermachen –, so ist jetzt mein Körper kalt. Ich glaube, er ist ganz kalt. Keine schönen Erinnerungen mehr. Ich drehe mich auf den Rücken, das ist eine Erleichterung. Kurz wird man mitgetrieben, wie in einer gigantischen Bergabströmung. Dann muss man wieder mit den Beinen paddeln. Oben an der Decke sind rotblaue Kreise und Vierecke. Alles ist schön hergerichtet für die Schwimmenden. Augen schließen, nur die Schwimmbadbeschallung noch.

This is just a single song that I made for you on my own …

Wenn ich heute Abend auf einer Bühne stehe, will ich richtig dünn sein. Ich will an keinen Rand mehr schwimmen, sondern immer weiter. Und ich bleibe auf dem Rücken, und eine Stunde später schwimme ich immer noch Rücken. Ich muss weg gewesen sein. Was ist mit dem Bauch? Ich muss noch etwas Bauchschwimmen. Sonst setzt er noch Fett an vom vielen Nur-so-dagelegen-und-an-die-Decke-gestarrt-Haben. Vielleicht könnte ich schon in eine Armee eintreten, sportlich, wie ich mittlerweile bin. Siebzig Kilogramm schwere Rucksäcke schleppen, einen Tag damit durch die Wüste laufen. Man kann es überstehen. Was uns nicht umbringt, das macht uns stark. So eine Last für die Gesundheit wird es schon nicht sein. Vielleicht will mein Kopf zerspringen? Vielleicht kann ich nicht mehr. Ich kann nicht mehr. Ich muss ganz schnell – ans Ufer schwimmen, festhalten, hochziehen, da liege ich. Hilfe. Ich bin tot.

Die Beine zittern noch, aber die Haare sind schon trocken
Ich sehe schon fast wieder aus wie Alicia Silverstone in
»Clueless.«

In Essen sind die Haartrockner schneller als in Hamburg,
und der schmatzende Getränkeautomat hat mir von sich
aus einen Kamillentee spendiert. Das ist das pure Glück,
weil ich doch mein Geld im Bus vergessen habe. Jemand
hat einen Euro im Automaten vergessen – man hat an
mich gedacht! Ein Zeichen. Die Hände kleben um den
Pappbecher und ich atme die Dämpfe der Kamille ein.
Wie's mein Hausarzt empfohlen hat, im Falle einer Atem-
wegserkrankung. Schon die Dämpfe verschaffen Linde-
rung … nur blöd, dass ich in dem Zustand noch zum
Live-Club zurückskateboarden muss. Alicia Silverstone
würde sich ein Taxi nehmen. Aber ich bin sowieso zu spät
für das Lied.

»Kicky«, rufe ich kurz vor dem Applaus, »hallo Kicky!«
Sie wankt wie ein betrunkenes Engelchen zum Bühnen-
rand, starrt mich an wie einen Geist und winkt mich
hoch. Was? Jetzt schon?
Auf eine Bühne steigen ist schwerer als in ein kaltes
Schwimmbecken. Allein, dass man nicht nach unten, sondern nach oben muss.
Mein Hintern in der Jeans – jetzt sehen ihn alle. Hätte ich
doch nur etwas Aufregenderes angezogen. Wo gibt es
denn so etwas – eine Sängerin mit verwaschener Jeans
und grünem T-Shirt? Am Ende sehe ich noch so langwei-
lig aus wie Dido bei der Echo-Verleihung. Aber man will
ja nicht unbedingt zugeben, wie wichtig einem so
Äußerlichkeiten sind. Das Mikro glänzt großporig wie
fette Gesichtshaut.

Es geht schon los, den Einsatz habe ich verpasst. Kicky ist mir immer einen Satz voraus, ich halte besser mal meinen Mund.

»Den Refrain singst du alleine«, zischt sie während der Bridge. Da kommt er auch schon:

Seid gegrüßt, junge Frauen von heute, ich hoffe, irgendwann bereut ihr's, wenn alles, was ihr seht, nur noch aus Klischees besteht.

Klingt, als säße ich schon in der Gruft. Meine Stimme ist eine leise Abfolge dunkler Misstöne. Wenn das die Echo-Verleihung ist, dann bin ich Alanis Morissette während des Stromausfalls. Und der Teufel schüttelt meine Glieder und bugsiert mich noch dreimal hintereinander durch den Refrain. So viel Exzess wird prompt belohnt. Den zappelnden Rest ihres Songs darf ich dabeibleiben:

Ich stehe auf der Straße und weiß nicht mehr, wohin.

Wahrhaftig: Die Leute klatschen, alles umarmt mich. Ich stolpere von der Bühne.

Ich will nicht sterben.

»Wo sind meine Ohrringe? Ich suche meine Ohrringe.«
»Hey, die Baumzapfen in meinem Weihnachtskalender sehen aus wie echte Schwänze.«
»Schokolade oder Bild?«
»Schokolade.«
»Na, dann: Guten Appetit.«
»Ich bin so zerschlagen, ich brauche auf der Stelle einen Kaffee.«
»Jetzt sagt doch mal, mein E-Mail-Freund war süß, oder?«
»Wofür brauchst du eigentlich noch deinen Weihnachts-kalender?«

Meine Beine sind so schwer, als hingen Hanteln dran, und auf dem Kissen sind schon Speichelspuren, so unbeweglich und fest klebt mein Kopf darauf. Vielleicht, wenn ich ganz langsam … mich mit den Armen aufstütze und nach oben ziehe. Fragt sich nur, wie, wenn der Rücken ein Luftballon ist, aus dem die Luft draußen ist.

»Hey, das gibt's nicht, die liegt immer noch im Bett. Huhu, Sonja, aufstehen!«

»In einer Stunde ist Abfahrt. Wir brauchen mindestens sechs Stunden bis nach Stuttgart.«

»Ich find's nicht okay, dass Sonja nie beim Tragen der Verstärker hilft. Wofür haben wir sie eigentlich mitgenommen?«

»Nun steh schon auf, Sonja – oder hat dich dein Part als Gastsängerin so erschöpft?«

»Mensch Sonja, so schlimm war's nicht.«

Und sie reden auf mich ein – wie auf einen ganz normalen Menschen, einen bösen noch dazu. Ich bin wohl gar nichts Besonderes in ihren Augen. Erst mal die Bettdecke wegstrampeln, die kochende. So viel Kraft muss sein. Mensch, hell hier. Jetzt auf die rechte Seite drehen.

»Igitt, Sonja, du siehst ja schrecklich aus!« Ganz entschlossen blühendes Leben, steht Micky vor mir, als müsste sie gleich Pfadfinderin in einer Young-Schiss-Modestrecke spielen.

»Tut mir leid, dass ich am frühen Morgen noch nicht deinen Schönheitskriterien entspreche.« Ich habe schon wieder Worte.

»D-d-das ist es nicht.« Und dann ruft das stotternde Biest ganz laut: »Kommt schnell her – Sonja sieht aus wie ein Skelett!«

Das ist nun der Dank dafür, dass ich mich beeilen wollte. Schnell werfe ich mich wieder unter die Kissen. Aber sie haben schon ihre Köpfe über mich gebeugt, als sei ich mitsamt meinem Kopfkissen nur eine kleine, weiße Schneeflocke, die jeden Moment zerrinnen könnte.

»Ist das wahr? An dir ist gar nichts mehr dran?«
»Die Ärmste, wir müssen Hilfe holen.«
»Moment, wartet mal.« Kicky steckt sich eine Luckys an. »Sonja, das beste Zeichen dafür, dass ich mit einer Situation nicht zurechtkomme, ist, wenn ich anfange, wieder Kette zu rauchen. Und mit dieser Situation komme ich nicht zurecht. Weißt du eigentlich, dass wir uns gestern die Hölle heiß gemacht haben – vor lauter Sorgen? Ich wollte es ja nicht sagen, weil du so stolz auf deine kleine Bühnen-Performance warst. Aber so kann es nicht weitergehen.«
Und sie reden auf mich ein wie die sieben Zwerge hinter den Gervais-Obstbergen.
»Hey, wir sind eine Rock ’n’ Roll-Band, kein Sportverein. Wenn du deine überschüssige Energie loswerden willst, dann trag doch auch mal ein paar Verstärker durch die Gegend.«
»Du bringst uns in die Situation, dass wir die ganze Zeit arbeiten müssen. Das ist nicht fair. Wir wollen mal etwas Freizeit auf Tour. Du musst dich wenigstens ab und zu um das Merchandising kümmern.«
»Nicht mal das Konzert hat sie sich angesehen!«
»Iss endlich, iss!«

»Das reicht!« Ich verspüre eine Lust, alles kaputtzuhauen, und richte mich zu diesem Zweck, werweißwie, sogar heroisch im Bett auf.

»Ich reise ab, okay? Dann seid ihr viel beschäftigten Rock 'n' Roll-Helden mich wieder los. Und Micky, du hast es gerade nötig, mich bei den anderen anzuschwärzen. Hast du überhaupt noch einen anderen Gedanken als deine Bikini-Linie? Keine Ahnung, wie du's machst, wie du's fakest, wie du's drehst. Kotzt alles wieder raus, oder was? Du kleine eitle Vorstadt-Diva, die nichts auf die Reihe kriegt, außer in einer Gitarrenband den Bass zu halten. Dann halt deinen Bass doch auch allein.«

Das war gemeiner, als mein Zustand erlaubt. Ich böser, kleiner Kobold. Ich bin ein richtiger Satan. Ich grinsender, feixender, rasender Satan. Ich habe das Wort zum Sonntag an mich gerissen – und *bei mir heißt das Wort zum Sonntag »Scheiße«.* Ich kann nicht mehr aufhören, die Mädchen zu beschimpfen.

»Und dich, Ricky, habe ich auch noch nie essen sehen, außer Möhren und Tomaten. Also nervt mich nicht mit eurem Gesundheitslatschen-Trip. Ihr scheinheiligen Lady-Monster: Seht aus wie das blühende Leben, aber innerlich seid ihr auch schon ganz zerfressen von der ständigen Aussehensarbeit.«

Jetzt habe ich alles gesagt. Jetzt ist gut. Mit Pauken und Trompeten werde ich untergehen. Na und? Ich schließe die Augen und sehe schon die ersten Traumbilder.

Mama bringt mir einen Kakao ans Bett. Dann liest sie mir ein Märchen vor: »Es war einmal eine arme Prinzessin.«

»Die will doch nur selber Bass bei Museabuse spielen.«

»Merkt ihr nicht, dass Sonja am Ende ist? Wir müssen sie dazu bringen, etwas zu essen.«

»Aber wir haben keine Zeit mehr. In Stuttgart kommen die Leute von der Plattenfirma.«

»Sonja, entweder du isst jetzt, oder wir lassen dich einliefern.«

Sie sitzen nebenan, vergnügt wie putzige Tierchen in einem Heimatfilm. Das ist er: der Küchentisch aus Milch und Honig, nach dem ich mich immer sooo gesehnt habe. Die zappelnden Toastbrote, die flackernden Kerzen, sogar die verletzten Satzfetzen sind wieder da. Ohne zu denken, schütte ich einen ganzen Becher Kakao in mich rein.
»Das war meiner«, ruft Micky vorwurfsvoll.
»Brav«, sagt Kicky.

So ein Krach, wenn das Schlagzeug gecheckt wird und mir gleich das Trommelfell platzt. »Noch mal von vorne.« Und »bummbummbumm« und »zischzischzisch« und »dingeldingeldingel« und wieder »bummbummbumm«. Bei der Lautstärke und Präzision kann man auch gleich in einer Fabrik arbeiten. Aber ich will meinen guten Willen beweisen – wenigstens einmal einen Soundcheck über mich ergehen lassen: *nur noch eine Stunde, nur noch einen Tag, let there be Rock.* Herrgott noch mal, dann schau' ich mir halt mal eins ihrer Konzert von vorne bis hinten an. Ich werd's schon überleben. Sonst gehöre ich schnell nicht mehr dazu, zur lovely little Ersatzfamilie. Das war eindeutig vorhin. Verwarnung. Gelbe Karte.
Und dann die ganzen Befehle: Tu dies und das und jenes und welches. Ich will nicht dies und das – die Grundfesten meiner Person sind erschüttert, weil ich Kakao getrunken habe. Schokolade mit Milch.
Scho-ko-la-de!
Und was soll ich da anderes tun als wieder die Torturen

mit dem Skateboard auf mich zu nehmen? Denn bis ich kalorienmäßig auf Null bin, das dauert. Aber es geht. *Es macht mir alles nichts mehr aus, es ficht mich alles nicht mehr an.* Dann esse ich eben eine Woche keinen Spinat und drei Tage keine Äpfel mehr.

Meine Erschöpfung ist verheilt, und in der Bewegung spüre ich nichts von der Bewegung. Es ist so eine Freiheit, wie sich der Boden unter mir bewegt. Man ist ja doch immer allein. Noch während man die Befehle von den anderen ausführt, ist man allein.

Nur eine unendliche Weite und Dunkelheit und der Geruch nach schlechtem Putzmittel, Bier und kaltem Rauch. Tageslicht gibt es hier nicht mal bei Tag, und das liebe ich an der Underground-Musik. Sie spielt nur im schönen Dunkeln. Und Micky hat natürlich Recht: Ich würde am liebsten selbst Bass bei Museabuse spielen. Ich ekle die garstige, gierige Micky raus und übernehme ihren Posten. Schön wäre das.

Ich kann gar nicht mehr hinsehen. Die stehen da wie drei sprießende Blumen und spielen »Ich hasse«. Und, nachdem die Schlagzeug-Tortur überstanden ist, auch gar nicht mehr zu laut. Mir sollen wohl die Tränen kommen, so ergreifend. Toll. Sie haben sich gefunden – und ich gehöre nicht, ich gehöre wieder nicht dazu. Ich gehöre wie immer nirgendwohin. Ich fahre in den Kassenraum. Ein schönes Mädchen mit langen schwarzen Zöpfen zählt gelangweilt, betont gelangweilt, das Wechselgeld.

Im Kindergarten schon treibt ihr mich in die Isolation. Auch hier draußen kann man noch jedes Wort verstehen. Dreimal das Skateboard gegen die Wand gehauen, und ein viertes Mal. Das Mädchen mit den Zöpfen schaut ganz verstört zu mir herüber.

Was ist jetzt schon wieder los? Das Leben auf Tour raubt mir den letzten Schlaf, das Auto ruckelt, alle reden durcheinander. Nein, das mache ich nicht. Ich werde doch nicht diesen Ort der Gnade, meinen schönen Dämmerschlaf, aufgeben.

In ihrem verschwommenen Chaos rauscht die Autobahn an mir vorbei und ich versuche wieder einzunicken. Zurückzufinden zu dem Moment, in dem ich noch nicht wusste, dass alles aus ist. Aus und vorbei. *Du hast keinen Freund mehr in der ganzen Stadt.* Nicht einen einzigen auf der ganzen Welt. In keinem der Autos, die uns entgegenkommen, in keinem hinter uns, in keinem vor uns. Nirgendwo. Und schon gar nicht in diesem Auto hier. Sie haben mich satt, so satt. Ich soll meine Sachen packen und gehen. Ich gehöre nicht mehr zu ihrer tollen Mädchenband-Clique. Sie haben mich vom Speiseplan gestrichen. Weil ich doch wieder meinen Part nicht erfüllt habe! Mann, ich kann halt nicht mehr mithelfen: Bassboxen und Gitarrenverstärker herumtragen, T-Shirts verkaufen, mir eine Coveridee einfallen lassen! Das ist ja schlimmer als auf Klassenfahrt – das ist der erste und der letzte Schulausflug meines Lebens.

Und morgen geht's zurück nach Hamburg. Dabei habe ich doch nur, ach, ich habe doch nur. In der Ecke gelegen und geschlafen. Endlich habe ich mal meine Erschöpfung auskuriert. Und dann war's auch wieder nicht recht. Dann hätte ich Getränkekisten schleppen und T-Shirts verkaufen sollen.

Ich verstehe nicht, wie die anderen Frauen das machen. Die sind doch auch alle dünn. Die anderen dünnen Frauen sind nie in so einer Bredouille wie ich. Die lassen sich gar nicht erst auf etwas ein, was so außerhalb von ihnen liegt, so außerhalb ihrer Regelmäßigkeit und Rituale. Recht haben sie! Schon allein diese endlosen Autofahrten, das kann ja wohl nicht wahr sein, dass auf Tour zu gehen bedeutet, stundenlang im Auto festzusitzen. Ha, wie ich mich auf eine aufgeräumte Wohnung freue! Endlich gibt's wieder meine Ordnung.

Im Auto überschlagen sich die Gedanken waghalsig – man sitzt so jederzeit verletzbar und gleichzeitig komplett geschützt in diesem Gehäuse drin. Verdammt, ich will nicht mehr!

Frauen sind nun mal Pop und haben ein Einzelschicksal, und Männer sind Rock 'n' Roll und besitzen die kollektive Gültigkeit des Rudels. Jetzt weiß ich endlich, warum dieses uralte Klischee sich andauernd neu bestätigt. Und warum es so groovt! Die meisten Frauen gehen doch nur auf Tour, wenn sie Bedienstete haben, die sich um ihren Fitnessplan kümmern. Da wird man womöglich schneller, als man denkt, zum Casting-Opfer. Casting ist so ein frauentypisches Prinzip: Man tut, was einem befohlen, und dann sind da schon wieder ganz viele Helfer, die wollen aus einem machen, was sie selbst am liebsten geworden wären. Die bereiten einen ganz privat angetoucht auf die Bedürfnisse des Marktes vor. Wir sind drin, und wir sind stolz darauf! Eigentlich wie in der Familie. Und so soll's dann ja auch wieder werden.

Keiner macht es uns leicht, einfach nur frei zu sein. Denn wir träumen davon, uns für die Träume anderer zu eignen. Möchte irgendwer uns bitte richtig einschätzen, äh, einsetzen? Wir sind die Musen des Neoliberalismus – an uns sieht man, was man Menschen alles antun kann.

Hungern ist so erschöpfend, da erfindet man keine neuen Sound-Muster mehr. Das überlässt man den Ausnahmen, die die Regeln bestätigen. Bei so Bands wie Museabuse denken doch sowieso alle schon von vorneherein: Das ist eh nicht normal, was die Mädels da machen – aber gut. Lass uns halt ein bisserl was davon in unser System integrieren.

Aber was ist eigentlich nicht normal an ihnen? Sie sind ja viel normaler und unkomplizierter als diese komisch-künstlichen Pop-Diven im Radio. Nicht normal an denen ist doch einfach nur, dass die normale Energie haben und unbeschwert herumprollen wie die Männer.

Und schon ist fleißiges Lieschen wieder froh, wenn sie jemanden findet, der ihr die herkömmlichen Muster beibringt. Frauen fordern die Autorität ja geradezu heraus, sich autoritär zu verhalten. Und ich bin auch nicht anders, verdammt, ich bin genauso, da ändert doch mein modisch-flippiges Styling nix dran – ich bin die Idiotin mit den sexy Nieten, die sich immer anpassen will!

Mann, und dann hat Kicky mich wachgerüttelt und Huhn mit Reis und Gemüse bestellt, und ich bin aufs Klo und hab' die Gemüseleckereien wieder weggeschüttet und einfach weitergepennt.

Und jetzt reden sie darüber, dass Allita der Melissa eine Rolle in einem Bourbon-Barbies-Video verschafft hat. Ich glaub's wohl nicht. Sag mal, woher kennen die sich plötzlich alle? Allita und Melissa und Kicky und Allita. Sie kennen sich und wissen alles und machen schon Geschäfte miteinander. Wie früher die Erwachsenen im Dorf. Mitten im Leben, sie stehen mitten im Leben und sehen auch noch gut dabei aus. Sie bewegen sich frei, obwohl doch die freie Bewegung aus dem Haus mit Hässlichkeit bestraft wird. Und Allita, die alte Verräterin: Zuerst macht sie den Aufstand gegen die verblödeten Bourbon Barbies, und jetzt klüngelt sie mit der Plattenfirma, als sei nichts geschehen.

Als sei überhaupt nie etwas geschehen, haben sie plötzlich alle ein erfülltes Leben.

Nur ich bin mal wieder einer von den Regentropfen, die an die Windschutzscheibe prasseln. Kaum angekommen, werden sie schon wieder, wischwasch, beiseite gepflügt. Vielleicht sollte ich mich nachträglich bei »Echt« bewerben, ich spiele die Träne in ihrem »Weinst du?«-Video. *Sag mal weinst du, oder ist das der Regen?* Vielleicht ist es ja wirklich nur der Regen. Vielleicht sollte ich den Regen im »Echt«-Video spielen. Vielleicht ist Hamburg an allem Schuld. Vielleicht kann man als Süddeutscher einfach nicht in dieser Stadt leben, in dieser kalten, freundlichen. Zuerst malt Kicky mir ein großes Herz und lässt meinem Durcheinander einen Platz auf der Bühne, und dann … vom Guest Star zum ungebetenen Gast, in weniger als einem Tag!

»Bitte, hört mir zu«, sage ich.

Aber die hören mir natürlich nicht zu, die reden einfach weiter. Benzin. Ich höre immer nur Benzin. Aha. Wir haben kein Benzin mehr.

»Hört mir bitte zu«, sage ich. »Ich konnte halt den Merch-Stand nicht betreuen, es ging halt nicht mehr …«

»Deine Intentionen interessieren gerade nicht«, sagt Kicky.

»Die will uns verarschen!« Micky kreischt, als wäre sie wirklich Micky oder besser noch Minni Maus.

»Das ist alles ganz interessant«, sagt Ricky, »aber falls du es noch nicht bemerkt hast: Wir haben kein Benzin mehr und finden seit einer halben Stunde keine Tankstelle.«

»Dann muss ja gleich eine kommen.«

»Das denken wir schon seit einer Stunde.«

»Jeden Moment kann auch das Auto stehen bleiben«, sagt Kicky beherrscht, »und dann gibt es eine Massenkarambolage und wir sind alle tot.«

Gemeinsam sterben, das ist endlich mal ein Angebot.

»Ricky, wenn du nicht endlich an den Randstreifen fährst, dann rufe ich per Handy meinen Psychiater und lasse dich einliefern.«

Minni Maus hat einen Psychiater! Na, der gehört aber auch aus dem Verkehr gezogen.

»Damit würdest du mir wirklich einen Gefallen tun.«

»Sag ihm, er soll Benzin mitbringen.«

Oh Tankstelle, Ort der Nahrung in der Wüste. Süßigkeiten in Reih und Glied, echte Käsebrote … und grüne Äpfel, die sind so saftig, viel saftiger als alles. Hätte ich den Kakao mit seinen vielen Zuckeranteilen nicht getrunken, könnte ich mir unter Umständen einen grünen Apfel kaufen. Aber unter diesen Bedingungen … erst übermorgen wieder. Wieso ist eigentlich Minni Maus dünn, wenn sie ihren Kakao mit Zucker trinkt? Ganz zu schweigen davon, was die blöde Kuh alles isst. Wie viele Kalorien so ein Kakao wohl hat?

Wir sind auf einem freien Feld, wir halten an.

»Also hier sagen sich der Fuchs und der Hase gute Nacht.«

»Ist das unheimlich!«

»Ruf den ADAC. Ruf AC/DC!«

»Quatsch – zwei von uns gehen zur Tanke. Sind höchstens noch drei Kilometer. Die anderen warten im Auto.«

»Sonja – einmalige Chance, deine Schuld abzutragen: mit dem Skateboard zur Tankstelle fahren.«

Dann ziehen Ricky und Kicky los, und ich baue mir

ein Bett aus ihren feuchtfröhlichen Schlafsäcken. Micky schnippelt grimmig an ihren Fingernägeln herum, als würde sie an einem Stein ein Messer oder Schlimmeres wetzen. Sie will wissen, ob ich noch etwas zu essen habe. Die Diva hat Hunger!

Mir bleibt die Spucke weg.

Ich werde niemals mehr auch nur ein einziges Wort sagen.

Sonja dampft still und mild vor dumpfer Traurigkeit vor sich hin, in ihrem Bett am Sonntagnachmittag. Schreischreischreischreien. Draußen atmen Tiere und Bäume und Autos und Kinder und machen ihre Brumm- und Kreisch- und Fahrgeräusche. Wie mit neun die Sommer aufnehmen, *pretty deep*. Vögel, die in der Ferne singen. Das alles ist plötzlich wie weggestorben.

In diesem Sommer lieben sich Erwachsene. Und gestern haben sie zu »Smells Like Teen Spirit« getanzt. Das war schrecklich. Die Bierlaune, die schreckliche Bierlaune von den Erwachsenen, und Sonja hat M. geküsst. Mit so einer schmatzenden Unverdrossenheit, die Betrunkene noch betrunkener macht. Immer weiter Zungenreiten und nicht zum Atmen kommen. Was soll das für ein Leben sein, wo man beim Küssen die Luft anhalten muss?

Die Erwachsenen sind überall um die Jungen herum, um sie mit Tipps abzufangen, einzukreisen. Es scheint, als würden sie alle Plätze der kleinen Stadt mit ihrer pragmatisch-schlechten Laune beherrschen. Sie räumen Tische und Stühle vor Cafés und Konfiserien und sagen geschäftig: »Was darf's denn sein?« Und stellen große Ladungen Kaffee und Cola auf kleine runde Tische mit fünf Stühlen außen rum, wo Menschen, die Erwachsenen-Gespräche führen, jetzt mit hellen Kleidern und Sonnenbrillen sitzen und gleich eilfertig in ihren Getränken rühren.

Sie leben. Wie auch immer sie das anstellen. Sie leben und sie reden darüber, wie sie's machen. Bestellen noch eine Portion Pommes dazu, tupfen geschickt Ketchup-Reste von den Plappermündern ihrer Kinder, die in den freien Zonen unterm Tisch zappeln und herumplappern; dann wird ihnen aber der Mund, das Plappermäulchen, für kurze Zeit verboten oder gerade gebogen von den Erwachsenen und sauber gewischt, wenn sie sich verkleckern.

Es ist eine Stadt, in der Menschen leben, die Sorgen haben und Schönes erleben und seufzen, und saufen tun sie auch, und abends gehen sie heim und erledigen noch mehr wichtige Dinge. Es ist eine Stadt wie jede andere, in einem Land wie jedes andere, oder etwa nicht? Regeln, erledigen, machen, tun, zwischendurch Einheiten fürs Telefon zusammenzählen, weil, wenn sie's nicht selber machen, dann bleibt's liegen. Das wissen die Erwachsenen, wofür sind sie schließlich erwachsen?

Wenn sie sich küssen und anlangen, gegenseitig, Mann und Frau, wird Sonja das Gefühl nicht los, dass sie einen echten Sinn in all dem, in den Berührungen spüren.

Und bald werden sie mehr! Die Gruppe der Erwachsenen kriegt ständig Zulauf, sie wächst und wächst und es kommen schon wieder Neue hinzu. Die Neuen sind aus der Jugend ausgestiegen – sie gehen auf die Erwachsenen zu und sagen: »Wir sind genau wie ihr, das müsst ihr uns schon glauben!« Und man geht einen gleichwertigen Tauschhandel ein: leichte Werte gegen Erfahrungswerte. Die Erwachsenen werden leichter, die neuen Erwachsenen schwerer. Und die neuen Schweren stolz: »Wir machen bereits unsere eigenen Steuererklärungen!«

Und erleben Schönes: »Nächste Woche tausche ich meinen Motorroller gegen das alte Auto meines Vaters, weil der sich einen neuen Schlitten, Marke erstklassig, Baujahr neu, zugelegt hat.«

Und erleben noch mehr: »Im Sommer fahren wir in Urlaub und im Winter bauen wir den Dachboden aus.« Oben im Haus meiner Tante und mit Hausbar. Holz, Keramik-Täfelung, Gin Tonic, die Scorps, die Hosen, die neue Supersound-DVD von Jennifer Lopez, die Superstars. *Baby you can give it to me, I can give it to you,* der funkelnagelneue DVD-Spieler, unsere Spielwiese aus Kissen, Katzen, Hundepostkarten, Rauchen verursacht tödlichen Lungenkrebs, Alkoholiker sind wir schließlich alle. Auch unsere Erde war einmal glutflüssig. Nachdem sich die Erdoberfläche abgekühlt hatte, konnten Meere und Festländer entstehen. Nach langer Zeit erst entwickelte sich das Leben.

Jetzt ist die Zeit weit fortgeschritten. Drohend setzt die Hitze mit ihrem frohen sommerlichen Flirren aus und bleibt vom nahen Donner gerührt in Sonjas Schlafzimmer stehen. Und Sonja hadert schon wieder mit den Erwachsenen light: Mum and Dad und dem neuen Freund von Mum und der neuen Freundin von Dad und den Zwischen- und Zufallsbekannten von Mum und Dad – denen zwischen den neuen festen, die sich da mittlerweile ergeben haben.

Jetzt sentimental werden und über das verpasste Leben, die vielen Chancen, in all den Jahr'n vertan, jammern. Weitertanzen, gut aussehen, flirten, sich prächtig amüsieren.

»Was wir alles hinter uns haben. So viel, so vieles.«

»Hey, wir sind doch eigentlich viel jünger als die. Die sind doch eigentlich steinalt mit ihrer immerzu auftrumpfenden, motzenden, nachlässigen Art.«

When I was young, the summers were long. Kindheitssommer, viel Flirrendes von weit her, Schatten, sonnenlichte Wege im Wald, Waldspaziergänge, freie Wiesen. Blumenpflücken, Pilzesammeln, im Gestrüpp verloren gehen, sich die Knie aufschürfen, Laub, Äste, Dreck, Teiche, Blumen, Blumen, Blumen, die verschiedenen Namen der Blumen, die Tiere, Maikäfer, Marienkäfer. Gespräche über die Punkte der Marienkäfer. Die ganzen kleinen Angebereien noch mal mit den Kleeblättern, zwei-, drei-, vierblättrig. »Ich hab' eins mit vier Blättern gefunden!«

Jetzt reicht's aber. In Echtzeit lach' ich mich selber aus und schaue auf die Uhr. Ein vierblättriges Kleeblatt! So schön war's nun auch wieder nicht. Schon halb sieben. Ich stolpere aus dem Bett und suche das Sportzeug zusammen. Wer alleine auf der Welt ist, braucht einen schönen Körper.

Ich werde mich anschleichen und die Kerze dorthin zurückstellen, wo ich sie weggeklaut habe. Melissa braucht mich nicht zu sehen. Melissa ist ohnehin viel zu beschäftigt. Steht da, die Haare zu einem Dutt geflochten wie Küchenhilfen in Nouvelle-Vague-Filmen, und tippt Kassenbelege ein. Und auch wenn sie nicht beschäftigt wäre, würde sie trotzdem noch wirken wie äußerst beschäftigt. Äußerst beschäftigt mit einem unerklärlichen Schweben über den Dingen, äußerst beschäftigt, sich nicht für die profanen Ereignisse des wirklichen Lebens – Politik, Kultur, Wissenschaft – zu interessieren. Zierlich damit beschäftigt, mit nichts, außer sich selbst, beschäftigt zu sein. Der Triumph der Frauen, die am meisten gelten, weil sie sowieso nichts richtig ernst nehmen können. Tun so, als wüssten sie nichts über Macht, als gäbe es gar keine Macht, weil sowieso alles selbstverständlich so ist, wie es ist. Als gäbe es auch keine Politik, keinen Verhandlungsspielraum, nichts, was sich verhandeln oder spielen ließe. Klar spielt man dann lieber mit seiner neuen Frisur. Bin ich auch schon so? Ist das mittlerweile auch mein Triumph? Ist mein Hungern der Versuch, die ganze abstoßende Wirklichkeit einfach abzustoßen?

Ich schmettere die gepolsterte Winterjacke auf den Barhocker vor dem Verkaufstresen, schon bin ich wieder ein schmales Mädchen. Hey – in mir feiern Arroganz und Grazie ein Freudenfest – ich fühle mich wie vors jüngste Gericht gezerrt, und das jüngste Gericht entpuppt sich als zweite Wiederholung der dritten Staffel von Ally McBeal. Trotzdem. Ich begrüße wieder meine Oberschenkel. Nicht wie ein Skelett. Micky spinnt. Immer noch Schwabbel. Oder ist das schon die verzerrte Sichtweise? Sollen ja angeblich unter einer Art »lokaler Psychose« leiden, die Hungerkünstler. Und es gar nicht mehr sehen, das Ausgemergelte. Klingt verlockend – auch wenn ich's nicht glaube. Nein, kann nicht sein. Ich darf mich in dieser Hinsicht nicht selbst täuschen. Ich habe ja Augen im Kopf – und Augenränder außen dran. Die sind allerdings schon recht gelungen, das muss ich zugeben. Noch tiefer und schwärzer als in meinen tiefsten und schwärzesten Schultagen – und gleich so eingekerbt. Wie aus einem Bondage-Katalog für Grufties.

Trotzdem – ich bin noch keine von denen. Das wäre ja

noch schöner, diese faszinierende Krankheit mein eigen Fleisch und Blut nennen zu dürfen! Aber ich schwöre, wie ich hier so sitze, die Hand auf meinen befreiten Oberschenkeln, den Kopf nach vorne gebeugt, als müsste ich nachdenken – und sei es nur über meine eigene Denkfaulheit –, schwöre ich mir: Ich halte durch. Ich mach's bis zum Schluss.

Auch wenn Anorexie für höhere Töchter und Söhne ist und nicht für Leute, die es in zwei Jahren Großstadt nicht geschafft haben, sich Jalousien fürs Schlafzimmerfenster zu kaufen.

Ich schwöre es mir, in diesem Moment schwöre ich mir: »*Hold on, hold on* – du fremde Schönheit mit den ansehnlichen Augenrändern – *cause everybody hurts sometimes.* Und wenn es noch Jahre dauert. Nichts essen, nur das Äpfelchen. *Hold on.*«

»Nanu – Sonja. Schön dich zu sehen.«
Melissa hat sich aus ihrem Gespräch gelöst.
»Hallo Melissa – wie geht's denn so?«
Sie überschüttet mich mit Komplimenten und ich überschütte sie zurück und dann überschütten wir uns ein zweites Mal mit Komplimenten. Jetzt krieg' ich Lust auf uns beide, auf Melissas Vertrauen, darauf, einfach alles umzuwerfen – und hieve die eigenhändig von mir geklaute Kurt-Cobain-Kerze auf den Tisch.
»Habe ich mitgehen lassen, einfach so, ich weiß nicht, warum. Sie war als Talisman auf Tour mit dabei.«
»Mach dir keine Gedanken, ich versteh' das, ehrlich«, sagt Melissa, »das ist überhaupt kein Problem, mach dir keine Gedanken.«
Statt dass sie sprachlos ist, bin ich's. Vielleicht hat man,

wenn man ganz dünn ist – so wie ich angeblich ganz dünn bin –, auch nur noch ganz dünne Freundinnen? Könnte doch sein. Vielleicht ist das so im Leben.

Ihr Haar glänzt so mild, ihre Haut ist ein Bild – kann es sein, wir haben uns gestern Nacht im Werbefernsehen angelacht? ET-mäßig streicht mein Finger über ihre Wange, ich will nach Hause telefonieren. Ihr kleiner, energischer Mund schmatzt einen Kuss auf mein verstrubbeltes Haar.

»Ich habe eine Idee«, sagt sie, »wir zünden die Kerze an.«

Da sitzen wir, vor einem flackernden Kurt Cobain. Er hält sich ein bisschen die Schrotflinte in den Mund, und wir halten uns ein bisschen an den Händen.

Und gleich singen wir Weihnachtslieder.

Melissa sagt, dass sie meine T-Shirt-Motive für Muse-abuse schön fand.

»Ich fand dich immer schön«, sage ich.

Ab und zu kommt ein Kunde, dann muss Melissa kurz beschäftigt sein.

»Ich habe früher auch manchmal geklaut.« Sie sieht mich nicht an. »Kleine Sachen – Schokolade, Unterwäsche, Lippenstifte. Ich war wohl auch ein bisschen magersüchtig.« Sagt es so leicht dahin, als habe es gar keine Bedeutung. Als sei es nur ein Ton, den man irgendwie treffen muss.

»Ich weiß nicht …«

»Ist doch klar: Man nimmt dir etwas weg – und das holst du dir auf anderem Wege zurück.«

»Ach, so.«

Kerzenwachs, das ich mir in den Mund gesteckt habe, spucke ich wieder aus. »Schmeckt nicht.«

»Man muss einmal am Tag etwas essen. Irgendein dusseliges Gericht. Eine Portion Spaghetti oder Sushi.«

»Hm.«

»Dann hast du 23 Stunden, in denen du nichts isst. 23 Stunden – und dann eine einzige kleine, warme Mahlzeit. Das spürt man auch. Ob man so viel Hunger hat, dass man vom Essen gerade nicht zunimmt.«

»Später mal«, sage ich müde, »wenn ich so schlank bin wie du.«

»Nun hör auf. Du bist noch schlanker.«

»Nein, bin ich nicht.«

Sie erzählt mir von Hautcremes, die sie mir schenken will, und von Röcken, die ihr zu klein sind. Die müssten mir passen.

Ich bin plötzlich so müde. Und sie ist so aufgekratzt. Wir sind wie Kaffee mit Baldrian. Ich bette meinen Kopf auf ihre Hände und schlafe schon. Und träume, dass Melissa gar nicht die Freundin von Johnny wäre.

»Unser süßer kleiner Jonas hat dich ein bisschen angeschwindelt.«

Sie rüttelt mich wach. »Das lässt dich wohl kalt.«

»Was?«

»Jonas hat dich angelogen. Wir waren gar kein Paar. Er hat nicht wegen mir Schluss gemacht. Das musst du nicht denken.«

»Wie bitte, was? Das kann doch nicht sein!«

»Doch. Das ist aber so. Warum kann das nicht sein?«

»Ach, Melissa, so wie du aussiehst, Mann …«

»Meine Güte, Männer steh'n doch gar nicht auf so dürre Frauen.«

»Weißt du was … wie auch immer. War'n ja nur vier Wochen.«

»Immerhin«, Melissa lacht, »ich bekam nur ein Wochenende.«

So wenig Leute im Park. Es ist doch zu kalt, um spazieren zu gehen.

Wenn ich so friere, habe ich das Gefühl, die Kälte will mit mir sprechen. Aber ich verstehe kein Wort. Nicht mal Joggen geht noch. Nur Gehen geht noch, Runde für Runde, wie ein Gefangener beim Hofgang. Und man schleppt sich so vorwärts, vorbei an den unheimlichen Grabsteinen – dieser evangelische Friedhofspark wäre der ideale Drehplatz für einen Horrorfilm mit Bela Lugosi gewesen. Und ich fühle mich langsam wie eine Alte, die den ganzen Tag nur jammert. Das Kreuz tut weh, ach, und das Wetter bringt meinen Kreislauf durcheinander. Dabei bin ich doch eine schöne, junge Frau im besten VIVA-Alter. Ich sitze auf einer Parkbank und denke nach. So habe ich mir das Leben als schöne, junge Frau aber nicht vorgestellt – so abgeschnitten von der äußeren Welt.

Ich bin weg. Einfach weg. Wo war ich denn gerade? Wo ist man, wenn man gar nicht mehr da ist? Wo ist man nur in diesen stillen, abgedrehten Sekunden?

Kein Mensch weit und breit, und wieder nur dieser Schwindel. Gleich falle ich um – da liege ich dann. Es ist das Ende, mein Ende. Spinne ich?

Ich will mich wieder aufrichten. Ich taste nach meinem Handy. Melissa! Orange wie eine kleine Sonne leuchtet ihre Nummer. Was für ein Glück, dass ich die Nummer gespeichert habe!

Zehn Minuten, mit dem Auto. Sie braucht zehn Minuten mit dem Auto.

Zehn Minuten nur sitzen, einfach ein bisschen hin und her schaukeln und warten. Und vielleicht ein Lied singen wie die oberschenkelbestrafte Kate Winslet in der Erfrierungsszene von Titanic. Die hat sich auch nicht von ein paar Grad unter Null einschüchtern lassen.

Wenn ich die Augen schließe, sehe ich meine Mama – in prächtig blondes Haar gehüllt. Sie bereitet gerade das Abendessen zu, mit ihrem Alles-ist-aus-Blick. Sie sagt, sie weiß, dass sie Mist gebaut hat, ob ich ihr noch mal verzeihen kann?

Melissa kommt auf mich zu, groß und energisch wie ein wandelnder Strommast. Sie sagt, ich hätte eine ungesunde gelbe Gesichtsfarbe. Ihre Wangen leuchten wie die von den Multi-Sanostol-Kindern. Dabei isst sie doch auch nur eine kleine dusselige Mahlzeit alle 23 Stunden. Wir umarmen uns, als wären wir schon verliebt.

»Ich hab' mich so allein gefühlt«, sage ich.

Sie sagt, sie hat noch einen Alete-Brei im Auto.

»Noch ein Löffel.«

»Nein, das reicht.«

»Mensch, das ganze Glas hat nur 120 Kalorien und so gut wie kein Fett und du hast seit der Tour nichts mehr gegessen.«

»Nur wegen dem Kakao. Ich hätte den Kakao nicht trinken dürfen.«

»Lass uns schnell bei meinem Hausarzt vorbeifahren.« Wenn sie lacht, unterscheidet sich Melissa gar nicht so sehr von Kicky oder Allita. »Der soll dir ein paar Vitaminpräparate verschreiben.«

Im Wartezimmer herrscht eine Stimmung wie im Spielmobil eines evangelischen Kirchenfestes. Kinder schreien und schmeißen mit Bauklötzen. Und die Mütter von den Bauklötzchen schmeißenden Kindern reden leise mit den anderen Müttern, und ein dickes Mädchen in einer dummen Jeans – Jeans! Wenn man dick ist! – schaut sich stirnrunzelnd ein paar Fotos an. Na, die sind bestimmt super geworden. Daneben sitzt eine ganz dünne, gerade eben noch junge Frau mit einem etwas zu hochsommerlichen Rock über hochmageren Waden. Sie trägt schon Make-up statt einer Haut und wirft sich sympathisierende Blicke mit Melissa zu. Und es gibt frischen Thermoskannen-Kaffee, dabei ist das hier ein Arzt für Inneres. Aber Gedanken um Gesundheit machen sich allenfalls die Apotheker-Broschüren auf dem kleinen Glastisch. Die werben ganz dezent fürs Noch-gesünder-Werden und keiner liest sie, obwohl nackte Menschen darauf sind.

Melissas Händedruck ist so fest … Ich bin alles, nur nicht der Mensch von vor einer Stunde.

Die Taube im Park, die nach Nahrung schnatterte.

»Das war übertriebene Panik«, sage ich zu Melissa, »wenn ich nichts esse, werde ich immer so sentimental wie eine alte Frau. Aber jetzt fühle ich mich schon wieder super. Lass uns gehen.«

Und trinke sogar noch einen Schluck von dem Kaffee mit 7,5 Prozent Milchfett.

Melissas Augen glänzen wie frisch gewaschene Rosinen: »Jetzt bleiben wir.« Und während sie von ihrem Gastauftritt im Bourbon-Barbies-Video erzählt, halte ich ihre Hand noch fester, oh möge etwas von ihrem glorreichen Glanz auf mich übergehen! Ich, ich bin so ein Weichei. Statt Melissa-like die Menschen mit einem Lächeln zu erobern, gehe ich zum Arzt, nur weil ich ein paar Tage nichts gegessen habe.

»Komm, lass uns wieder gehen – mir fehlt nichts.«

Da trennt die Sprechstundenhilfe unser grünes Band der Sympathie und ich muss alleine ins Sprechzimmer.

»Na kommen Sie rein.«

Der Arzt sieht nach Arzt aus und tut gelassen. Ein richtiger Onkel Doktor aus der Kindheit. Kann nicht mal normale Sachen tragen, wie will er da verstehen – all die Farben und Kleider in den Boutiquen.

»Wie kann ich Ihnen helfen?«

»Kann es sein, dass ich gelb im Gesicht bin?«

»Ihre Gesichtsfarbe? Nicht gelb, eher blass. Bewegen Sie sich auch genug?«

Ich sage den Refrain auf, der mir schon die ganze Zeit durch den Kopf geht: »Es ist so: Ich war magersüchtig, esse aber seit drei Wochen wieder normal. Nur meine Freundinnen machen sich Sorgen und sagen, ich soll trotzdem zum Arzt gehen.«

»Wie viel wiegen sie denn?«

»Äh, etwa vierzig Kilo bei 1,65 Meter.«

»Das ist ja erfreulich. Normalerweise klagen meine Patienten immer über Übergewicht.«

Jetzt sagt der alte Mann seine Sprüche auf. Viel Obst und Gemüse soll ich essen. Und Vollwertprodukte und Milch und Eiweiß. Wenig Fleisch, lieber Fisch. Und viel frische Luft. Ganz wichtig: Bewegung. Und Blutdruck will er messen. Er schaut auf die Uhr: »Das können wir aber auch nächstes Mal machen.«

Nächstes Mal? Wenn es ein nächstes Mal gibt …

»Mir ist manchmal ziemlich schlecht«, sage ich.

Ah – er liest sich durch seine Notizen. Ihm ist scheinbar noch etwas aufgefallen.

»Sind Sie vielleicht schwanger?«

»Sehe ich so aus?«

Er lacht von Mensch zu Mensch, als hätte er mich gerade erst gesehen. »Wer weiß – vielleicht in einem frühen Monat?«

»In einem frühen Monat? Heißt das, mein Bauch ist schon dick?«

»Also schwanger auch nicht.«

Er kreuzt etwas an, schwungvoll, als sei ich ein besonders einfacher Fall. Und will wissen, wo ich die Probleme habe. Im Privaten oder im Beruflichen?

Ich sage ihm, dass ich zu jung für einen Beruf bin und tatsächlich mit dem Privaten völlig ausgelastet.

Er lacht. »Na, dann wünsche ich Ihnen, dass Sie Ihren Humor nicht verlieren. Es ist ja noch eine lange Zeit bis zur Rente.«

»Na, ja, wie man's nimmt«, sage ich, um meinen angeblichen Humor gleich mal auszutesten.

»Ich verschreibe Ihnen ein paar Vitaminpräparate.«

Das war's. Ich darf gehen.

»Ich wünsche Ihnen einen schönen Tag – und vielen Dank«, sage ich so arrogant wie möglich.

»Ebenfalls, junge Frau.«

Melissa sitzt auf ihrem flauschigsten Kissen vor dem Fernseher und blättert in einer Modezeitschrift, als würde sie das alles nichts mehr angehen. Der große Zeiger der Uhr, der sich schon bedenklich von der vollen Stunde entfernt hat, die hüpfenden Superstars im Musikkanal.

»Außerdem gibt's heute, in der zweiten halben Stunde, die Videopremiere des neuen Bourbon-Barbies-Videos. Die Jungs und Mädels haben sich ganz schön im Alkohol gewälzt für euch …«

Es kommt, es kommt! Sie hat es gar nicht geträumt … ach, wie bezaubernd. Es ist wahr!

Melissa greift mechanisch zum Handy, wählt dann ganz

langsam Jonas' Nummer. Und legt, bei der vorletzten Zahl, wieder auf. Eine Schnapsidee, aber echt. Wenn Jonas sie für eine Närrin halten will, ändert auch ein Coming-out als Video-Model nichts daran. Dann lieber Sonja Bescheid geben. Nein, auch geschmacklos. Sonja braucht im Moment nicht unbedingt zu sehen, wie gut es sich lebt mit einsfünfundsiebzig und fünfundvierzig Kilo. Die Ärmste verschluckt sich sonst noch an dem einen Apfel, den sie pro Tag isst. Jetzt ist die Nummer der Eltern dran. Fehlanzeige, Anrufbeantworter. Melissa drückt weiter auf dem Handy herum, als sei es ihre Fernbedienung für die Zukunft. Verlockend blitzt die Nummer der Model-Agentur auf.

»Schauen sie mal, was alles aus einem werden kann, wenn man auf seine innere Stimme hört.« Nein. Auch albern.

Sie erhebt sich und wandert zum Garderobenspiegel. Zupft an ihren Haaren herum, pudert den Pickel. Macht sich schön für sich selbst. Besser keinen anrufen. Der große Triumph wird sich umso lauffeuerhafter herumsprechen. Und dann wird auf »cool« geschaltet, als habe sie nie etwas anderes gemacht, als den Vamp in einem angesagten Popvideo zu spielen, das man sich auch im Internet runterladen kann.

Mit dem Ohr an der laufenden Show, gibt Melissa noch etwas Rouge auf die Wangen. Sie überlegt, dass es schön wäre, sich immer professionell schminken zu lassen. Von nun an muss sie ja täglich mit sich selbst mithalten können, von nun an ist sie im Fernsehen.

Melissa Melloda – das Mädchen mit dem geheimnisvollen Lächeln. Sie zwickt sich in den Bauch. Jammern über das bisschen Magersucht kann man sich da natürlich nicht mehr leisten.

Dann lässt Melissa sich mitsamt ihrer Aufregung auf dem Kissen nieder und schenkt grünen Tee nach. Wenn das die jüngeren Schwestern … das ist es überhaupt! Betont teilnahmslos erzählt Melissa der kleinen Schwester von dem bevorstehenden Fernseh-Ereignis.

Großbilder, die Kamera, uaah … schon die ganze Zeit jetzt, voll auf ihrer Seidenunterwäsche … geschürzte Lippen … sie wälzen sich … feiern die Orgie … und man selbst mittendrin … so geschmackvoll … die langbeinigen Beine … ganz vornehme Fickbewegungen. Schräg, Maria Superstar, in dem schreienden Versace-Mini … dass so was Pralles überhaupt Sängerin werden darf … wäre da nicht weniger mehr gewesen? … Man selbst hält den Bourbon in die Kamera … ganz neckisches Lächeln … fertig.

Mann, alles von ihr drin gelassen, ach, so bezaubernd! Melissa ist grad so nassgeschwitzt, als käme sie aus der Orgie. Das Kissen, in das sie sich rücklings fallen lässt, schwebt mit ihr in einen siebten Fernsehhimmel. Alles hat sich gelohnt. Alles.

Auch das Handy klingelt schon.

»Sie haben es auf Rotation. Das kommt jetzt vierundzwanzig Mal die Woche«, sagt Allita.

Der Gurt knirscht wie Knochen beim morgendlichen Aufstehen. Es ist eine Tortur, wieder auszugehen. Die Licht-, Lärm- und Leute-Mischung, der viele Qualm überall. Kaum zu glauben, dass ich früher freiwillig zu Konzerten gegangen bin. Aber zum Hamburg-Gig von Museabuse muss ich ja wohl.

Der Taxifahrer hat den Namen des Clubs nicht verstanden. Macht nichts. Ich buchstabiere noch mal neu. Denn ich buchstabiere sowieso die ganze Zeit die Wirklichkeit neu. Ich bin schon ganz erschöpft vor lauter Vorher-nach-her-Gedanken.

Aber es ist doch schön, mal wieder mit einem echten Menschen zu reden, zumal ich mich endlich wieder trauen kann, vorne zu sitzen. Nur kräftigen, vorlauten Frauen wird im Taxi schon mal ungefragt zwischen die Beine gegriffen. Keinen sanften Geschöpfen wie mir.

Kurz darauf im Club werden die Samtkleidbeine vorsichtig übereinander gekreuzt und das Top gerade gezogen. So. So kann man sich sehen lassen.

»Ein Selters, bitte.«

Nur die Leute sehen aus wie immer und trinken Bier wie immer, und sie reden über Musik wie immer, und sie leben in Beziehungen wie immer, in Beziehungen zueinander und weiter weg. Und sie hören und lesen und sehen immer das, was man gerade hört und sieht und liest – plus alte Sachen. Stehen rum und hören immer noch das Neue und das Alte und trinken selbstverständlich, was denn sonst, trinken natürlich Bier und andere Fettalkohole.

So allmählich kommt das Gefühl zurück. Auch die Nerven gehören wieder Kicky – und nicht mehr den A&R-Aliens im Publikum. Selbst die Songs sind beinahe wieder die alten.

Kicky steht hinter der Gitarre und lässt neuen Atem in den Bauch. Ihr Blick schweift derweil über die lichtlosen Silhouetten in den ersten Reihen, bleibt dann wieder bei sich selbst hängen. Und wenn der Bauch jetzt doch zu dick ist? Schnell entfernt sie die Sicherheitsnadel von der Bluse. Es ist vielleicht besser, wenn die Bluse locker flockig darüberlappt. Sie ist davon überzeugt: Jeder Typ im Publikum überlegt sich mindestens einmal pro Konzert, wie's wohl wäre mit der Sängerin im Bett. Da kommt die nächste Strophe, und Kicky schlüpft in ihre Lieder zurück. Auch die Lieder müssen erobert, zurückerobert werden, bei jedem Konzert, Stück für Stück wieder neu. Die Lieder haben sich davongemacht wie zickige Lover, sich dem Mischer an den Hals geworfen oder den Launen der Leute im Raum. Und sind jetzt, mit einem kleinen Schwips, zu Kicky zurückgekehrt.

Sie spürt schon, dass es ein gutes Konzert ist, vielleicht das beste bisher, pannenfrei, unglaublich. Und bemüht sich weiter, die Saiten sauber zu greifen, die Vokale zu erhören. Es ist immer dasselbe: Jetzt sind alle eingespielt, da geht die Tour zu Ende. Aber Hauptsache, man hat die Rasselbande mal wieder um eine Runde weitergebracht. Jetzt kann nichts mehr schief gehen, die Band hält zusammen wie Liebende im Winter, egal ob sie den Plattendeal nun kriegen oder nicht.

Der Song über die leeren Versprechungen ist dran. Kicky macht ihre vorbereitete Ansage, singt dann los und verliert fast die Vokale, als würde die Enttäuschung, über die sie da singt, bereits am Inneren der Worte nagen.

Das Glück ist möglich, Mädchen, musst nur zupacken!

Und ehe man sich versieht, steht man da, ohne Liebe, ohne alles, nur eine Band und eine aufgeknöpfte Bluse.

Sie lächelt verlegen und setzt an, zum nächsten Sprung.

Wieso darf die das, verdammt? So viele Leute, so viel Energie, so teuflische Songs, teuflisch wahr. Viel zu klar.

Und hämmern den ganzen Raum zusammen. Den Barhocker, mein kleines Stückchen Land, gebe ich auf und
drängle mich zur Bühne vor. Ellbogen, Energie. Hallo, ich
lebe. Ich will ein ganzes Konzert von Museabuse, von vorne bis hinten will ich es mir ansehen.

Kicky läuft wie eine zerzauste Wilde über die Bühne und
lächelt gefährlich wie das Raubtier auf ihrem T-Shirt. Und
umarmt mit vorlauten Refrains das auf- und abnickende
Publikum. Wieso darf die das, verdammt? Wer hat die da
eigentlich hochgelassen? Sie sind ja schon eine richtige,
abgelichtete Band und haben Energie und verwenden die
aufs Songwriting und auf Solidarität untereinander und
alles Schöne. Für die ist wahrscheinlich gar kein Unterschied zwischen jungem Spinat und Rahmspinat!

Schlimm ist nur, schlimm ist nur, schlimm ist nur – mein
Leben.

Auf der Gitarre schlägt Kicky jetzt die leeren Versprechungen an, ich muss gleich heulen, sentimental, wie ich schon
wieder bin. Und mit aufsteigender Sehnsucht, wie die Engel im Sugababes-Video zu »Shape«. Weil ich jetzt die Gitarre bin, die die böse Sehnsucht anklagt.

Als Dank dafür, dass ich endlich dünn bin, kann ich meine
Kunst nicht mehr ausüben – an eigene Songs ist gar nicht
zu denken!

Eigentlich singe ich doch immer nur Karaoke. Eigentlich
haben wir doch immer nur Familie gespielt. Eigentlich
war's doch rührend, wie die Eltern das mit dem Essen …
Immer so liebevoll und bis ins letzte Detail und ob der
Hund was abkriegt. Und dann wieder nur: Bläff, Bläff,
Bläff. Schinken und Salami. Schimpf und Scham. *Never
knowing what love could be, you'll see. I don't want love to
destroy me like it has done my family.* Sie haben sich doch

eigentlich immer nur gestritten. Mit mir hatte das doch gar nichts zu tun.

Ich war doch eigentlich immer nur das Publikum.

Eigentlich schön, braucht man sich auch nicht mehr aufzuregen oder zu beeilen.

Hilfe – *ich will mein Leben zurück*. Ich will wieder mit Allita reden, ich will wieder mit meinen normalen Freunden reden. Die haben jedenfalls keine leeren Versprechungen gemacht.

Allita drückt mir ungefragt ein Glas Sekt in die Hand und zwinkert mit den Augen. Manchmal glaube ich, Allita zwinkert schon aus Gewohnheit, auch wenn es gar nichts zu zwinkern gibt. Sie zwinkert und denkt: Irgendetwas tiefer liegend Verbotenes wird dem Gegenüber schon aufgehen.

Sie sagt, sie hat mich gern.

Sie ist doch gar nicht so wie meine Mutter – und auch meine Mutter ist nicht so wie meine Mutter, und ich bin nicht ich.

»Hilfe, Allita, ich weiß nichts mehr. Weiß überhaupt nichts mehr. Ich weiß einfach nicht mehr weiter.«

»Wissen ist nicht so wichtig«, sagt Allita.

Und dann tu ich's einfach: Ich trinke den Sekt, trotz geschätzter und gefühlter zehn Gramm Fett.

Und Allita hat mir einen tollen Walkman geschenkt, damit ich Melodien aufnehmen kann.

Es ist schon früher Morgen. Die Straßen sind in Trance und führen nach Hause zu meinem Brot- und Wasser-Verlies. Ich denke schon wieder verdrehte Gedanken über das Prinzip Hoffnung, über Gospel und Wunder. In mir ist einfach immer zu viel Hoffnung erzeugt worden, alles war immer so verheißungsvoll, denke ich, während ich auf der Bordsteinkante kippele wie ein Spielzeugauto auf der Spielzeugautobahn. Aber was ist schon Tolles passiert? Da, schon wieder eine Kathedrale meiner Sehnsucht. Weißrot winkt der Supermarkt. Lebensmittel in rauen Mengen, lieblos übereinan-der gestapelt auf dem Bürgersteig. Obstüberschüsse in Bananenkisten.

Die Tür zur Bäckerei ist offen. Dieses verdammte Bäckereizeugs. All die guten Gaben aus Zimt und Vanille und der Duft nach Kaffee.

»Kommst du mit?«, ruft Mama, und dann fahren sie Papa ins Geschäft. Im Garten taut der Tau, und eine zarte Sonne bläst Seifenblasen auf die regennassen Hausdächer. Alle bösen Geister aller vergangenen Nächte schlafen tief und fest, weil ein neuer Tag angebrochen ist, einfach so, frech und glänzend.

Ich bin ein schöner Tag, sagte der neue Tag, weil heute ein ganz besonderes Datum, mein Datum, weil heute mein Tag ist. »Guten Tag«, sagt der Tag an den Tagen nach den schlimmen Nächten.

Und immer hat man sich dann in der Bäckerei etwas aussuchen dürfen, einen Berliner, einen Amerikaner. Die Gebäcke waren von weit her gereist ins sonnengeputzte Dorf. Das Leben noch am Leben, und eine freundliche Verkäuferin fragte einen nach den Wünschen.

Wieder eine Nacht voll Drohung und Donner überstanden.

Wenn man direkt davor steht, duften die duftenden Kuchen noch mehr.

»Was darf's denn sein?«

»Ach, nichts.« Schnell verlasse ich das Gebäckhaus wieder.
Zwei Fahrradkuriere bimmeln so laut wie eine ganze Kuh-
herde auf dem Land. Ich stolpere über Abfälle aus dem
Schnellrestaurant, senfige Servietten, zertretene Pommes,
hässliche Kippen, Gehstein-Pisse. *Das* also ist das Leben.
Und schlenkere hin und her mit der Plastiktüte. Da ist ein
Geschenk drin von Allita, für die Melodien, das Aufnah-
megerät.

Dann stehe ich wieder im dusteren Hausflur, denn *jeder
Tag ist ein Versprechen gegen mich.* Wenn ich jetzt nach
oben gehe, mich in der Dunkelheit abstelle ...

Lieber fliehe ich die Straßen zurück, vorbei am Schnellrestaurant, dem SPAR-Markt an der Ecke. Menschenleer
und voller Waren. Da, SHAPE! Ich kralle mir eine Ausgabe der »So halten Sie Ihr Gewicht«-Zeitschrift und ab
zu den Reiswaffeln. Wie oft habe ich schon Frauen mit
Reiswaffeln durch den Supermarkt laufen sehen! Eine
Vanillemilch mit 0,1 Prozent Fett, ein kleiner Sekt und
eine Mahlzeit, e-i-n-e dusselige Mahlzeit.

»Eine Portion Gelbe Rüben und Erbsen, bitte.«

An der »warmen Theke« wird der Teller vorbereitet – Mit-
tagessen, für mich – und in widerspenstige Folie ge-
schweißt. Schwupps, an der Kasse noch ein Cornetto-Eis.
Mit unglaublichen 175 Kalorien. Eine Woche kann man leben von dieser Krone der Eis-Schöpfung.

Auf einem Mäuerchen sitze ich und habe schon die halbe
Packung Vanillemilch getrunken. Die Gelberübenunderbsen sind eine Zierde der Menschheit. Sie schmecken
besser als das Leben, und das Eis ist ein multipler Orgas-
mus. Dann kippe ich den Sekt runter, als wär's Wodka.
Nur vergessen, dass alles umsonst war. Die Hungerkür, die
ganze Qual. Umsonst. Jetzt war alles umsonst! Um zu

leben, muss man essen – das ist nicht fair, finden auch die Fitness-Päpste in der »Shape«. Die Fitness-Päpste in der »Shape« sagen: »1200 Kalorien am Tag müssen Sie schon essen, leider.«

Was ist los? Quer durchs Zimmer streichelt die Sonne meine Träume wach.

Elf Uhr, süße elf Uhr morgens.

Und gestern bin ich um diese Zeit ins Bett gegangen! Hey, ich habe einen ganzen Tag verpennt. Einen vollen Tag mit morgens, mittags, abends und nachts. Und nur einmal aufgeschreckt und ein paar Schlucke aus der Kanne mit dem alten Pfefferminztee getrunken. Und ich bin immer noch so müde, müde, müde. *I could sleep for a thousand years.*

Aber was ist los? Da war etwas, war etwas los ... etwas Tolles und Schreckliches zugleich, etwas, das eine Vorfreude weckte. Eine bekloppte Vorfreude schon wieder.

Richtig, die Gelberübenunderbsen, Vanillemilch, das Eis. Eine Mahlzeit, hinter dem Supermarkt, eine Riesen-Bauchladung voll, und von Rosinenschnecken geträumt, die halbe Nacht. Wie ich die Rosinen rauspopelte, als Kind zuerst die Rosinen aß, dann die Schnecke.

Die Rosinenschnecke ist immer viel größer als eine echte Schnecke gewesen. Was vielleicht daher kommt, dass bei den Schnecken aus Teig das Haus in die Breite geht und bei den echten in die Höhe. Und mit der gemeinen Regenschnecke hatte die Rosinenschnecke schon gar keine Ähnlichkeit mehr. Die Regenschnecke sah immer sehr hässlich aus, weil sie schmutzig war und kein Haus mehr hatte. Die Regenschnecke sah so aus, als würde sie nicht mehr lange leben. Stundenlang hat man als Kind dagesessen und sich überlegt, wo das Haus von der Regenschnecke hin ist.

Der Radiowecker spielt einen Oldie aus den Achtzigern, gemahnt mich sanft an meinen Untergang: *You take myself, you take my self-control.*

Verdammt, wieso habe ich nur so viel gegessen? Wie konnte ich's nur wagen, was zu essen. Wenn ich jetzt zugenommen habe, war alles umsonst. Umsonst, umsonst, umsonst. Dann war alles umsonst. *Dann ist alles viel zu spät.* Aber auch jetzt schon war doch praktisch alles umsonst.

Okay – noch, noch kann ich mich jederzeit umentscheiden, noch bin ich's: dünn.

Ich muss dem Schicksal auf Knien danken, dass ich einen ganzen Tag verpennt habe. Wer schläft, sündigt nicht. Da zeigt mir die Waage auch schon den Vogel. Ein halbes Kilo, fünf kleine Striche von der 39 entfernt, fünf kleine Striche in Richtung Hölle. Und ich dachte immer, die Waage wäre ein Symbol für Gerechtigkeit. Eine Mahlzeit macht schon ein halbes Kilo aus. Und nächsten Monat bin ich dann bei hundert oder so? Was soll man nur machen?

Schnell das Aufnahmegerät von Allita. Schüchtern liegt es auf dem Boden in der Ecke. Schöne Farben, hellblau, lila und rosa. Meine Lieblings-Allita-Farben, die Farben ihres Cocktailkleidchens. Allita hat sich Mühe gegeben mit den Farben für mein Aufnahmegerät. Sogar eine Kassette ist drin.

»Hallo, hallo, hallo.«

Das Band raschelt los.

»Aaa.« Mit dem Ton kommt ein Magenknurren.

Ich singe etwas aus dem Gesangsunterricht: *I go all the way down.*

Und betone das O sehr spitz und achte auch darauf, dass aus dem A kein H wird.

Summe die Melodie weiter und werfe ein paar Kleider über und singe einen Unsinn und gehe auf die Straße und in die Bäckerei und kaufe eine Rosinenschnecke und esse sie, ohne die Rosinen vorher rauszupopeln – so einen Hunger habe ich schon wieder. Es kann nicht sein, dass man von einer Mahlzeit hundert Kilo zunimmt. So brutal wird es schon nicht sein, das Scheißleben.

Ich höre gar nicht richtig hin, ich hänge nur so rum, aber ich weiß trotzdem: Es stimmt. Hänge auf der Couch in Mickys Wohnung und starre die anderen an, wie durch Weihrauch, wie durch Weihnacht, als wären sie nur Erscheinungen, Lichtbilder. Und weiß doch die ganze Zeit: Würde ich meine Arme nach Allita, Melissa oder Kicky ausstrecken, dann würden sie prompt reagieren – wie dieser flüsternde Soul, den DJ Micky mal wieder aufgelegt hat.

Ohne Zweifel bewegen sich die Tanzenden in ihren Körpern. Die Tanzenden bewegen sich sogar ganz ohne Zweifel in ihren Körpern. Johnny tanzt und sieht aus wie immer – ach was, besser – und tanzt wie immer und trägt sogar noch dieselben Jeans wie immer. Obwohl wir uns so lange nicht gesehen haben, sehen wir uns auch weiterhin nicht an. Aber vielleicht erkennt er mich auch einfach nicht wieder.

Dann ist es endlich zwölf und ich genehmige mir noch einen Happen. Die Knäckebrote stapeln sich in der Küche, und daneben eine vegetarische Paste mit leider acht Gramm Fett, aber wenn man sie so dünn wie möglich verstreicht und trotzdem vier Gramm berechnet, dann kann man eigentlich nichts falsch machen.

Jetzt erst mal 600, dann auf 800 hochfahren, und nächstes Jahr sind 1200 angesagt. Eines Tages werde ich wieder normal essen – oder auch nicht. Oder geht es nur darum, dass man jeden Tag aufsteht und tut und regelt und erledigt? Und nicht vergessen: Einheiten fürs Telefon und Kalorien zusammenzählen!

Das Knäckebrot macht Staub im Mund, ich setze mich zu Allita.

»Was ist das für ein neuer Videoclip – essen in Zeitlupe?«, fragt sie belustigt.

»Das ist kein Clip, das ist meine neue Art zu essen. Clips überlasse ich anderen Leuten. Nicht wahr, Melissa? Chips übrigens auch.«

Melissa sitzt ganz aufrecht da, und ich bemerke, wie es ihr gefällt, so groß und da zu sein.

»Wisst ihr, was das Bezauberndste ist? Manche Leute haben mich schon mit Melissa Superstar angesprochen. Denken, die Bourbon Barbies wären meine Band und ich die Sängerin!«

Allita genehmigt sich ein Stück von meinem Knäckebrot.

»Baby, das liegt daran, dass du eine echte Hauptrolle bekommen hast.«

»Das wäre doch mal was«, sage ich, »wir gründen eine Band.«

Aber Allita hat keine Zeit für zeiträuberische Projekte und Melissa muss schauen, wie sie als Model weiterkommt.

»Aber Darling«, sagt Allita, »Kicky hat erzählt, Tim sucht eine Sängerin für seine Band – frag ihn mal.«

»Und manche finden sogar, ich sei zu sexy in dem Video.«

Melissa senkt, wie ein Mädchen, das gerne zerknirscht die Stimme senkt, zerknirscht die Stimme.

Ich bin ganz außer mir vor Freude: Der gute alte Tim sucht eine Sängerin für seine Band!

»Ach Gott, zu sexy, was soll das schon wieder sein?«, fragt Allita.

»Zu sexy sind wir doch alle«, sage ich. Denn noch habe ich Beinchen wie aus dem Bastelbogen der Elle.

Kicky kommt an unseren Tisch und wir umarmen uns.

»Hey – ich habe dir noch gar nicht erzählt, dass ich nach eurem letzten Konzert wieder angefangen habe zu essen.«

»Das ist ja lustig«, sagt Kicky, »weil ich nämlich danach aufgehört habe.«

»Waaas?« Drei offene Münder starren ihre Leib- und Lieblingssängerin Kicky an.

»Ja, der Typ von der Plattenfirma hat gesagt: Drei Kilo müssen dauerhaft runter, sonst haben die ein Problem mit uns.«

Sie lächelt ihr gestresstes Kicky-Lächeln: »Was soll man machen?«

»Scheiße«, sagt Allita, »scheiß Plattenindustrie.«

»Leihst du mir dann deine rosa Hotpants?« Kicky guckt so verletzt wie eine schnell gealterte Diva, der ich zu lange auf die Falten gestarrt habe, weil ich böse bin.

»Das ist mein Ziel, da reinzupassen. Und das Cover brauchst du auch nicht mehr zu malen. Die wollen da natürlich Fotos von uns drauf haben.«

»Hab' ich doch immer gesagt: Die Bilder sind schuld.« Allita scheint sich über diese Erkenntnis zu freuen: »Eltern waren schon immer Problemkinder.«

»Schuld«, sagt Kicky, »sind immer die Frauen.«

»Ach, bin ich froh, dass ich euch kenne«, Melissa meint es wie immer ernst: »So freakige Hühner wie euch habe ich ja noch nie getroffen! Meine Klassenkameradinnen und ich, wir machen schon seit der Grundschule Diät. Worüber regt ihr euch eigentlich auf? Das geht, das geht alles. Das hat auch noch keinem geschadet.«

»Über nichts«, sage ich.

»Über nichts«, sagt Kicky, »wir regen uns über gar nichts auf.«

Tim läuft schnurstracks auf das Klavier zu. So ein prächtiges Klavier in so einer kahlen Studentenbude. Wenn es um Musik geht, hat *er* die Skills.

Und seine Hände fliegen in Halb- und Glanztonschritten über Moll- und Dur-Akkorde, als wäre er gar nicht mehr der nette, strubbelige Tim, sondern ein Stück Herrschaft, etwas Gefährliches. Eine ganz neue Version von Tim.

»Das klingt ja voll aufregend!«

»Mach dich bloß über mich lustig. Ich spiele mich gerade erst warm.«

Schon ist er wieder der alte Nörgler, der nach Komplimenten lechzt, die er dann nicht erträgt. Hoffentlich erträgt er wenigstens meine Stimme.

»Gut, dann hol ich noch einen Kaffee aus der Küche.«

»Bring mir ein Holsten mit.«

Spaghetti-Reste und ein angebissenes Nutella-Brötchen auf dem Tisch. Wenn doch bloß die Probe schon wieder vorbei wäre.

Wenn ich doch bloß schon wieder frei wäre.

Das Nutella-Brot spricht mich an. Aber ich zeige ihm die kalte Schulter. Ich lasse mich doch nicht von Schokolade ansprechen, die aussieht wie aus rahmigster Butter geschlagen. Wenn, dann würde ich Diät-Schokolade probieren! Für Diät-Schokolade würde ich mal eine Ausnahme machen. Ein Stück »Milka Corny Crisp« hat nur zweieinhalb Gramm Fett und ist aus Diabetiker-Zucker. Ha, das habe ich gestern im Supermarkt in Erfahrung gebracht.

Ich schnappe mir das Bier und den Kaffee und gehe zurück in die Lausbuben-Höhle. Tim sitzt auf dem Hocker und starrt während seiner Zigarettenpause in die Luft. Er ist so unkompliziert!

»Warum lächelst du?«

»Ach, nichts.«

»Na, dann mal los.«

Eine Stimme darf nicht zittern. Was man singt, muss voll und klar sein wie der schönste, unbeschwerteste Kindheitstag, wie ein erster Sommerferientag mit viel echter und mit Vorfreude.

»Moment, Moment.«

Tim will gleich die Akkorde dazu suchen. Wir klingen nach gemeinsam, wir klingen so dankbar.

»Noch mal von vorne«, sagt Tim.

Träum den übernächsten, träum den übernächsten, träum den übernächsten Traum.

Hier stehe ich, mein eigener schlimmster Feind, eine Kriegerin, die eine Schlacht gegen sich selbst gewonnen hat, und singe einen einfachen, kitschigen Schlager. Wie krank wird das noch?

»Gefällt mir«, sagt Tim.

»Ach komm, sei ehrlich.«

»Schon etwas einfach und konventionell. Aber gefällt mir.«

»Schon wahr. Angesichts der abgründigen Erfahrungen der letzten Monate müsste es dunkler und dramatischer rüberkommen.«

»Wieso, was ist denn passiert?«

»Nichts. Nichts Besonderes.«

Dann spielen wir weiter, bis mein Magen knurrt, und ich gehe in die Küche und esse ein halbes Vollkornbrot mit Frühlingsquark und trinke ein ganzes Glas Orangensaft.

suhrkamp taschenbücher
Eine Auswahl

Tschingis Aitmatow. Dshamilja. Erzählung. Mit einem Vorwort von Louis Aragon. Übersetzt von Gisela Drohla.
st 1579. 123 Seiten

Isabel Allende
- Eva Luna. Roman. Übersetzt von Lieselotte Kolanoske.
  st 1897. 393 Seiten
- Fortunas Tochter. Roman. Übersetzt von Lieselotte
  Kolanoske. st 3236. 486 Seiten
- Das Geisterhaus. Übersetzt von Anneliese Botond.
  st 1676. 500 Seiten
- Im Reich des Goldenen Drachen. Übersetzt von Svenja
  Becker. st 3689. 337 Seiten
- Paula. Übersetzt von Lieselotte Kolanoske.
  st 2840. 488 Seiten
- Die Stadt der wilden Götter. Übersetzt von Svenja Becker.
  st 3595. 336 Seiten

Ingeborg Bachmann. Malina. Roman. st 641. 368 Seiten

Jurek Becker
- Amanda herzlos. Roman. st 2295. 384 Seiten
- Bronsteins Kinder. Roman. st 2954. 321 Seiten
- Jakob der Lügner. Roman. st 774. 283 Seiten

Samuel Beckett
- Molloy. Roman. Übersetzt von Erich Franzen.
  st 2406. 248 Seiten
- Warten auf Godot. Deutsche Übertragung von Elmar Tophoven. Vorwort von Joachim Kaiser. Dreisprachige Aussprache. st 1. 245 Seiten

Louis Begley
- Lügen in Zeiten des Krieges. Roman. Übersetzt von Christa Krüger. st 2546. 223 Seiten
- Mistlers Abschied. Roman. Übersetzt von Christa Krüger. st 3113. 288 Seiten
- Schiffbruch. Roman. Übersetzt von Christa Krüger. st 3708. 288 Seiten
- Schmidt. Roman. Übersetzt von Christa Krüger. st 3000. 320 Seiten
- Schmidts Bewährung. Roman. Übersetzt von Christa Krüger. st 3436. 314 Seiten

Thomas Bernhard
- Alte Meister. Komödie. st 1553. 311 Seiten
- Heldenplatz. st 2474. 164 Seiten
- Holzfällen. st 3188. 336 Seiten
- Wittgensteins Neffe. st 1465. 164 Seiten

Peter Bichsel
- Eigentlich möchte Frau Blum den Milchmann kennenlernen. 21 Geschichten. st 2567. 73 Seiten
- Kindergeschichten. st 2642. 84 Seiten

Ketil Bjørnstad. Villa Europa. Übersetzt von Ina Kronenberger. st 3730. 536 Seiten

Volker Braun. Unvollendete Geschichte. st 1660. 112 Seiten

Bertolt Brecht
- Dreigroschenroman. st 1846. 392 Seiten
- Geschichten vom Herrn Keuner. st 16. 108 Seiten
- Hundert Gedichte. Ausgewählt von Siegfried Unseld. st 2800. 188 Seiten

Lily Brett
- Einfach so. Roman. Übersetzt von Anne Lösch.
  st 3033. 446 Seiten
- New York. Übersetzt von Melanie Walz. st 3291. 160 Seiten
- Zu sehen. Übersetzt von Anne Lösch. st 3148. 332 Seiten

Antonia S. Byatt. Besessen. Roman. Übersetzt von Melanie
Walz. st 2376. 632 Seiten

Truman Capote. Die Grasharfe. Roman. Übersetzt von An-
nemarie Seidel und Friedrich Podszus. st 3135. 208 Seiten

Paul Celan. Gesammelte Werke 1-3. Gedichte, Prosa, Reden.
Drei Bände. st 3202-3204. 998 Seiten

Clarín. Die Präsidentin. Roman. Übersetzt von Egon Hart-
mann. Mit einem Nachwort von F. R. Fries. st 1390. 864 Seiten

Sigrid Damm. Ich bin nicht Ottilie. Roman. st 2999. 392 Seiten

Marguerite Duras. Der Liebhaber. Übersetzt von Ilma
Rakusa. st 1629. 194 Seiten

Karen Duve. Keine Ahnung. Erzählungen. st 3035. 167 Seiten

Hans Magnus Enzensberger
- Ach Europa! Wahrnehmungen aus sieben Ländern. Mit
  einem Epilog aus dem Jahre 2006. st 1690. 501 Seiten
- Gedichte. Verteidigung der Wölfe. Landessprache. Blinden-
  schrift. Die Furie des Verschwindens. Zukunftsmusik.
  Kiosk. Sechs Bände in Kassette. st 3047. 633 Seiten

Hans Magnus Enzensberger (Hg.). Museum der modernen
Poesie. st 3446. 850 Seiten

Laura Esquivel. Bittersüße Schokolade. Mexikanischer Roman um Liebe, Kochrezepte und bewährte Hausmittel. Übersetzt von Petra Strien. st 2391. 278 Seiten

Max Frisch
- Andorra. Stück in zwölf Bildern. st 277. 127 Seiten
- Biedermann und die Brandstifter. Ein Lehrstück ohne Lehre. st 2545. 95 Seiten
- Homo faber. Ein Bericht. st 354. 203 Seiten
- Mein Name sei Gantenbein. Roman. st 286. 288 Seiten
- Montauk. Eine Erzählung. st 700. 207 Seiten
- Stiller. Roman. st 105. 438 Seiten

Carole L. Glickfeld. Herzweh. Roman. Übersetzt von Charlotte Breuer. st 3541. 448 Seiten

Norbert Gstrein
- Die englischen Jahre. Roman. st 3274. 392 Seiten
- Das Handwerk des Tötens. Roman. st 3729. 357 Seiten

Fattaneh Haj Seyed Javadi. Der Morgen der Trunkenheit. Roman. Übersetzt von Susanne Baghestani. st 3399. 416 Seiten

Peter Handke
- Die drei Versuche. Versuch über die Müdigkeit. Versuch über die Jukebox. Versuch über den geglückten Tag. st 3288. 304 Seiten
- Kindergeschichte. st 3435. 110 Seiten
- Der kurze Brief zum langen Abschied. st 172. 195 Seiten
- Die linkshändige Frau. Erzählung. st 3434. 102 Seiten
- Mein Jahr in der Niemandsbucht. Ein Märchen aus den neuen Zeiten. st 3084. 632 Seiten
- Wunschloses Unglück. Erzählung. st 146. 105 Seiten

Christoph Hein
- Der fremde Freund. Drachenblut. Novelle. st 3476. 176 Seiten
- Horns Ende. Roman. st 3479. 320 Seiten
- Landnahme. Roman. st 3729. 357 Seiten
- Willenbrock. Roman. st 3296. 320 Seiten

Marie Hermanson
- Muschelstrand. Roman. Übersetzt von Regine Elsässer. st 3390. 304 Seiten
- Die Schmetterlingsfrau. Roman. Übersetzt von Regine Elsässer. st 3555. 242 Seiten

Hermann Hesse
- Demian. Die Geschichte von Emil Sinclairs Jugend. st 206. 200 Seiten
- Das Glasperlenspiel. Versuch einer Lebensbeschreibung des Magister Ludi Josef Knecht samt Knechts hinterlassenen Schriften. st 2572. 616 Seiten
- Siddhartha. Eine indische Dichtung. st 182. 136 Seiten
- Unterm Rad. Erzählung. st 52. 166 Seiten
- Steppenwolf. Erzählung. st 175. 280 Seiten

Ödön von Horváth
- Geschichten aus dem Wiener Wald. st 3336. 266 Seiten
- Glaube, Liebe, Hoffnung. st 3338. 160 Seiten
- Jugend ohne Gott. st 3345. 182 Seiten
- Kasimir und Karoline. st 3337. 160 Seiten

Bohumil Hrabal. Ich habe den englischen König bedient. Roman. Übersetzt von Karl-Heinz Jähn. st 1754. 301 Seiten

Uwe Johnson
- Jahrestage. Aus dem Leben der Gesine Cresspahl. Einbändige Ausgabe. st 3220. 1728 Seiten
- Mutmassungen über Jakob. st 3128. 308 Seiten

James Joyce
- Dubliner. Übersetzt von Dieter E. Zimmer.
  st 2454. 228 Seiten
- Ulysses. Roman. Übersetzt von Hans Wollschläger.
  st 2551. 988 Seiten

Franz Kafka
- Amerika. Roman. st 2654. 311 Seiten
- Der Prozeß. Roman. st 2837. 282 Seiten
- Das Schloß. Roman. st 2565. 424 Seiten

André Kaminski. Nächstes Jahr in Jerusalem. Roman.
st 1519. 392 Seiten

Ioanna Karystiani. Schattenhochzeit. Roman. Übersetzt von
Michaela Prinzinger. st 3702. 400 Seiten

Bodo Kirchhoff. Infanta. Roman. st 1872. 502 Seiten

Wolfgang Koeppen
- Tauben im Gras. Roman. st 601. 210 Seiten
- Der Tod in Rom. Roman. st 241. 187 Seiten
- Das Treibhaus. Roman. st 78. 190 Seiten

Else Lasker-Schüler. Gedichte 1902-1943. st 2790. 439 Seiten

Gert Ledig. Vergeltung. Roman. Mit einem Nachwort von
Volker Hage. st 3241. 224 Seiten

Stanisław Lem
- Der futurologische Kongreß. Übersetzt von I. Zimmer-
  mann-Göllheim. st 534. 139 Seiten
- Sterntagebücher. Mit Zeichnungen des Autors. Übersetzt
  von Caesar Rymarowicz. st 459. 478 Seiten

Hermann Lenz. Vergangene Gegenwart. Die Eugen-Rapp-Romane. Neun Bände in Kassette. 3000 Seiten. Kartoniert

H. P. Lovecraft. Cthulhu. Geistergeschichten. Übersetzt von H. C. Artmann. Vorwort von Giorgio Manganelli. st 29. 239 Seiten

Amin Maalouf
- Leo Africanus. Der Sklave des Papstes. Roman. Übersetzt von Bettina Klingler und Nicola Volland. st 3121. 480 Seiten
- Die Reisen des Herrn Baldassare. Roman. Übersetzt von Ina Kronenberger. st 3531. 496 Seiten
- Samarkand. Roman. Übersetzt von Widulind Clerc-Erle. st 3190. 384 Seiten

Andreas Maier
- Klausen. Roman. st 3569. 216 Seiten
- Wäldchestag. Roman. st 3381. 315 Seiten

Angeles Mastretta. Emilia. Roman. Übersetzt von Petra Strien. st 3062. 413 Seiten

Robert Menasse
- Selige Zeiten, brüchige Welt. Roman. st 2312. 374 Seiten
- Sinnliche Gewißheit. Roman. st 2688. 329 Seiten
- Die Vertreibung aus der Hölle. Roman. st 3493. 496 Seiten
- Das war Österreich. Gesammelte Essays zum Land ohne Eigenschaften. st 3691. 464 Seiten

Eduardo Mendoza. Die Stadt der Wunder. Roman. Übersetzt von Peter Schwaar. st 2142. 503 Seiten

Alice Miller
- Am Anfang war Erziehung. st 951. 322 Seiten